劍香刀殺

검향도살

검향도살 2

태사검 新무협 판타지 소설

초판 1쇄 찍은 날 § 2006년 3월 1일
초판 1쇄 펴낸 날 § 2006년 3월 10일

지은이 § 태사검
펴낸이 § 서경석

편집장 § 문혜영
편집 § 장상수 · 최하나 · 문정흠

펴낸곳 § 도서출판 청어람
등록번호 § 제1081-1-89호
등록일자 § 1999. 5. 31
어람번호 § 제2-0856호

주소 § 경기도 부천시 원미구 심곡1동 350-1 남성B/D 3F (우) 420-011
전화 § 032-656-4452 팩스 § 032-656-4453
http://www.chungeoram.com
E-mail § eoram99@chollian.net

ⓒ 태사검, 2006

ISBN 89-251-0024-X 04810
ISBN 89-251-0022-3 (세트)

劍香刀殺

검향도살

Fantastic Oriental Heroes

2

숙명과 운명

태사검 新무협 판타지 소설

도서출판 청어람

목차

第11章
자객도 외롭지만은 않다

춘추봉(春秋峰).

일검향을 비롯한 신입 자객들은 귀환 도중에야 비로소 횡단준령 속에 숨겨진 천예사원이 춘추봉에 위치해 있음을 알게 되었다.

춘추란 단순히 봄과 가을을 의미하는 말이 아니었다.

춘추(春秋)는 공자가 노나라의 역사를 기록한 사서를 말한다. 흔히들 말하는 춘추전국시대는 춘추와 전국책(戰國策)이란 역사서에서 비롯된 것이다.

공자가 역사서인 춘추를 쓰게 된 연유는 당시 부패한 노나라의 시국에 경종을 울리기 위함이었다. 역사를 통해 옳고 그름을 밝혀 정권을 쥔 자들에게 백성들을 위한 정치에 소홀할 경우 비참한 결말에 이르게 됨을 간접적으로 고한 것이다.

그 이후 춘추는 역대 왕조의 사관들을 위한 부서로 그 이름이 널리 불리게 되었다.

일검향은 원주가 단순한 자객이 아니라 음률과 시문에도 능통한 현 자임을 알기에 춘추봉이란 의미를 마음 깊이 새겨두었다.

'원주님은 천혜의 요새를 찾아내 천예사원을 건립하면서 봉우리를 춘추봉으로 이름했다. 그것은 춘추의 예리한 필법처럼 천예사원의 칼날이 옳게 쓰여지기를 바라는 마음에서일 것이다. 단순히 은자를 위해 사람을 베는 병기가 아니라 세상이 필요로 하는 자객. 그것이 원주님이 원하는 자객이었을 것이다.'

이제 춘추봉에 위치한 천예사원은 그들의 집이었다.

집은 밖을 나선 사람이 돌아와 편히 쉴 수 있는 보금자리다. 아무리 호화로운 객관이라 해도 자신의 집만큼 편한 곳은 없다. 비록 칠 년의 수련 기간 동안 무수한 죽을 고비를 넘겼지만 지난 세월은 모두 잊었다.

첫 번째 임무 수행에 나선 신입 자객들은 어서 천예사원으로 돌아가 피곤함을 씻고 싶은 생각뿐이었다.

철그렁철그렁!

징검다리처럼 솟은 봉우리 사이를 연결한 생사철교가 요란한 쇳소리를 발하며 그들을 반겨주었다.

창비가 먼저 날렵한 신법으로 생사철교를 건너뛰었다.

"와아, 역시 집이 좋아. 좁은 방이지만 아무런 걱정 없이 하룻밤 실컷 자고 싶어!"

갑영이 뒤를 이었고, 묵궁과 다훼가 간격을 두고 생사철교를 건넜다.

을화와 일검향이 칠 장 거리를 단숨에 건너뛰어 봉우리를 밟고 섰다.

"먼저 가."

을화가 턱으로 생사철교를 가리켰다.

일검향은 운무 속으로 뻗어 있는 쇠사슬로 된 다리를 바라보다가 은은한 냉기를 감지하게 되었다.

"……?"

운무가 너무 짙어 오 장 밖을 헤아릴 수 없기에 생사철교 건너편 봉우리는 보이지 않았다. 만일 생사철교가 연결돼 있지 않았다면 과연 어느 곳을 선택해 몸을 날려야 할지 고민되었을 것이다. 방향을 잘못 잡으면 천 길 낭떠러지 속으로 추락해 불귀의 객이 되고 만다.

그가 주저하자 을화가 뒤통수를 가볍게 쳤다.

"임마, 뭐가 두려워? 나올 때처럼 그냥 쇠사슬을 밟고 건너면 돼."

"그게 아닙니다."

"그럼?"

"누가 지키고 있나요? 나올 때는 별다른 기운을 느끼지 못했는데 지금은 차디찬 냉기가 느껴집니다. 마치 운무 속에서 누군가 나를 지켜보는 것 같습니다."

을화는 다소 놀랍다는 눈빛으로 그를 주시했다.

"네가 금살(禁煞)의 잠복을 감지했단 말이냐?"

"금살이요?"

"이거 곤란한데……."

을화는 생사철교 건너편을 향해 외쳤다.

"늙은 오빠, 대체 어떻게 된 거야? 한낱 신참내기한테 발각되면 어떻게 해? 벌써부터 무덤 속에 눕고 싶어?"

그러자 운무 저편에서 느껴지던 싸늘한 냉기가 이내 소멸되었다.

을화는 은밀한 전음술을 듣는 듯 눈을 가늘게 뜨며 고개를 끄덕였다. 그녀는 피식 실소를 지으며 일검향의 허리를 바싹 끌어안았다.

"성영 금살(星影禁煞) 오빠였어. 네가 4기 수련생 중 공동 수석으로 수료하면서 당당히 천살자객에 기용된 것을 시험해 보려는 의도였대. 다른 녀석들은 모두 감지하지 못했는데 역시 너와 도살은 다르다고 하는군."

"그럼 일부러 기척을 드러낸 건가요?"

"그렇겠지. 아무리 자객 임무에서 손을 뗀 폐물이라도 네 능력으로 금살의 은신을 감지하기는 불가능해."

그러자 운무 저편에서 예리한 파공성이 뻗어 나왔다.

을화는 얼른 몸을 틀며 암기를 받아냈다. 암기는 세 가닥의 솔잎이었다. 나뭇잎이나 꽃잎을 암기로 발출하는 적엽비화는 상승의 암기술이다. 최하 일 갑자 이상의 내공이 있어야만 시전이 가능하다.

을화는 놀리듯이 혀를 날름 내보였다.

"쳇, 아직 폐물이 아니라고 시위하는 거야?"

그녀는 일검향의 엉덩이를 냅다 걷어찼다.

"어서 건너, 임마. 늙은 오빠가 정말 화나면 생사철교에서 우리를 떨어뜨릴지도 몰라."

일검향은 걷어채인 기세로 생사철교를 건너뛰었다.

을화는 함께 봉우리 사이를 건너고 또 다른 생사철교를 지나면서 사대금살에 대한 내력을 얘기해 주었다.

"노인네가 직접 훈련시킨 제1기 수련생은 모두 일곱 명이었어. 이미 삼십 년이나 지났기에 세 명이 죽고, 네 명만 남았지. 그들은 일월성신(日月星辰)으로 구별되는데, 아까 생사철교를 지키고 있던 자객이 성영 금살이야."

"사대금살은 자객 임무에 나서지 않습니까?"

"이미 쉰 줄을 바라보는 나이야. 표적을 제거하는 데에는 최고의 경지에 이르렀지만 나이는 속일 수 없지. 아주 드물게 출동하기는 해. 대부분은 천예사원을 수호하는 순찰자의 역할을 하지. 답답하면 세상 밖으로 나가 정보를 수집하고, 강호 정세를 탐문하기도 하고 말이야."

일검향이 조심스럽게 말을 받았다.

"자유인이로군요."

"자유인? 호호, 그렇다고 볼 수 있지. 노인네도 사대금살에 대해서는 통제를 하지 않으니까. 엄격히 말하자면, 사부와 제자 사이지만 오히려 나이를 넘어선 친구 사이라고나 할까?"

을화는 일검향의 귀를 아프게 쥐었다.

"너와 나처럼 말이야."

일검향은 그녀의 손을 쥐고는 가만히 비틀었다.

"이천살, 나와 친구가 되려면 이 못된 손버릇부터 고치십시오."

"뭐, 뭐야?"

을화의 눈초리가 사나워지자 일검향은 냅다 몸을 날렸다.

"하하하!"

을화가 득달같이 그를 추격했다.

"이 새끼, 거기 서지 못해!"

일검향은 을화를 놀려준 뒤탈을 우려해 곧바로 자신의 방으로 가지 않고 감천정으로 향했다. 시원한 물로 몸을 씻으면 개운할 것 같았다. 한데 누군가가 먼저 우물가에서 수욕을 하고 있었다.

교교였다. 병적으로 흰 피부가 유난히 눈부시다.

팽팽한 육봉과 잘록한 허리, 그리고 펑퍼짐한 둔부와 쭉 뻗은 허벅지가 마치 명장의 조각상처럼 아름다웠다. 성숙한 여인의 관능과 색기가 물씬 풍겨진다.

그녀는 다가서는 일검향을 보고는 노골적으로 전면을 드러내며 유혹의 눈빛을 발했다.

"어서 와. 첫 번째 임무는 제대로 수행했지?"

"겨우 마쳤어."

"어서 옷 벗어. 내가 등이라도 씻어줄게."

"아니야. 난 한빙담에서 씻을 거야."

일검향은 가급적 그녀의 알몸을 피한 채 한빙담 쪽으로 걸음을 옮겼다. 등 뒤에서 그녀의 조소가 들려왔다.

"호홋, 다훼가 요구했다면 거부했겠냐? 대체 그 평범한 계집이 뭐가 좋다는 거야?"

일검향은 은근히 부아가 치밀어 냉담하게 한마디 던졌다.

"내 눈에는 다훼가 더 예뻐."

그가 한빙담 쪽으로 사라지자 교교는 지그시 입술을 깨물었다. 그녀의 푸른 눈망울에서 은은한 살기가 뿜어져 나왔다.

'나쁜 자식, 언제까지 날 무시하는지 두고 보겠다!'

이때 을화와 다훼가 감천정으로 다가섰다. 교교가 수건으로 몸을 가리며 인사를 올리자 을화는 그녀를 몇 번 훑어보았다.

"여우 같은 계집, 정말 몸매가 잘빠졌어. 이번에 출동해서 사내놈들 몇이나 후리고 왔어?"

"그런 일 없습니다."

"후훗, 그래? 순결을 고이 간직해 달리 줄 사내라도 있나 보구나?"

을화는 옷을 훌훌 벗어 던지고는 우물가에 걸터앉았다.

"그러고 보니 우리 셋이서 수욕을 하는 것도 처음이네? 천예사원에서 계집이라고는 우리 셋뿐인데 말이야."

다훼가 그녀의 옷을 빨래통에 담그며 물었다.

"지살교두 중에는 없었나요?"

"없어. 3기 수련생 중에서 세 명이 지원했지만 모두 탈락했지. 솔직히 너희 둘은 내가 특별히 생각해 수료할 수 있었던 거야. 계집이라고는 나 혼자밖에 없다는 것이 너무 심심하잖아?"

"어마, 그런 줄 몰랐어요."

교교는 갑자기 사근사근한 태도를 취하며 그녀의 등을 밀어주었다.

"그럼 우리는 천예삼화(天藝三花)로군요?"

"천예삼화? 그거 호칭이 마음에 드네? 사석에서는 그냥 큰언니라고 불러. 너희들도 친자매처럼 지내고."

"예, 큰언니."

교교는 그녀와 서로 살을 비비며 친근함을 과시했고, 다훼는 담담히 미소를 지으며 고개만 끄덕였다.

이때 벼랑 위에서 한가닥 피리 소리가 들려왔다.

삘리리……!

구성진 피리 소리였다. 끊어질 듯 가늘게 이어졌다가 갑작스럽게 고조되는 피리 소리는 묘한 감상에 젖게 만들었다.

을화는 몸을 닦던 손을 멈추었다.

"어떤 녀석이야? 음률을 조금 아는 놈인데?"

교교가 자랑스러운 눈빛을 하며 대답했다.

“누구겠어요, 일도살이죠?”

“일도살? 빙골에게도 저런 면이 있었나? 저런 음색을 내려면 음률과 마음이 일치해야 하는데 생각 외로 감상적이군.”

을화는 힐끗 다훼를 보며 물었다.

“넌 왜 빨래만 하고 있어?”

“전 나중에 씻을게요.”

“계집애, 사내놈들과도 어울려 수욕을 하면서 뭘 부끄러워해?”

을화는 둘을 번갈아 보다가 목소리를 낮추었다.

“너희들 이따가 내 방으로 와. 근사한 책을 보여줄 테니까.”

“책이요?”

“소녀방중경(素女房中經)이야. 열심히 탐독하면 사내 서넛 정도는 너끈히 상대할 수 있어.”

교교는 눈빛을 반짝이며 관심을 보였지만 다훼는 목덜미를 붉힌 채 고개를 숙였다.

을화는 수건에 물을 적셔 자신의 몸을 문질렀다.

“색을 너무 경계할 필요 없어. 탐해서도 안 되지만 무시해서도 안 돼. 계집의 몸으로 자객 생활을 하기란 여간 고통스럽지 않으니까. 적당한 상대를 찾아 즐기는 것도 자신을 추스르기 위한 방법 중 하나야.”

그녀는 교교의 팽팽한 젖가슴을 덥석 쥐었다.

“대신 한 가지는 확실히 해야 돼. 자신의 몸뚱이를 이용해 표적을 사냥하는 일은 절대 용납지 않는다. 그건 자객이 아니라 매춘부들이나 하는 짓이니까.”

삘리리……!

붉은 낙조 속에 울려 퍼지는 고즈넉한 피리 소리가 애잔하다.

일도살은 바위에 걸터앉아 지그시 눈을 감은 채 피리를 불고 있었다. 세찬 바람도 피리 소리에 눌려 그의 몸 주변에서는 하늘거리는 미풍으로 바뀌었다.

일순 그는 피리에서 입을 떼며 눈을 가늘게 떴다.

이십 보 밖에 서 있던 일검향이 머쓱한 표정으로 그에게 다가섰다.

"내가 공연히 방해를 한 것 같군."

"……."

"피리 소리가 너무 멋져서 나도 모르게 오게 되었어."

"……."

일도살은 아무런 대꾸도 하지 않고 몸을 일으켰다. 그가 옆으로 스쳐 가자 일검향이 낮은 어조로 물었다.

"도살, 한 가지 궁금한 게 있어."

일도살은 내딛던 걸음을 멈추었다. 일검향은 그의 등을 향해 돌아섰다.

"자객관을 통과할 때 두 명의 동료가 죽었어. 네가 죽인 거냐?"

일도살은 천천히 고개를 돌렸다.

"맞아."

"너라면 그들을 죽이지 않을 수도 있었을 텐데?"

"그들이 먼저 날 죽이려 했다."

"네 능력은 뛰어나. 그들이 긴장하는 바람에 선제공격을 펼쳤다 해도 넌 방어하는 것으로 충분했을 거야. 굳이 해칠 필요는 없었잖아?"

일도살의 눈빛은 차가우면서도 깊었다.

“자객의 요건은 완벽한 척살이다. 실패하면 죽음이지. 교교한테 들은 적이 있다. 그녀가 널 죽이려 했지만 오히려 네 검에 죽을 뻔했다더군. 하지만 네가 검을 거두는 바람에 살 수 있었다고 했어.”

“동료이니까.”

“동료?”

일도살의 입가로 가는 미소가 배어져 나왔다.

“자객관 내에서는 동료가 아니었어. 나였다면 교교임을 알고서도 죽였을 것이다. 그게 자객의 현실이야. 자객관에서 죽은 두 녀석은 내가 의도적으로 죽였다고 할 수 있어.”

“의도적이었다고?”

“죽은 놈들은 천예사원의 자객이 될 자격이 없어. 겨우 지살자객으로 임명되었다 해도 막상 임무 수행에 나서면 척살에 실패해 천예사원의 명예만 실추시켰을 테니까.”

말을 마친 일도살은 가파른 벼랑을 따라 순식간에 사라졌다.

일검향은 그의 냉혹함에 등줄기가 서늘해졌다.

‘20호와 25호를 의도적으로 죽였단 말인가?’

물론 그가 직접 본 것은 20호의 시체뿐이다. 25호의 죽음은 교교를 통해 알았다. 일도살은 그들뿐 아니라 자신까지 죽이려 했다.

문득 그는 검과 칼이 마주치는 순간 드러낸 일도살의 혈안을 다시금 떠올렸다.

은천마국 마인들의 상징인 혈안.

당시 일도살의 핏빛 눈은 칠 년 전 자신을 죽이려 했던 은마령의 무시무시한 혈안과 비교해도 손색이 없을 정도였다.

잠시 생각에 잠기던 그는 고개를 저었다.

'불가능한 일이야. 더 이상 일도살을 의심해서는 안 돼. 그는 자객관에서 두 동료를 죽인 사실을 순순히 시인했어. 달리 불순한 의도가 있어서가 아니라 천예사원의 명예를 위해서 한 행위임을 밝혔어. 어쩌면 그는 진정한 천예사원의 자객일지도 모른다.'

그는 모든 동료가 함께 자객 수련 과정을 수료하기를 바랐던 자신의 배려를 곱씹어보았다.

자객 중의 자객.

최고의 자객임을 지향하는 천예사원의 방침을 감안한다면 자신의 배려가 오히려 천예사원의 명예를 실추시키는 배신 행위일 수 있다.

일도살의 말대로 현실은 냉혹하다.

척살이 실패로 돌아간다면 단순히 개인적인 죽음으로 끝나지 않는다. 천예사원의 모든 자객들에게 충격이 될 것이고, 자신을 키워준 사문에 불명예를 안기게 된다.

일도살이 두 동료를 죽인 것은 보다 깊은 충성심 때문일 수 있었다.

일검향은 나직이 한숨을 내쉬었다.

'도살… 너에 비하면 난 아직 꿈을 꾸는 어린애인 것 같구나.'

2

소청실 식탁에 열두 명이 둘러앉아 있었다.

원주가 휘하 자객들과 함께 식사를 하기는 처음이었다. 옆 좌석은 비어 있었고, 갑영과 을화가 오른쪽에 앉아 있었다.

을화 옆에는 애꾸 중년인이 자리해 있었는데, 그가 바로 천살자객 중 무심(戊心)이었다. 일검향은 자객관에서 그와 몇 초식을 교환한 적이 있기에 한눈에 알아볼 수 있었다.

천살자객으로 임명된 일검향과 일도살은 빈 좌석 옆에 앉아 있었다.

그들 아래쪽으로 앉아 있는 두 장년인은 지살자객 진초(辰草)와 오갑(午甲)이었다. 수련생 시절에는 교두의 신분이었지만 일검향과 일도살이 일약 천살자객으로 임명되면서 그들보다 아랫자리에 앉을 수밖에 없었다.

4기 수련생 중 지살자객에 임명된 일곱 명 중 셋은 아직 귀환하지 않은 상태였다.

신입 지살자객인 교교와 묵궁, 창비, 다훼는 주방을 오가면서 부지런히 음식을 내오고 있었다. 그들이 가장 말단이기에 청소며 설거지는 그들의 몫이었다.

일검향은 천살자객의 신분이라 그들을 돕지 못하고 앉아 있는 것이 오히려 부담스러웠다. 하지만 위계질서를 중시하는 자객 단체인데다 원주까지 배석한 상황이었기에 가만히 앉아 있을 수밖에 없었다.

문득 그는 식탁 위에 차려진 진귀한 요리에 의구심을 금치 못했다. 팔진미에 버금가는 요리는 책에서만 보아온 요리들이었던 것이다.

기름과 설탕을 섞어 볶은 후 간장을 얹은 소라 요리 홍소해나(紅燒海螺)는 산동의 특미였다. 어향육사(魚香肉絲)는 사천의 요리였고, 양념을 넣지 않고 찐 전어 요리 청증시어(淸蒸鰣魚)는 강소의 대표적인 요리였다. 그 밖에도 서호초어와 백절계(白切鷄) 등등 다양한 요리가 식탁 위를 가득 채웠다.

일검향은 요리에서 풍기는 향긋한 냄새에 절로 식욕이 돋았다.

'일급 주방장이라도 들인 걸까? 대체 누가 이런 요리를 만들어낸 거지?'

그는 힐끗 원주의 표정을 살펴보았다.

좀처럼 감정을 드러내지 않는 원주도 이때만큼은 온화한 모습으로 풍성하게 차려진 식탁을 둘러보고 있었다. 다소 감회 어린 눈빛이었다.

잠시 후 화복 차림의 중년인이 옷을 털고는 주방을 나섰다. 구레나룻이 잘 손질돼 있었고, 혈색이 좋아 보였다. 일견에도 친근감이 느껴지는 호인의 면모였다.

그는 술 단지를 소중히 안고는 원주의 옆 좌석에 앉았다.

"먼 길을 오느라 조촐합니다. 식 재료가 변변치 않아 송구스럽습니다, 원주님."

원주는 마치 오랜만에 돌아온 자식을 대하듯 따뜻하게 그를 대했다.

"허허, 계도(癸刀) 덕분에 모처럼 포식을 할 수 있게 되었구나."

그는 신입 자객들에게 화복의 중년인을 소개했다.

"십대천살 중 한 명인 계도천살이다."

일검향과 신입 자객이 엉거주춤 일어서며 인사를 올리려 하자 계도가 손을 저었다.

"됐다. 얼굴을 대하는 것으로 상견례가 이루어진 셈이다. 너희들 손에 죽을 일은 없겠어. 하하!"

그가 술 단지를 개봉하자 향긋한 냄새가 진동했다. 적어도 수십 년은 묵은 진귀한 술인 듯싶었다.

"원주님, 이날을 위해 여편네가 특별히 빚은 울금향입니다. 직접 찾아뵙고 술을 올리지 못해 송구하다는 말씀을 꼭 전해달라고 당부하더군요."

"허허, 고맙구나. 너를 보면 항상 마음이 뿌듯하다."

원주는 술을 받으며 기분 좋은 웃음을 흘렸다.

을화가 입맛을 다시며 술잔을 내밀었다.

"계도, 이 누나한테도 한잔 따라야지?"

계도는 짐짓 표정을 굳혔다.

"허어, 오빠한테 꼭 누나 행세를 하려고 해?"

"야, 내가 서열이 두 번째잖아?"

"글쎄, 서열이 나보다 높은 줄은 알아. 하지만 나이는 내가 한 살 많잖아? 더군다나 이 오빠는 애 아빠야. 알아?"

드센 기질의 을화도 계도한테는 비교적 싹싹했다.

"좋아, 오랜만에 만났으니 봐준다. 오빠, 한잔 주세요."

"하하, 당연히 그래야지."

계도는 몸을 일으켜 식탁 주변을 다니면서 모든 사람들에게 술을 한 잔씩 따라주었다.

일검향은 너무도 큰 충격에 계도가 술을 따라주는 데에도 멍하니 바라보기만 했다.

애 아빠!

자객으로서 가정을 꾸려 아이까지 갖고 있다는 사실이 믿어지지가 않았다. 그는 혼자 고개를 저으며 나름대로 판단했다.

'아마 자객 생활을 은퇴했을 거야. 그렇지 않고서야 어떻게 자객의 몸으로 가정을 꾸릴 수 있단 말인가?

원주는 술잔을 들어 모두에게 건배를 했다.

"마시자!"

술잔을 비운 그들은 비로소 식사를 시작했다.

신입 자객들은 긴장 때문에 함부로 요리에 손을 댈 수 없었지만 을화와 무심은 거침없이 요리를 개인 접시에 옮겨 맛있게 먹었다. 그동안 식사 때는 을화의 독무대였지만 계도가 등장하면서 그가 주역이 되었다.

그는 입담이 좋아 요리를 한 점 먹고는 쉴 새 없이 이야기를 늘어놓았다.

"원주님, 나중에 제 딸년을 꼭 한 번 데려오겠습니다. 늦둥이라 그런지 왜 이렇게 예쁜지 모르겠습니다. 한데 성격이 을화를 닮아서인지 아주 고약합니다."

"야, 내 성격이 어때서?"

을화가 왈칵 소리치자 계도가 킬킬거렸다.

"보십시오. 딸년도 한번 야단이라도 치면 곧바로 대든다니까요?"

무심 천살이 컬컬한 음성으로 말을 받았다.

"자네가 을화를 여간 좋아하지 않았나? 아마 애 만들 때도 을화 생각을 하느라 그렇겠지."

여기저기서 웃음이 터져 나오자 을화가 벌떡 일어섰다.

"계도, 잠자리에서 네 여편네 안으면서 아직도 날 생각해?"

계도는 힐끗 갑영의 눈치를 살피며 흘려 넘겼다.

"허어, 갑영 형님 계신 데서 무슨 소리를 하는 거야? 무심 형님도 그런 말씀 마시오. 제 여편네 귀에 들어갔다가는 그날로 난 작살이오."

원주는 담담히 미소를 지은 채 듣고 있다가 을화에게 물었다.

"참, 왜 사대금살은 동석하지 않았느냐? 계도의 방문을 누구보다 반기는 그들이 아니더냐?"

"계도가 특식을 가져왔대요. 지들끼리 몰래 먹느라고 참석하지 않겠다고 했어요."

"특식이라니?"

계도가 손을 비비며 답변을 했다.

"원주님께서는 별로 즐기시지 않는 음식입니다. 이런 자리에 내놓기가 고약하지요."

"알겠다."

원주도 짐작을 한 듯 고개를 끄덕였다.

성대한 연회는 한 시진 후에야 파했다. 워낙 진귀한 요리였기에 남은 음식들은 각자 챙겨 가지고 갔다. 야참에 술을 한잔 곁들일 요량인 듯싶었다.

원주는 명왕전으로 돌아갔고, 제법 취한 을화는 한잔 더하자며 갑영과 무심을 이끌고 자신의 방으로 갔다. 진초와 오갑, 두 지살자객은 사대금살을 대신해 경계를 서겠다며 생사철교로 향했고, 일도살이 동행했다.

계도는 모두의 만류에도 불구하고 손수 설거지를 맡았다.

일검향은 그에게만 맡길 수가 없어 함께 주방으로 들어가 설거지를 도왔다. 나머지 신입 자객들은 청소를 하고 물을 긷는 정도만 마치고 각자 방으로 갔다.

계도가 그릇을 씻으면 일검향은 수건으로 깨끗하게 닦아 정리해 놓았다. 그는 요리에 능할 뿐 아니라 설거지 솜씨도 훌륭했다.

"검향, 을화를 통해 자네 얘기를 많이 들었네. 공동 수석의 영예를 차지해 나와 같은 천살급 자객이 되었다고 하더군. 을화가 직접 데려 왔기에 끔찍하게 생각한다 했어."

그는 즐겁게 설거지를 하면서 말을 이었다.

"자네는 날 처음 보았겠지만 사실 난 자네들의 수련 과정을 여러 번

보았지."

일검향은 궁금함을 참지 못하고 물었다.

"자객 생활을 은퇴했어도 천예사원을 방문하는 것이 허락됩니까?"

계도는 오히려 의아한 눈빛으로 그를 돌아보았다.

"그게 무슨 소리인가? 누가 은퇴를 했다는 건가?"

"그럼 십천살(十天煞)께서는 은퇴한 것이 아닙니까? 혼례를 올렸고, 따님까지 두었다 하지 않았습니까?"

"하하, 아닐세. 난 엄연히 현역이야."

"예에?"

일검향은 믿을 수 없다는 듯 그를 빤히 바라보았다.

"정말 천예사원의 자객으로 계시는 겁니까?"

"물론이네. 자객이라고 혼례를 올리지 말라는 법이 있던가? 아이를 낳아서는 안 된다는 수칙도 없어."

"……."

일검향은 몹시 혼란스러워졌다.

천예사원이 특별한 자객 단체임은 알고 있었지만 이렇듯 개인 생활까지 보장되리라고는 생각지 못했다. 과연 자객 신분으로 이중 생활을 하는 것이 가능한지 이해가 되지 않았다.

설거지를 마친 계도는 벽에 걸어놓은 요리 도구를 하나씩 챙겼다. 그가 직접 챙겨온 요리 도구였다.

일검향은 몇 가지 처음 보는 요리 도구가 신기하게만 여겨졌다.

"이런 요리 도구들이 다 있군요?"

"하하, 자네도 요리에 관심이 많나 보군?"

"수련생 시절에 여러 가지 요리를 해보았지만 대부분 실패했습니다.

취미는 있지만 소질이 없나 봅니다.”

“요리를 배우고 싶으면 낙양으로 찾아오게. 내 밑에서 반년만 배우면 일류 요리사가 될 수 있으니까.”

계도는 각 지방마다 특색있는 요리를 주절주절 늘어놓으며 일검향의 어깨를 다독였다.

“요리는 감성일세. 훌륭한 요리사가 되려면 상상력도 풍부해야 하지. 또한 상상력은 자객에게 있어 아주 중요한 요건이네. 표적을 사냥할 때 매번 다른 방식을 취해야 하니까. 하기에 최고의 자객은 풍부한 상상력을 지닌 사람이라 할 수 있네.”

그렇게 말을 하고는 멋쩍은 표정을 지었다.

“하지만 난 좋은 요리 솜씨만큼 훌륭한 자객은 못 되네. 난 2기 수련생 중 꼴찌로 수료했지.”

“수련생 서열은 중요치 않다고 생각합니다.”

일검향이 위로하자 그는 자신이 머리를 툭툭 쳤다.

“하하, 자네와는 대화가 될 것 같군.”

그는 간단한 안줏거리를 챙겨 들고는 주방을 나섰다.

“자네가 설거지를 도와주었으니 나도 선배로서 몇 마디 조언을 해주겠네.”

두 사람은 소청실 식탁에 마주 앉았다.

계도는 거푸 석 잔의 술을 마시고는 입을 열었다.

“검향, 자객으로서 일반 사람들과 섞여 산다는 것이 쉬운 일은 아니네. 특히 자객을 남편으로 둘 아내를 만나기는 더욱 쉽지 않지.”

“아주머님도… 자객이세요?”

“그냥 형수님이라 불러도 돼. 내 아내는 무공 한 초식 모르는 평범한 여염집 여인이었네. 물론 지금도 무공이 뭔지 모르지."

그는 물끄러미 일검향을 바라보았다. 다분히 감회 어린 눈빛이었다.

"이십 년 전 내가 자객 36관을 통과할 때가 딱 자네만한 나이였네. 풋내기 자객이 그 후 용케 임무를 수행하면서 여태껏 살아왔으니 행운이라 할 수 있지."

"……."

"내게 있어 원주님은 사부님이자 아버님이시네. 난 그렇게 생각해. 하기에 오늘 고희(古稀)를 맞이해 내가 특별히 요리를 해드린 거네."

일검향은 비로소 원주가 배석한 연회의 의미를 알게 되었다.

'오늘이 원주님의 칠십 회 생신이셨구나. 그래서 계도 형님이 진귀한 요리로 원주님을 기쁘게 해드린 거였어.'

계도는 술을 한 모금 음미하고는 말을 이었다.

"난 자객 생활을 십 년 정도 수행하다 지금의 아내를 만나게 되었네. 그렇게 예쁜 여자도 아니었는데 첫눈에 반해 버렸지. 난 많은 시간을 고민하다가 원주님께 고백했네. 한 여인 때문에 임무를 수행하는 데 지장이 많다고 말일세."

계도는 의자에 편히 기댄 채 회상에 젖었다.

"아마 여느 자객 단체였다면 난 폐기되었을 것이네. 하지만 원주님은 자객도 인간임을 강조하셨지. 내 고충을 충분히 이해하셨어. 정말 사랑하는 여인이라면 놓치지 말라고 하셨네. 또한 아내가 될 여인을 속여서는 안 된다고 엄히 일러주셨네."

"아주머님, 아니, 형수님께서 자객의 신분임을 알고도 십천살을 받아주셨단 말입니까?"

"물론 지금의 아내도 몹시 충격이 컸지. 하지만 며칠을 고민한 후

조건을 걸더군. 사람들과 섞여 살 수 있는 직업을 가져 평소에는 함께 지내야 한다는 거였지. 대신 내가 임무를 수행하는 데에는 관여하지 않겠다고 했네."

"정말이지, 천생연분이십니다."

일검향은 가슴 뭉클한 감동에 젖었다.

남편 될 사람이 자객임을 알고 그것을 수용할 수 있는 여인이 과연 몇이나 될 것인가. 그런 여인이 없었다면 계도 천살이 어떻게 가정을 꾸미며 살 수 있었겠는가.

계도는 입 안에 술을 한 잔 털어 넣었다.

"자객은 어떤 직업을 가져도 잘할 수 있네. 특히 칼질에 능하니 주방장이 적격이지. 나와 아내는 작은 반점으로 시작해 지금은 커다란 객잔을 운영하고 있네. 이름이 운소객잔(雲宵客棧)인데, 낙양에서 제법 유명하지. 주변의 몇몇 점포까지 사들여 먹고사는 데는 걱정이 없을 정도일세."

"낙양 운소객잔이요?"

"그래, 임무 수행 중 지나는 길이라면 꼭 들르게나. 내가 없더라도 여편네한테 춘추봉에서 왔다고 하면 잘 대접해 줄 것이야. 그동안 몇몇 동료가 묵고 간 적이 있지."

일검향은 잠시 주저하다 물었다.

"왜 은퇴하실 생각은 하지 않았습니까?"

계도는 담담히 미소를 지었다.

"천예사원은 내게 있어 사문일세. 내 개인적 안주를 위해 사문을 배신할 수는 없어. 아내도 내가 살아온 과정을 이해하기에 은퇴를 강요한 적이 없네. 나 또한 아직은 자객 생활을 그만두고 싶지 않아. 내 스스로 힘에 벅차면 원주님께 은퇴를 간청하겠지만 지금은 그럴 수 없네. 사문을 지켜야 하니까."

"그게 무슨 말씀이십니까?"

"은천마국! 그들이 우리 천예사원을 노리고 있지 않은가? 자네는 아직 모르고……."

계도는 얼른 말꼬리를 돌렸다.

"이런, 내가 실수를 했군. 갓 수련을 마친 자네에게 너무 많은 말을 했어. 아직 자네 자신이 정립되기 전인데 말이야. 검향, 원주님께서 별도의 지시를 하달할 때까지는 다른 생각은 하지 말게. 아직 미숙한 자네가 앞서 판단하는 것 또한 자객 수칙에 위배되니까."

"알겠습니다."

"하하, 모처럼 집에 돌아오니 편하군."

계도는 그의 어깨를 다독여 주고는 서둘러 소청실을 나갔다.

일검향은 잠시 자리를 지킨 채 생각에 잠겼다.

'은천마국… 감 소저의 말대로 그들은 이미 세상 곳곳에 퍼져 있다. 더 이상 비밀스런 존재가 아니야. 23호를 수련생으로 가장해 우리 천예사원에 파견시킬 만큼 무서운 자들이다. 한데 원주님이나 을화 천살은 왜 그들에 대해 한 번도 경각심을 주지시키지 않는 것일까?'

그는 문득 실종된 지살자객들을 떠올렸다.

'맞아. 수련생 시절 네 교두가 오랫동안 실종되자 갑영과 을화가 새로운 교두로 부임했고, 다시 네 교두가 출동한 후 여태 돌아오지 않고 있다. 네 교두의 실종은 은천마국과 연관이 있는 게 분명해. 하지만 천예사원의 힘으로도 감당할 수 없기에 우리에게 전혀 언급하지 않는 것이 틀림없어.'

남은 술을 마저 비운 그는 신중하게 결정을 내렸다.

'사사로운 조사는 자객 수칙에 위배된다. 그러나 이것은 천예사원의 운명과 직결된 문제다. 저들이 누구인지를 정확히 알아야 돼. 상대를 알아야 이길 수 있다.'

3

자객 서고는 수련생들을 위한 서고와 비교할 수 없을 만큼 잘 정돈돼 있었다. 병기를 다루는 초식도 각 병기 별로 체계적으로 분류돼 있었고, 각각의 문파와 무림인명록도 상세하게 기록돼 있었다.

자객 서고는 원형의 석실이었기에 중앙 탁자에서 어느 서가든 쉽게 접근할 수 있다.

풍성한 연회가 벌어져서인지 자객 서고는 텅 비어 있었는데, 한 명만이 탁자에 앉아 십여 권의 책을 펼쳐 놓고 목록 작성 중에 있었다. 여인은 바로 다훼였다.

일검향은 그녀와 둘만의 공간에 있게 되자 마음이 절로 편안해졌다.

"뭘 그리 열심히 기록해?"

그가 맞은편에 앉자 그녀는 상큼한 미소를 지었다.

"설거지는 다 끝났어?"

"십천살 혼자 다하셨어. 난 정리만 했지."

"정말 대단하신 분이야. 원주님의 방침에 가장 충실한 분이라고 봐야 돼. 단지 살인 병기가 아니라 인간적인 전문가, 그래서 원주님이 십천살에게 호감을 갖고 있는 것 같아."

다훼는 빈 책자를 펼쳐 놓고는 다시 무언가를 써 내려갔다.

"내가 자객 서고의 관리자가 되었어. 원주님이 쾌히 수락해 주셨지."

"잘됐구나. 하기는 너만큼 서고를 잘 관리할 사람도 없지."

"일단 목록부터 새롭게 작성할 생각이야. 삼십 년에 걸쳐 수집된 책자와 정보가 너무 산만하게 흩어져 있어."

일검향은 잘 정돈된 서가를 둘러보았다.

"이 정도면 잘 분류돼 있는 것 아니야? 수련생 서고에 비하면 훨씬 잘 정리돼 있잖아?"

"물론 그렇지. 하지만 매일같이 입수되는 정보와 강호 동향은 제대로 정리가 되지 않았어. 그동안 사라진 문파와 새로 창건된 문파, 특히 인명록은 분류 방식이 너무 산만해서 한 사람의 행적을 찾는 데에도 수십 권을 끄집어내야 돼."

다훼는 열심히 먹을 갈면서 물었다.

"무슨 책을 찾으러 온 거야? 역시 쾌검에 관한 책인가?"

일검향은 짐짓 대수롭지 않은 표정을 지었다.

"그냥 몇 가지 궁금한 게 있어서. 이곳에는 혹시 자객에 관한 기록이 있나 모르겠군."

"자객?"

"자객들의 삶이 궁금해. 어떤 자객들이 있으며, 어떤 척살을 벌였고, 또 어떻게 사라졌는지 알고 싶어."

다훼는 탁자에 놓인 책을 안아 들고는 가운데 서가로 향했다.

"강호인명록에 관한 책이 이천 권 정도는 돼. 별호와 이름만도 수만 명은 기재돼 있을 거야. 자객은 그 정체가 모호해 별호조차 남기지 않는 경우가 많지. 아직 읽어보지 못했지만 어차피 모두 봐야 분류가 되니까 자객열전을 구성해 볼게."

일검향은 그녀와 어깨를 나란히 했다.

"혹시 귀견쌍살(鬼見雙殺)에 대해 찾게 되면 말해줘."

"귀견쌍살?"

"응, 우연히 들었는데 쾌검과 쾌도의 달인이라 하더군. 놀랍게도 부부 자객이라 하더군."

"그래? 정말 특별한 자객이네?"

다훼는 서첩에 그들의 명호를 기재해 두었다.

"또 알고 싶은 사람은 없어?"

"혹시 최근 입수된 정보 중에서 감소채라는 여인이 있으면 찾아봐 줘."

"아는 여인이야?"

일검향은 머쓱한 표정을 지었다.

"강호에서 처음 만난 여인이야. 나보다 두세 살 정도 연상이지. 어느 문파 소속인지는 모르겠어. 하지만 당시 어린 나이에도 뛰어난 무공을 지녔어. 그만한 여인이라면 당대의 여협으로 활동하고 있을 거야."

"예뻐?"

"다훼, 그, 그냥 궁금해서 알아보려는 것뿐이야."

다훼는 피식 실소를 지었다.

"검향, 내가 질투를 해서 그러는 게 아니야. 감소채라는 이름을 가진 여인이 어디 한둘이겠어? 나이는 대충 짐작하겠지만 용모에 대해서도 알아야 찾아낼 수 있을 것 같아서 말이야."

일검향은 공연히 속내를 드러낸 것 같아서 부끄러웠다.

"용모는… 상당히 뛰어나. 눈이 특히 아름다웠어."

"훗, 13세 소년의 첫사랑이었나 보네?"

다훼가 짓궂게 웃음을 짓자 일검향은 얼른 둘러댔다.

"그런 소리 마. 내가 감히 넘볼 수 없는 귀공녀였어. 한데… 아주 심각한 문제가 있어."

그는 서가 구석으로 그녀를 이끌었다.

"너도 은천마국에 대해 들어봤어?"

"물론이지. 지난번 처음 출동했을 때 가장 먼저 들은 얘기가 은천마국이야. 그들의 정체가 무엇인지, 총단이 어디에 위치하는지는 아무도 몰라. 그들을 추종하는 잔마대(殘魔隊)들만 설치고 다니더군. 한데도 누구 하나 그들과 맞설 엄두를 못 내고 있었어."

"잘 생각해 보면 일 년여 전에도 들은 적이 있을 거야. 수련생 시절에 말이야."

다훼는 심각한 표정을 짓다가 나직이 외쳤다.

"23호?"

"맞아, 녀석은 마국의 제자였어. 바로 은천마국에서 우리 천예사원을 노리고 은밀하게 파견한 첩자였지. 원주님이 녀석의 몸에서 혈음마공의 징후를 찾아냈으니 확실해."

"너, 어떻게 은천마국에 대해 그토록 잘 알고 있어?"

"실은……."

일검향은 어릴 적 감소채와 만났던 경위와 당시 은마령의 마공에 침해당한 상황을 소상히 말해주었다. 또한 계도 천살이 은천마국의 위협을 경고한 얘기도 덧붙였다.

다훼는 신중하게 얘기를 듣고는 목소리를 낮추었다.

"교두들의 연속된 실종, 23호가 마국의 첩자, 지난번 무릉상단의 단

주를 척살하려 할 때 개입한 마국의 고수 동마사……. 아마 천예사원
과 은천마국의 은밀한 대립이 전부터 진행되고 있었던 것 같아. 그래
서 을화 언니한테 물어본 적이 있는데 복잡하게 알려 하지 말라더군.”

“아마 우리가 어리니까 동요할 것을 우려했을 거야. 하지만 마국과
의 은밀한 싸움이 진행되고 있다면 우리도 알아야 돼. 이제 우리는 수
련생이 아니잖아? 당당한 천예사원의 자객이야. 우리의 사문을 지키려
는 노력은 해야 돼.”

일검향이 결연한 표정을 짓자 다훼가 우려의 눈빛을 띠었다.

“검향, 너무 적개심을 드러내지 마. 내가 한번 알아볼게.”

“알았어.”

“크게 기대는 마. 원주님이 우리에게 알리지 않으려 하셨다면 그런
정보는 이곳에서 찾기 힘들 거야.”

“직접적으로 언급된 정보는 없어도 간접적인 증거들은 찾아낼 수 있
을 거야. 하루아침에 그토록 거대한 조직이 만들어질 수는 없으니까.”

“그래, 나한테 맡기고 누구한테도 언급하지 마. 특히 창비는 절대 안
돼.”

일검향은 창비 때문에 열양단 문제가 불거진 것을 알고 있기에 쓴웃
음을 지었다.

“물론이지.”

그는 문으로 걸음을 옮겼다.

“늦었는데 안 자?”

다훼는 어깨를 으쓱해 보였다.

“여기가 내 방이야.”

“그럼 이 넓은 서고에서 혼자 잔단 말이야?”

"왜 혼자야? 수천 권의 장서가 다 내 친구인데."

다훼는 다정한 미소를 머금었다.

"그리고 주변에 언니, 오빠가 있고 친구들도 많잖아?"

"그렇군. 외로울 일은 없겠어."

일검향은 그녀를 향해 가볍게 손을 들어 보였다.

"잘 자. 계도 천살 형님을 만나보니까 자객도 외롭지만은 않더라고."

第12章
두려운 것은 상대가 아니라 내 자신

두려운 것은 상대가 아니라 내 자신 1

두 번째 출동은 보름 후에 이루어졌다. 생사철교를 건넌 두 사람은 일검향과 을화였다.

그들 둘이 이인 일조가 되어 출동한다는 소식을 듣고 가장 우려한 사람은 창비였다. 그는 을화가 나이를 불문한 채 일검향을 노골적으로 유혹하는 것을 잘 알고 있기에 못내 불안해했다.

두 사람은 빠르게 산을 넘어 서부 고원이 내려다보이는 능선 위에 이르렀다.

을화는 평소답지 않게 다소 신중한 모습을 보였다.

"이번 표적은 너 혼자 해결해야 한다."

"어떤 표적입니까?"

"장안에 도착하게 되면 알게 될 거야."

"지난번처럼 소란이나 피우는 일은 아니겠지요?"

“임마, 넌 당당한 천살자객이야. 지난번 무릉에서 해결한 사건은 그저 견습이었을 뿐이야. 이번부터 난 임무를 지시할 뿐 잠입, 척살, 탈출은 네 스스로 해결해야 돼.”

을화는 천천히 걸음을 옮겼다.

“사람에게는 누구나 타인에게 알려지기 원하는 명예욕이 있어. 자객들 세계도 마찬가지이지. 여러 건의 척살을 수행하면 어쩔 수 없이 네 존재가 드러나겠지만 그 시기는 늦을수록 좋아.”

“……..”

“다시 당부하지만 자객은 의협이 아니야. 임무 수행에 나선 이상 주변에 대해 철저하게 무관심해져야 돼. 섣불리 감상에 빠져서도 안 되고, 호기심을 느껴서도 안 돼.”

“알고 있습니다. 그러기 위해서 수련을 받은 것이 아닙니까?”

“본능은 수련보다 훨씬 강해. 칠 년이 아니라 칠십 년을 수련받아도 본능을 말살시킬 수 없어. 의지로써 절제할 수밖에.”

을화는 꽤 무게가 나가는 비단 주머니를 그에게 건넸다.

“열흘 후 장안 서원객잔(西園客棧)에서 만나자.”

일검향은 그녀와 동행하지 않게 되었다는 사실에 내심 안도했다.

“개별 행동입니까?”

“난 몇 가지 조사할 것이 있어.”

“이천살의 안색이 좋지 않습니다. 중대한 문제인가요?”

“조금은 그래. 하지만 네가 신경 쓸 사안은 아니야.”

을화는 개울가에 쭈그려 앉아 물을 마셨다. 간단히 땀을 씻은 그녀는 별안간 미간을 찌푸렸다.

“참, 너 왜 지난번 사고 쳤어? 그렇게 조심하라고 일렀는데 왜 네 존재를 드러낸 거야?"

"무슨 말씀이세요?"

"늑대새끼들과 다툼이 있었다면서? 구랑금혈조인가 하는 놈들 말이야."

일검향은 가슴이 덜컥 내려앉았다.

'아니, 그 사실을 어떻게 알았단 말인가?'

엽운표라는 괴이한 노인을 구하는 과정에서 약간의 소란이 일어난 것은 사실이지만 그들은 자신의 이름조차 모른다. 그들과는 초면인 데다 특유의 자객술을 펼친 일도 없었다. 그런 사실을 을화가 알고 있다는 것이 경이로울 뿐이었다.

을화가 날카롭게 눈을 흘겼다.

"검향, 우리에게 정보를 제공하는 자객 단체가 이백 곳도 넘어. 특별한 사건이나 의문스런 일들은 즉각 보고되지. 성도로 향하는 관도 변에서 일어난 사건은 사소한 다툼이 아니야. 상대가 집요한 구랑금혈조이고, 그들이 쫓던 늙은이가 공공신도(空空神盜)였어. 공공신도는 추잡한 도둑에 불과하지만 요지선궁(瑤池仙宮)에서 보물을 훔친 덕분에 유명세를 타게 됐지."

일검향은 비로소 엽운표의 별호가 공공신도임을 알게 되었다.

물론 요지선궁에 대해서는 자객 서고에서 읽은 적이 있기에 어느 정도는 파악하고 있었다.

천하사대금역(四大禁域) 중 하나로, 사내는 들어갈 수 없는 여인들만의 문파. 중원 최고의 여류 고수였던 천지성후가 창건. 정파에 가깝지만 교류가 없기에 철저히 신비에 가려진 그곳이 바로 요지선궁이었다.

일검향은 솔직히 자백할 수밖에 없었다.

"죄송합니다. 본의 아니게 사건에 연루되고 말았습니다. 한데 제가 어떤 실수를 했기에 이천살이 알게 된 겁니까?"

"물론 주변의 누구도 네 이름을 모르고 얼굴도 잘 기억하지 못하니 큰 실수는 아니야. 추잡한 공공신도를 도와 달아났으니 백도의 의협은 아닐 테고, 구랑금혈조와 맞선 것으로 미루어 흑도 쪽도 아니지. 게다가 냄새 잘 맡기로 유명한 대백랑이란 놈이 도저히 냄새를 찾아낼 수 없다고 떠벌렸어. 내가 네 행로를 추정해 보니 너 외에는 달리 그런 사람이 없다고 판단했지."

"원주님도 아십니까?"

"그 노인네 속을 내가 어떻게 알아? 요즘 들어서 이상하게 말수도 줄어들고, 나한테까지 뭔가를 숨기고 있는 것 같아. 아마 어느 정도는 짐작하셨을 거야. 하지만 구랑금혈조의 추적을 따돌렸기에 문제 삼지 않으신 거겠지."

일검향은 그늘진 표정으로 고개를 떨구었다.

"앞으로는 더욱 조심하겠습니다."

"특히 구랑금혈조의 늑대들을 조심해. 놈들은 전문적인 인간 사냥꾼이야. 재수없게 놈들의 표적이 되면 놈들 모두를 죽여야 추적을 따돌릴 수 있으니까."

"심려를 끼쳐 죄송합니다, 이천살."

을화는 소매로 물기를 닦아내고는 몸을 일으켰다.

"됐어. 그리고 천예사원을 나서면 누님으로 호명하랬잖아?"

"예, 누님."

"장안까지 열흘이면 충분히 당도할 거야. 여비는 넉넉히 주었으니 매일같이 기루에 들러 계집을 품고 자."

"누님……?"

일검향이 난감한 표정을 짓자 을화가 정색을 했다.

"농담 아니야. 이번 임무를 수행하는 데 있어서 반드시 필요해. 열흘 후 장안에서 만났을 때는 풍류공자가 되어 있어야 한다."

"……."

"임마, 행복한 줄 알아. 난 열흘 동안 뒤간에 처박혀 있었던 적도 있어."

"차라리 그게 낫습니다."

을화는 그의 양 볼을 감싸쥐고는 쪽 소리가 나게 입을 맞추었다.

"이그, 행복에 겨워 비명을 질러라. 본래는 내가 열흘 동안 널 안아주려 했는데, 내가 해결할 일이 너무 많아. 게다가 네 녀석 성깔에 나 같이 늙은 아줌마를 어디 여자로나 여기겠어?"

"너무 자학하지 마세요. 누님은 여전히 매력적입니다."

"호호, 날보고 형편없는 아줌마라면서? 내 평생 가장 치욕적인 수모를 안겨준 녀석이 이제 와서 발뺌이냐?"

"그만 하시죠."

일검향은 고개를 돌려 을화의 눈길을 피했다.

그녀는 그의 어깨에 다정하게 팔을 둘렀다. 눈은 웃고 있었지만 표정은 진지했다.

"건장한 사내가 계집을 취하는 것은 당연한 본능이야. 전혀 거부할 필요 없어. 최대한 비싼 옷으로 사 입고 귀공자로 행세해. 네 신분은 귀주 백가장(白家莊)의 둘째 공자야. 이름은 백기명(白奇明)."

"당분간 백가장의 이공자 백기명으로 행세하라는 겁니까?"

“그래. 장안에 이를 때까지 매일같이 기루에 들러 네 이름을 알려야
돼.”

일검향은 궁금함을 참지 못하고 물었다.

“대체 표적이 누구입니까?”

“장안에 당도하면 알게 될 거다.”

을화는 작은 서첩을 그에게 건네주었다.

“백가장에 대한 정보와 몇 가지 무공이 수록돼 있다. 쓸 만한 것은
거의 없지만 건곤칠각권(乾坤七脚拳)은 백가장의 독문 무공이니 꼭 익
혀둬라.”

“열흘 안에 새로운 무공까지 익히란 말씀입니까?”

“임마, 그냥 주먹질과 발길질이야. 단조로운 수법이니 하루면 충분
히 터득할 수 있어.”

을화는 둥실 떠올랐다.

“호호, 촌놈이 어떻게 변신한 모습으로 나타날지 기대되는군.”

그녀는 칠보간섭을 펼쳐 허공을 밟으며 맞은편 능선으로 날아갔다.

일검향은 풍류공자로 변신해야 한다는 사실에 소리없는 한숨을 내
쉬었다.

“젠장, 공공신도와 같은 좀도둑이라도 만나 은자를 죄다 잃었으면
좋겠다. 매일같이 기녀를 끼고 자야 한다니 정말 고역이로군.”

2

옷이 날개라는 말이 있다.

소주산 비단옷을 걸치고 금빛 문사건을 두른 일검향의 모습은 영락

없는 귀공자였다. 허리에 두른 옥대는 화려했고, 장백산 담비 가죽신을 신었다.

섬서성으로 들어선 그는 넓은 관도를 따라 천천히 말을 몰아가고 있었다.

초여름으로 접어든 날씨는 해가 저물 무렵에야 조금씩 바람이 시원해졌다. 그가 장안으로 향한 지 나흘째였다. 그는 지난밤의 첫 정사를 떠올리며 쓱쓸한 고소를 머금었다.

을화의 엄한 지시에도 불구하고 그는 사흘 동안 기루 문턱을 서성이다 그냥 발길을 돌렸다. 맨 정신으로 처음 기루를 찾아가 기녀를 부르기가 너무 어색했던 것이다. 하지만 마냥 미룰 수는 없었다.

사천과 섬서 경계에서 하룻밤을 보내면서 그는 술을 왕창 마시고 기루를 찾아 들어갔다.

허름한 기방과 형편없는 안주와 술, 그리고 볼품없는 기녀를 옆에 끼고 그는 하룻밤을 보냈다. 여자를 품어보기는 처음이었지만 기녀의 솜씨가 워낙 능숙해 그는 그녀가 이끄는 대로 움직였기에 별 문제는 없었다.

손님을 맞은 지가 오래된 듯 기녀는 새벽녘에 또 한 번 그의 품으로 파고들었다. 술김이었지만 막상 여인과 살을 섞어보니 예상만큼 부담스런 행위는 아니었다.

어느 정도 술이 깬 상태에서 다시 교접을 치르는 동안 그는 을화가 늘 하던 말을 깊이 이해할 수 있었다.

색욕에 너무 깊이 빠져서는 안 되지만 기피할 필요도 없다.

옳은 말이었다. 자객은 감정적인 절제와 세심한 주의를 기울여야 하는 신중한 직업이다. 하지만 극도의 긴장감을 계속 유지하기는 불가능하다. 아무리 강한 신경을 지닌 자라도 미쳐 버리기 때문이다.

잠시 동안은 긴장을 해소하고 본능에 빠져야 한다. 열탕과 냉탕을 오가며 체력을 담금질하듯 긴장과 본능을 적당히 조이고 해소하는 것도 정신력을 담금질하는 과정의 하나일 수 있다.

일검향은 문득 다훼를 떠올리며 조금은 미안한 생각이 들었다.

그녀가 자신을 어떻게 생각하고 있는지는 정확히 알 수 없지만 첫 번째 여인이 그녀이기를 내심 바랐던 것이다. 하지만 남녀 관계가 자신이 원한다고 이루어질 수 있는 것은 아니었다. 더군다나 자객의 신분으로 연인이 되는 것은 금기였다.

이때였다. 갑작스런 병장기 소리에 그는 퍼뜩 상념에서 깨어났다.

십여 명의 표사가 표물 마차를 이끌며 도적들과 싸움을 벌이고 있었다. 말은 이미 죽었기에 두 명의 표사가 대신 마차를 끌고 있었다. 나머지 표사들은 마차를 보호하기 위해 도적들과 혼전을 벌이는 중이었다.

도적들은 미간에 단풍잎 문양의 문장을 새긴 자들이었다.

일검향은 순간적으로 적개심을 느꼈다.

'마국의 개들인 잔마대(殘魔隊)?'

첫 번째 출동 때 성도에서 잔마대를 본 적이 있기에 도적들이 잔마대 소속임을 대번에 알 수 있었다.

"케헤헤, 뒈지기 싫으면 어서 표물을 내놔!"

"감히 잔마대와 맞서겠다는 것이냐?"

도적들은 이십여 명 정도로 표사들보다 두 배는 많은 숫자였다. 무공은 표사들과 비슷한 수준으로 삼류에 불과했다.

일검향은 소란스런 혼전을 살피다가 고개를 옆으로 기울였다.

‘잔마대가 아니로군. 잔마대를 흉내 낸 도적들이야.’

표사들이 쫓기는 바람에 일검향은 전혀 원치 않게 싸움판에 휩싸이게 되었다.

도적 둘이 냅다 그를 향해 칼을 휘둘렀다.

“이 새끼는 뭐야?”

“돈푼깨나 있어 보이는군. 그냥 죽여!”

일검향은 잠시 주저했다. 녹림의 도적들 따위는 그의 적수가 될 수 없다. 하지만 구랑금혈조와 벌인 소란으로 꾸지람을 들었기에 다시는 강호사에 끼어들고 싶지 않았다.

그러다 문득 자신의 신분이 당분간 백가장의 이공자 백기명임을 떠올렸다.

‘그렇군. 내가 백기명인 이상 이 정도 싸움을 회피해서는 안 돼.’

그는 마상에서 가볍게 뛰어내리며 일권일퇴를 전개했다. 백가장의 절기인 건곤칠각권이었다. 외견상 건곤칠각권이었지만 자객의 비술이 가미돼 있기에 그 위력은 훨씬 강력했다.

“악!”

“크윽!”

급소를 얻어맞은 두 도적은 비명과 함께 나동그라졌다.

난데없는 훼방꾼이 개입되자 도적 넷이 다시 달려들었다.

“이 새끼는 뭐야?”

“감히 잔마대에 대항하겠다는 것이냐?”

도검과 창이 동시에 파고들었지만 일검향의 눈에는 너무도 느리게 보였다. 그는 슬쩍슬쩍 피하며 연속해서 건곤칠각권을 전개했다. 주먹과 발길질이 뻗어 나갈 때마다 도적들이 연이어 고꾸라졌다.

순식간에 여섯 명의 도적이 나동그라지자 표사들은 부쩍 기운이 솟았다.

"오, 의협이시다!"

"하늘이 도우셨다!"

"도적들을 몰아내자!"

쫓기던 표사들은 전열을 정비하고는 반격을 시도했다.

그러자 도적들의 두령으로 보이는 거한이 권태로운 표정으로 나서며 도끼를 휘둘렀다.

"꺼져라!"

차—창!

검이 박살나며 두 명의 표사가 뒤로 밀렸다.

두령은 목을 꺾어 우드득우드득 소리를 내며 일검향에게 다가섰다.

"웬 놈이냐?"

"그냥 지나가던 사람이다."

"네놈은 우리가 누구인지 아느냐? 바로 섬서 잔마지부의 순찰조다!"

"내가 보기에는 녹림의 잡배들로밖에는 안 보이는군."

일검향이 냉담하게 응수하자 부상을 입은 표사 하나가 옆으로 다가섰다.

"맞습니다, 대협. 놈들은 잔마대가 아니라 녹림의 도적들입니다. 마빡의 은마인(隱魔印)도 새긴 것이 아니라 그냥 그린 것입니다."

"잔마대면 어떻소? 나 백기명은 어떤 악도도 용서치 않을 것이오!"

두령은 일검향의 당당한 기세에 눈을 가늘게 떴다.

"크흐흣, 가끔 객기를 부리는 놈들이 있지. 내 도끼에 머리통이 박살날 때 비로소 피눈물을 흘리더군."

"훗, 무딘 도끼로 내 머리카락 한 올이라도 벨 수 있을지 모르겠군."

"뒈져!"

두령은 냅다 괴성을 외치며 도끼를 내려쳤다.

나름대로 부법(斧法)을 수련한 듯 마구잡이 도끼질은 아니었다. 육중한 도끼는 수직으로 내리 꽂히다가 대각선으로 방향을 틀었다.

일검향은 빠르게 걸음을 놀려 바싹 다가섰다.

"건곤투적!"

강력한 주먹이 수괴에 안면에 정확히 꽂혔다.

"아악!"

코뼈가 뭉개진 두령은 고통스런 비명과 함께 나자빠졌다. 앞니까지 으스러지며 주르륵 피를 토해냈다. 믿었던 두령이 일격에 쓰러지자 도적들은 사색이 되었다. 그들은 급히 두령을 들쳐 업고는 잽싸게 달아났다.

위기가 간단히 해소되자 표사들은 모두 감격에 젖었다.

어깨에 부상을 당한 표사가 정중히 예를 취했다.

"고맙소, 대협. 난 장안 서평표국(西平鏢國)의 표두 종회(鐘會)라 하오. 갑작스레 기습을 받는 바람에 표물을 탈취당하는 수모를 겪을 뻔 했소. 이 은혜 백골난망이오."

표사들도 연신 포권을 취하며 허리를 굽실거렸다.

"대협의 높은 명성을 알고 싶소이다."

일검향은 멋쩍은 표정을 지으며 자신을 밝혔다.

"귀주 백가장의 백기명이라 하오. 대단한 일은 아니니 개의치 마시오."

그는 훌쩍 마상으로 올라앉았다.

종회가 얼른 말을 가로막았다.

"백 대협, 잠시 객잔으로 모셔 술이라도 대접하고 싶소."

"괜찮소. 이만 가리다."

일검향은 말을 몰아 관도를 따라 달려갔다.

종회와 표사들은 그의 의연한 모습에 혀를 내둘렀다.

"허어, 진정 영웅이로군."

3

장안(長安)은 역대 제국의 도읍지답게 상당히 번화했다.

여러 번의 전화(戰禍)를 겪었지만 성곽은 아직 튼튼했고, 길이 바둑판처럼 정비된 도시는 절로 입이 벌어질 만큼 화려했다. 장안은 비단길이 시작되는 상업 도시답게 물자가 풍부했고, 관도를 오가는 마차와 수레가 밤이 늦어도 끊이지 않았다.

을화와의 약속 하루 전에 장안으로 들어선 일검향은 번화한 도시에 혀를 내둘렀다.

"사천의 성도보다 몇 배는 큰 도시로군. 정말 화려해."

석양이 지기도 전에 각양각색의 등을 밝힌 누대와 전각은 구중궁궐을 방불케 했다.

넓은 관도 주변은 객잔과 점포가 줄을 잇고 있었다. 모퉁이를 돌면 객잔과 노천반점이 장터를 이루었고, 좁은 골목 주변은 주점과 기루가 환락가를 형성하고 있었다.

비교적 값진 비단옷을 걸친 일검향이었지만 부유한 상인들의 화려한 옷차림에 묻혀 잘 보이지도 않을 정도였다.

그는 천천히 말을 몰아 서원객잔을 찾아갔다.

오십 개의 객방과 반점을 갖춘 서원객잔은 부호나 대상들이 묵는 고급 객잔이었다. 후원의 별채는 죽림 사이에 위치해 있어 독립적인 공간이 보장되었다.

일검향은 거금을 아끼지 않고 별채 하나를 빌렸다.

간단히 수욕을 마친 그는 식사를 주문해 별채 안에서 먹었다. 그로서는 정말 호사스런 생활이 아닐 수 없었다.

을화는 매일같이 기녀를 품으라고 했지만 그는 이틀에 한 번 기루에서 잤다. 아무리 임무 수행을 위한 과정이라지만 매일 밤 기녀와 교접을 벌이는 것이 너무 지나치다 판단한 것이다.

풍류공자 행세를 하는 것이 목적이지 그가 진짜 풍류공자가 될 필요는 없는 일이었다.

식사를 마친 그는 무료한 심정으로 산책을 나섰다.

대나무 숲을 사이에 둔 다른 별채에서 들려오는 음률과 노랫소리가 드높다. 아마도 기녀들을 불러 질펀하게 즐기는 듯싶었다.

그는 천천히 연못 주변을 산책하며 생각에 잠겼다.

'대체 누구를 척살해야 하기에 이런 번잡스런 과정을 겪게 하는 것일까? 비용도 만만찮게 들었어.'

그는 무릉장에서 다훼가 앞서 무릉상단을 탐색한 일을 떠올렸다.

'나도 나름대로 주변 상황을 알아볼까?'

하지만 너무도 거대한 도시였기에 선뜻 엄두가 나지 않았다. 지리도 생소한데다 남의 눈에 띄는 것이 우려되었다.

같은 숙소에 두 번 묵지 않으며 같은 사람을 두 번 만나지 않는 것이 자객 수칙의 기본이었다. 또한 돌아가더라도 같을 길을 택하지 않아야 하는 것도 지켜야 할 수칙 중 하나였다.

어쩔 수 없이 표사들을 도와주었지만 그들이 장안 서평표국의 소속인 것이 조금 마음에 걸렸다. 행여 그들을 장안 거리에서 만나게 되면 임무 수행에 차질을 줄 수 있기에 객잔을 나서는 일은 삼가야 했다.

일각 동안 정원을 산책한 그는 별채로 들어섰다.

'특별히 할 일도 없으니 엽운표 기인이 남겨준 구결이나 연마해야겠군.'

성도에서 우연히 만난 엽운표가 금강지로 새겨놓은 구결은 모두 스물여덟 개의 글자였다. 네 구절에 불과했기에 무공 구결로는 아주 짧은 편이었다. 언뜻 칠언절구와 같은 시처럼 느껴졌지만 심오한 의미가 담겨 있어 대체 어떤 무공인지 전혀 알 수가 없었다.

그가 그동안 구결을 깊이 생각지 않은 이유는 천예사원의 무공이 아니기 때문이었다. 그에게 있어 천예사원은 사문이기에 다른 사람의 무공을 배우는 것이 사문에 대한 배신이라 생각하였다.

그러나 장안으로 오는 도중 그는 생각을 달리하게 되었다.

천예사원의 무공은 독창적인 것이 많지 않았다. 기존에 알려진 무공 중에서 자객술로 변형한 것이 대부분이었다. 체계적인 무공이라기보다 임기응변을 위한 기술이 주류를 이루고 있었다.

결국 그는 누구의 무공이냐 하는 문제는 중요치 않다는 판단을 하게 되었다. 자신의 자객술을 향상시키는 데 도움이 될 수 있다면 어떤 무공이라도 수련하는 것이 옳다 생각한 것이다.

이때 별채로 들어서는 순간 그는 미세한 변화를 감지했다.

빠르게 방을 둘러보았지만 누군가가 손댄 흔적은 전혀 없었다. 창문은 열려 있었지만 그가 열어놓은 상태 그대로였다. 흔적은 없지만 감각으로 느낄 수 있다는 것은 오랜 수련을 통해 습득한 초인적인 직감 덕분이었다.

그는 망사 휘장이 둘러진 침상으로 시선을 돌렸다.

"......?"

일순 그의 입가에 희미한 미소가 감돌았다.

"아, 피곤하군."

그는 짐짓 기지개를 켜고는 휘장을 밀치고 들어섰다. 침상 위에 벌렁 누운 그는 팔베개를 했다.

"형편없는 아줌마는 내일 저녁에나 당도할 예정이로군."

이 순간, 침상 아래서 솟구친 싸늘한 기운이 명문혈을 자극했다.

"형편없는 새끼는 너야!"

침상 아래서 을화의 냉랭한 음성이 들려왔다.

"넌 이미 죽은 목숨이다."

일검향은 여전히 누운 자세로 응수했다.

"누가 죽은 목숨이란 말입니까? 내가 먼저 검을 내리찍었다면 누님이 이미 죽은 목숨이오. 은신술을 다시 익혀야 할 것 같습니다."

"뭐라고?"

침상 아래서 굴러 나온 여인은 붉은 경장 차림의 을화였다. 그녀는 칼을 회수하며 짙은 눈썹을 치켜떴다.

"네가 정말 내 은신술을 간파했단 말이냐?"

일검향은 몸을 일으켜 침상에 걸터앉았다.

"은신술은 완벽했는데 침상 밑에서 고약한 암내가 풍기기에 알아챌 수 있었습니다."

"뭐야? 암내?"

을화는 그를 밀쳐 침상에 눕히며 그 위에 올라탔다.

"얄미운 자식, 그동안 지시한 대로 계집은 품었겠지?"

"솔직히 기루는 네 번만 들렀습니다."

"임마, 매일같이 기녀를 안으라고 했잖아?"

"중요한 것은 풍류의 도가 아닙니까?"

"호호, 그래? 좋아, 풍류의 도를 얼마나 터득했는지 시험해 볼까?"

을화는 펑퍼짐한 엉덩이를 그의 아랫도리에 대고 문질렀다.

일검향은 그녀를 안아 옆으로 눕혔다.

"그만 하시죠. 아무리 유혹해도 누님과는 연분을 맺지 않을 겁니다."

흥미가 사라진 을화는 시큰둥한 표정으로 투덜댔다.

"젠장, 내가 정말 형편없는 아줌마인가 보네?"

"그게 아닙니다. 나한테 친누님 같아서 그렇습니다."

"됐어, 임마."

몸을 일으킨 을화는 침상 밑에서 보따리를 하나 꺼내 들었다.

"이거 내일 오후까지 죄다 외워."

보따리를 풀어보니 시문과 악부(樂府)에 관한 서적이었다.

"……?"

을화는 문 옆에 늘어진 줄을 당겼다.

줄은 별채에 시중을 드는 하녀와 점소이들의 대기소와 연결돼 있기에 곧바로 하녀가 달려왔다. 을화는 목욕물과 간단한 요리를 주문했다.

탁자에 앉은 일검향은 시문과 악부를 뒤적였다.

"이것도 이번 임무와 관련이 있습니까?"

"그래, 확실히 암기해 두어야 돼."

"제가 과거라도 보는 겁니까?"

"과거는 아니지만 풍류공자로서 최소한 갖춰야 할 지식이다."

"대체 표적이 누구입니까?"

"내일 저녁 임무 수행에 나설 때 알려주겠다. 지금 네게 알려줘 봐야 도움이 안 돼."

하녀가 요리와 술을 가져왔다. 하녀는 을화가 쥐어주는 은자 부스러기를 손에 쥐고는 정중히 예를 올렸다.

"고맙습니다, 대부인."

하녀가 물러가자 을화는 단숨에 석 잔을 들이켰다.

"아랫것들한테 은자를 쥐어주는 것을 잊지 마. 사소한 일이지만 의심을 살 우려가 있으니까."

"알겠습니다."

일검향은 자신을 별채까지 안내해 준 점소이에게 구리 돈 한 문 주지 않은 것을 되새기며 또 한 번 부주의를 깨닫게 되었다.

을화는 요리를 집어 먹고는 손가락을 쪽쪽 빨았다.

"너, 오다가 또 사고 쳤지?"

"사소한 시비였을 뿐입니다. 백가장의 이공자였기에 그냥 넘어갈 수가 없었습니다."

"잘했어. 도움을 받은 표사들이 다행히 장안 서평표국 소속이라 이미 네 이름이 조금은 알려졌어."

일검향은 악부를 내려놓으며 물었다.

"이번 임무는 왜 이렇게 복잡하죠? 은밀함을 중시해야 하는 수칙과 정반대가 아닙니까?"

"사실 표적을 제거하기는 어렵지 않다. 하지만 접근이 쉽지 않아.

그래서 이런 과정이 필요한 거야."

잠시 후 점소이 둘이 낑낑거리며 대나무 수조에 따뜻한 목욕물을 가지고 왔다.

일검향이 그들에게 은자를 쥐어주자 표정이 대번에 바뀌었다.

"헤헤, 공자님께서 타고 오신 말은 제가 깨끗하게 씻겨두겠습니다. 여물도 특식으로 먹이겠습니다."

"그래, 수고해."

"필요한 게 있으면 언제든 불러주십시오."

점소이들은 연신 허리를 굽실거리고는 별채를 나갔다.

일검향은 나직이 한숨을 쉬었다.

"부자 노릇 하기도 쉽지 않군요."

"세상에 쉬운 일이 어디 있겠어?"

간단히 식사를 마친 그녀는 옷을 훌훌 벗고는 욕조에 몸을 담갔다.

"함께 씻을래?"

"전 이미 씻었습니다."

"새끼, 정말 사내가 됐는지 아랫도리 좀 확인하려 했는데."

을화는 혼자 키득거리며 수욕을 했다.

밤이 늦었지만 일검향은 잠을 잘 수가 없었다.

을화가 가져온 시문과 악부의 책자는 암기하기가 쉽지 않았다. 시문에는 시와 사(詞)가 백 편 정도, 악부에는 삼십여 곡이 실려 있었다.

수련생 시절 당시(唐詩)는 수십 편을 외운 적이 있지만 송나라의 시가인 사(詞)는 접한 적이 별로 없어 상당히 난해했다. 한나라의 악부(樂府)는 더 생소했다.

시와 사, 악부를 전체적으로 한 번 탐독하는 것만으로도 이미 새벽
닭 울음소리가 들려왔다.

일검향은 잠시 눈을 붙일 생각으로 침상으로 향했다.

을화는 가볍게 코까지 골며 깊이 잠들어 있었다. 모시 이불이 하반
신에 간신히 걸쳐 있어 알몸이 그대로 드러나 있었다.

일검향은 대충 겉옷만 벗고는 을화 옆에 누웠다. 그냥 바닥에서 잘
수도 있었지만 그럴 필요는 없었다. 그녀의 어떤 유혹도 이겨낼 자신
이 있었기 때문이다.

을화는 입맛을 쩍쩍 다시며 다리를 그의 몸 위에 걸쳤다. 의도적인
지 우연인지 몰라도 그녀의 손은 아랫도리를 더듬었다.

일검향은 굳이 그녀의 손을 뿌리치지 않고 조용히 눈을 감았다.

그녀의 몸에서 은은한 향기가 풍겨졌다. 유혹을 느끼게 하는 여인의
향기가 아니었다. 그것은 어릴 적 그를 포근하게 감싸준 어머니의 향
기였다.

4

오후 나절 비로소 표적을 알게 된 일검향은 잠시 충격을 받고 말았
다.

장안의 명기(名妓) 월아영(月雅瑛).

장안 최고의 기루인 수월루(水月樓)의 기녀 월아영을 척살하는 것이
그의 이번 임무였던 것이다.

그는 어처구니 없다는 듯 한숨을 내쉬었다.

"한갓 기녀를 죽여야 한단 말입니까?"

“그래, 무공 한 초식 모르는 기녀이지.”

“기녀 따위라면 웬만한 자객 집단에서도 죽일 수 있지 않습니까?”

“그게 쉽지가 않아. 수월루는 단순한 기루가 아니니까.”

을화는 별채를 나서기에 앞서 흔적을 남긴 것은 없는지 방 안을 샅샅이 검사했다.

일검향은 그녀의 움직임을 눈으로 쫓았다.

“누님…….”

“잔말 말고 행동에 옮겨. 너의 첫 번째 단독 임무다.”

을화는 정색을 하며 그 앞에 앉았다.

“수월루는 청루(靑樓), 홍루(紅樓), 금루(金樓)로 이루어져 있어. 청루의 기녀들과 하룻밤을 즐기는 데만도 은자 오십 냥이 요구된다. 홍루의 기녀들과 즐기려면 은자 이백 냥 이상이 필요하지. 홍루에 들기 위해서는 신원이 확실해야 하고, 무공이나 시문에 일정 자격을 갖춰야 돼. 한데 월아영이 머무는 금루는 출입이 더욱 까다롭지.”

“……..”

“은자 오백 냥의 거금이 필요한데다 문무를 겸한 영웅만을 손님으로 받는다. 월아영이 머무는 금루 주변은 진법이 펼쳐져 있기에 은밀한 침투는 불가능해. 그래서 널 풍류공자로 변신시킨 거야.”

일검향은 답답한 심정을 참지 못하고 물었다.

“대체 수월루의 정체가 무엇입니까?”

“검향, 자객 수칙에 따라라. 이유는 묻지 마. 나중에 알려줄 것이야. 지금은 표적을 제거하는 데만 정신을 집중해야 하니까.”

“저보다는… 일도살이 적격일 것 같습니다.”

을화는 드물게 노한 표정을 보였다.

“이 녀석, 첫 번째 단독 수행부터 날 실망시킬 생각이냐? 살인 명단에 오른 자는 누구나 죽을 이유가 있다.”

그녀는 가볍게 탁자를 치며 몸을 일으켰다.

“일도살 역시 중대한 임무를 하달받았다. 그의 표적은 당대의 현자로 명성이 높은 손대선생(孫大先生)이야. 아마 그의 온화한 풍모를 대하면 넌 쉽게 검을 들이댈 수 없을 것이다. 난 네가 손대선생보다 월아영을 제거하는 것이 더 낫겠다 싶어 크게 배려한 거야.”

“……”

“이 정도 임무를 주저한다면 넌 자객이 될 자격이 없어. 내 손으로 널 죽이겠다.”

일검향은 허리춤에 찬 자청검을 끌러 탁자 위에 올려놓았다.

을화의 눈꼬리가 파르르 떨렸다.

“검향……?”

“백기명은 검을 쓰지 않습니다. 게다가 기녀와 더불어 술을 마시러 가면서 병기를 휴대할 수는 없겠지요.”

일검향이 차분한 표정으로 일어서자 을화는 안도하며 그를 안았다.

“임마, 난 네가 포기하는 줄 알았잖아?”

“그러기에는 제가 겪어온 칠 년의 수련이 너무 아깝습니다.”

“그래, 편안하게 생각해. 나 역시 첫 번째 단독 임무를 나섰을 때는 몹시 긴장했어. 하지만 표적은 단지 표적일 뿐이다.”

일검향은 오히려 그녀가 긴장하고 있음을 느낄 수 있었다. 자신이 무사히 임무를 수행할지 우려하는 동료애가 감동으로 다가왔다.

그는 어깨를 쭉 펴며 걸음을 내디뎠다.

“이번 임무는 보수도 상당하겠군요? 장안제일의 명기를 아무나 접견할 수는 없을 테니까요.”

“보수가 어디 있어, 임마? 그동안 네가 쓴 돈이 얼만데.”

을화는 눈을 찡긋해 보였다.

“대신 내가 근사하게 안아줄게.”

일검향은 그대로 별채를 나갔다.

“그것만은 사양하겠습니다.”

수월루는 서원객잔에서 멀지 않은 곳에 있었다.

해가 지기 무섭게 수백 개의 홍등과 청등이 걸리며 장원 전체가 불야성을 이루었다.

커다란 정문이 열리며 호위 무사들이 좌우로 도열해 섰다.

미리 기다리고 있던 풍류객들이 잔뜩 기대에 찬 모습으로 들어서기 시작했다. 청루의 기녀를 찾는 손님들이 대부분이었다.

홍루로 들기 위해서는 꽃으로 장식된 좁은 길을 지나야 했다. 좁은 길은 여러 갈래로 나뉘어져 각각의 전각으로 향하도록 세심하게 안배돼 있었다.

일검향은 홍등을 밝혀 든 하녀를 따라 아담한 문 앞에 이르렀다.

활짝 열린 문 앞에는 삼십대 미부가 기다리고 있었다. 화장이 다소 짙었지만 젊을 적 미모를 짐작케 할 만큼 빼어난 용모였다.

“어서 오세요, 백 공자. 소첩은 수월루의 총관인 수국(水菊)입니다. 접수를 받고 과연 어떤 분일까 몹시 궁금했는데, 막상 대하니 인중용이십니다.”

“과찬이시오. 변방 귀주에서 온 백기명이라 하오.”

“변방이라니 가당치 않습니다. 오래전 백 장주를 소첩이 직접 모신

적이 있습니다. 풍채는 훌륭하셨지만 수전증 때문에 술을 드시는 데 애로가 많으셨지요."

일검향은 의아한 눈빛으로 그녀를 응시했다.

"내 아버님이 수월루를 방문했다는 얘기는 금시초문이오. 그리고 내 아버님은 수전증 따위는 없소."

수국은 사르르 눈웃음을 치며 목례를 취했다.

"송구합니다. 소첩이 잠시 착각했나 보군요. 어서 드시지요."

시녀에게서 홍등을 받아 든 수국이 직접 안내를 했다.

일검향은 그녀의 뒤를 따르며 가는 미소를 지었다.

'훗, 음흉한 수작이군. 내가 미리 백가장에 관한 정보를 읽지 못했다면 꼼짝없이 넘어갈 뻔했어.'

넓은 인공 연못 가운데 자그마한 섬이 자리해 있었다. 섬 주변은 기화요초로 둘러져 있었고, 금빛 기와가 얹어진 이층 누각이 화려한 빛을 발하고 있었다.

이곳이 바로 수월루 최고의 명기, 월아영이 머무는 금루였다.

금루가 위치한 섬은 무지개 다리로 연결돼 있는데 다리 입구에는 무장한 여인 무사 넷이 지켜서 있었다.

수국이 한쪽으로 물러섰다.

"금루를 지키는 호금사화(護金四花)입니다. 저 아이들을 물리쳐야만 금루에 드실 수 있습니다."

"하하, 월아영을 만나기가 월궁의 선녀보다 어렵다 하던데 사실이군. 저 아이들만 물리치면 되는 것이오?"

"아닙니다. 아영과 주렴을 사이에 두고 시담(詩談)을 나누셔야 합니다. 그렇게 문무관을 통과하셔야만 누각 이층에 올라 아영과 술을 대작하면서 춤과 음률을 감상하실 수 있지요.”

일검향은 느긋하게 뒷짐을 지었다.

“만일 내가 월아영을 만나 실망하면 어찌 되는 거요?”

“호호, 자부심이 대단하시군요. 아직 아영을 대하고 하룻밤을 마다한 손님은 없었습니다. 만일 아영을 접견하고도 마다하신다면 황금 오백 냥으로 배상해 드리겠습니다.”

“황금 오백 냥?”

“그렇습니다. 하지만 황금 오백 냥보다는 아영과의 하룻밤을 더 간절하게 원하실 것입니다.”

“좋소. 장안제일의 명기가 얼마나 뛰어난지 반드시 만나보리다.”

일검향은 뒷짐을 진 채 호금사화 쪽으로 다가섰다.

수국은 눈을 가늘게 떴다.

‘훗, 수려한 미공자는 아니지만 기개가 아주 뛰어나. 당대에 저런 인재가 있는 줄은 몰랐군. 아영이 또 한 번 공을 세울 기회야.’

일검향이 다가서자 호금사화는 신속하게 흩어지며 검진을 펼쳤다. 그녀들은 빠르게 회전하며 검화를 일으켰다.

일검향은 가볍게 미간을 찌푸렸다.

‘양의사상검진(兩意四象劍陣)이로군. 오행진과 더불어 무당의 대표적인 검진으로 알고 있는데 어떻게 한낱 기루의 호위 무사들이 펼칠 수 있단 말인가?

호금사화는 짤막한 외침을 발하며 동시에 검을 찔러왔다.

전후좌우 네 방향에서 펼쳐진 공세였기에 방어가 쉽지 않았다. 상방이 비었다고 몸을 솟구친다면 검법의 함정에 걸려든다. 사상검진은 해와 달, 별의 움직임을 근거로 창안되었기에 지상보다는 상방의 공격이 훨씬 강하기 때문이다.

일검향은 대련관에서 여러 가지 형태의 싸움을 접했기에 검진을 경험한 적이 있었다.

'다행히 이들의 숙련도가 뛰어나지 않군. 공격의 조합에 문제가 있다.'

그는 빙글 회전하며 건곤칠각권을 전개했다. 회전 발차기로 좌우의 공격을 파훼한 그는 몸을 틀며 권법을 전개했다. 전후로 공격해 오던 두 여인이 어깨를 맞으며 비틀거렸다.

"월락(月落)!"

"성휘(星輝)!"

좌우로 밀려난 두 여인이 재차 달려들며 검을 휘둘렀다.

일검향은 상체를 뒤로 눕히는 동시에 좌우로 주먹을 내질렀다. 검보다 빠른 권법에 두 여인은 검을 놓치며 뒤로 미끄러졌다.

수국이 얼른 다가서며 외쳤다.

"멈춰라!"

호금사화는 검을 집어 들고는 공손히 예를 올렸다.

"공자님의 배려에 감사드립니다."

일검향은 담담히 미소를 지으며 포권을 취했다.

"손속에 사정을 두어줘서 고맙소."

수국은 경이로운 눈빛으로 그를 바라보았다.

"대단하십니다. 호금사화가 일류고수는 아니지만 검진은 제법 정교합니다. 한데 단 이 초 만에 격파하셨으니 백 공자의 무공은 상상을 초월하는군요. 백가장의 건곤칠각권이 그토록 뛰어난 절기인 줄은 몰랐어요."

"어째 우리 가문의 절기가 마치 별 볼일 없다는 말처럼 들리는구려."

"호호, 아니옵니다. 진심으로 감탄했습니다."

수국은 무지개 다리 앞에 서서 들어가기를 권했다.

"금루에 드시지요."

일검향은 느긋한 걸음걸이로 다리에 올랐다.

연못 수면에 펼쳐진 연잎마다 작은 등불이 밝혀져 있어 마치 구름 위에 둥실 뜬 듯한 환상을 불러일으켰다. 그는 다리를 건너면서 수면 속에 숨겨진 예기를 간파할 수 있었다.

'놀라운 일이군. 물속에 잠복한 자들이 있다니.'

그는 주변을 감상하듯 둘러보면서 빠르게 생각을 굴렸다.

'을화의 우려가 지나친 것은 아니었군. 아무리 은밀하게 침투를 한다 해도 수면 위를 지나게 되면 발각될 수밖에 없다. 진정 잠입이 불가능한 곳이로군.'

만일 표적을 제거하는 데 실패한다 해도 연못을 가로지르는 탈출은 생각지 말아야 할 것이다.

첫 번째 단독 임무.

단순한 잠복에 의한 척살이 아니었기에 그로서는 사뭇 긴장하지 않을 수 없었다. 지금에 있어 가장 두려운 적은 표적을 대하고도 찌를 수 없을지 모르는 자신의 심약함이었다.

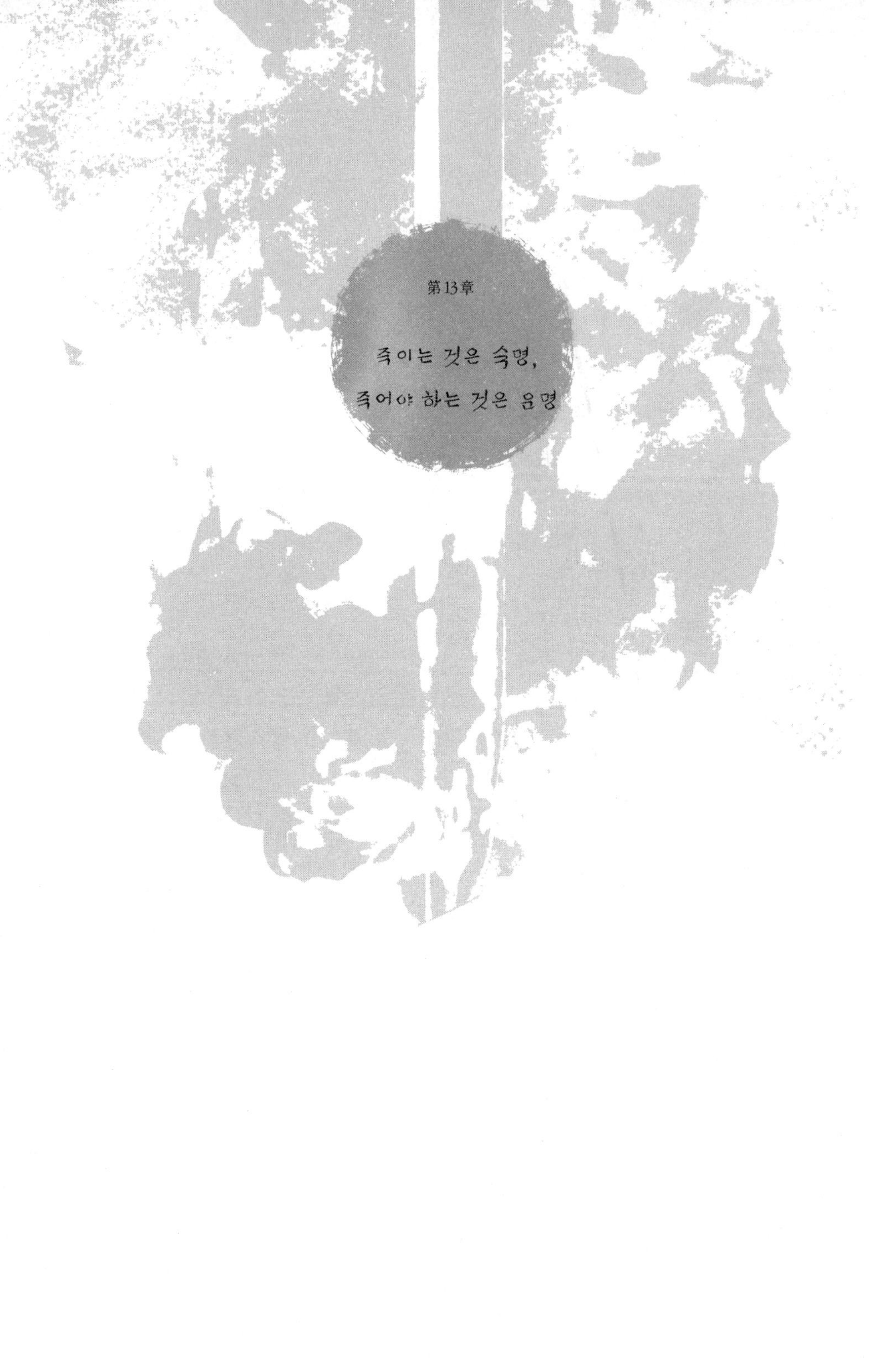
第13章
죽이는 것은 숙명,
죽어야 하는 것은 운명

금빛 누각은 활짝 열려 있었다. 문 좌우로 두 명의 시녀가 부복한 채 그를 맞이했다.

"금루를 찾아주셔서 영광입니다."

"아가씨께서 시담을 준비하고 계십니다."

일검향은 가볍게 고개를 끄덕이고는 그녀들을 따라 누각 안으로 들어섰다.

푹신한 융단 위로 태사의가 놓여 있었다. 약간의 거리를 두고 주렴이 드리워져 있는데 여인의 섬세한 그림자가 보였다. 벽에는 악기와 족자, 그림이 걸려 있어 여느 기방과 달리 고아한 정취를 느끼게 해주었다.

일검향이 태사의에 좌정하자 시녀들이 세정수를 가져와 그의 손을 씻어주고 차를 바쳤다.

일검향은 차를 한 모금 마시고는 주렴을 바라보았다.

"월아영 낭자요?"

그러자 주렴 뒤에서 수정처럼 맑은 음성이 들려왔다.

"예, 공자. 소녀 아영이라 하옵니다. 한낱 기녀 주제에 너무 까다롭다 생각지 마십시오. 만일 소녀를 대면하신 후 실망하신다면 황금으로 배상하겠습니다."

"후후, 난 장안제일의 명기를 만나러 왔지 황금 따위에는 관심이 없소. 설사 아영 낭자가 마음에 들지 않더라도 황금은 받지 않겠소."

"참으로 높으신 성품의 소유자이십니다. 단 이 초 만에 호금사화를 격파하신 분은 공자가 처음이십니다. 공자의 무공은 충분히 견식했기에 감히 문(文)으로 겨루고자 합니다."

일검향은 찻잔을 비우고는 시녀에게 건네주었다.

"그럼 시제를 말씀해 보시오."

"백 공자와 같은 분이라면 시에 달통하셨을 것이기에 악부와 송사(宋詞)로 논하고자 합니다."

"솔직히 시문에 대해서는 미흡하니 너무 어려운 문제는 내지 마시오. 어렵게 여기까지 왔는데 아영 낭자의 얼굴 한번 보지 못한다면 정말 안타까운 일이 아니겠소?"

"너무 부담스럽게 생각지 마옵소서. 쉬운 문제입니다."

월아영은 은 쟁반에 옥 구슬이 굴러가듯 영롱한 음성으로 노래를 불렀다.

공작이 동남으로 날아가다[孔雀東南飛],
오 리쯤 가서 배회하네요[五里一徘徊].
열세 살에는 비단 짜는 법을 배웠고요[十三能織素],

열네 살에는 옷 마름질을 익혔습니다[十四學裁衣]…….

노래를 중간에서 끊은 월아영이 맑은 음성으로 물었다.
"한나라 악부 중 유명한 공작동남비란 작품입니다. 이 소녀가 15세
와 16세 때에 무엇을 배웠는지 화답해 주십시오."
일검향은 잠시 뜸을 들이다가 노래로써 화답했다.

열다섯 살에는 공후를 연주했고[十五彈箜篌],
열여섯 살에는 시서를 암송했네[十六誦詩書].

주렴 뒤에서 월아영의 감미로운 탄성이 흘러나왔다.
"아, 훌륭하십니다. 대부분 시송에는 밝아도 악부를 경시하는 분이
많은데 공자의 박학함에는 감탄을 금치 못하겠습니다."
"다행히 내가 알고 있는 유일한 악부였소."
일검향은 내심 안도했다.
을화가 건네준 시문을 암송한 보람이 있었다. 만일 아무런 대비도
없이 월아영을 대면했다면, 그녀의 얼굴을 보기도 전에 퇴짜를 맞았을
것이다.
월아영은 다시 문제를 냈다.
"이번에는 소식(蘇軾)의 송사를 한 대목 읊어보겠습니다."

원망스럽지 않으리.
이별할 때는 어찌 달이 둥글어야만 하는가?
인생에는 슬픔, 기쁨, 헤어짐, 만남이 있고[人有悲歡離合]…….

일검향이 곧바로 화답했다.

달에는 어두움, 밝음, 차고 이지러짐 있는데[月有陰晴圓缺], 슬플 때 달이 이지러지고 기쁠 때 달이 둥글다는 말은 예로부터 잘못된 말이었도다.

촤르륵……!
진주 주렴이 갈라지면서 마침내 월아영이 모습을 드러냈다. 취의 나삼을 걸친 그녀는 공손히 절을 올렸다.
"공자께서는 진정 문무제일공자이십니다. 소녀, 진심으로 감복하였습니다."
일검향은 물끄러미 그녀를 바라보았다.
가볍게 화장을 한 그녀의 자태는 정녕 천하절색이었다. 어린 사슴의 눈처럼 다소 슬퍼 보이는 눈이며 풀잎처럼 여린 몸매는 뭇 사내의 심금을 울리기에 충분했다.
단순히 용모로만 비교한다면 교교보다 못할 수 있었지만, 그녀는 사내를 끌어들이는 묘한 매력을 지니고 있었다. 장미와 같은 화려함을 지녔으되 활짝 피지 않은 미완의 아름다움이 오히려 그녀의 독특한 매력으로 작용했다.
일검향은 한동안 그녀에게서 눈길을 떼지 못했다.
그녀에게서는 장안으로 오는 길에 접한 기녀들과 같은 천박함을 전혀 찾아볼 수가 없었다. 규중 깊숙이 숨어서 수를 놓는 여염집 처녀와 같은 청순함은 과연 그녀가 기녀의 신분인지 의심스러울 정도였다.
'과연 장안제일의 명기로군. 숱한 기녀와 절세가인들을 접한 풍류객이라면 아무리 빼어난 미모의 기녀라도 식상하기 마련이다. 한데 이 여인은 화류계 여인답지 않은 청순함을 지니고 있다. 누구라도 매료시킬 청순함이 이 여인의 매력이야.'

일검향은 그녀를 향해 손을 뻗었다.

"일어나시오, 아영."

"고맙습니다, 공자."

월아영은 수줍은 미소를 지으며 그의 손을 쥐었다. 섬세한 손은 부드러우면서도 따뜻했다.

그녀는 두 시녀에게 명했다.

"공자를 침소로 모실 것이다. 팔진미를 들이도록 해라."

"예, 아가씨."

두 시녀가 나가자 월아영이 내부 계단으로 그를 인도했다.

"오르시지요."

"그럽시다."

일검향은 그녀와 나란히 계단을 올랐다.

독특한 팔각형 구조의 침실이었다. 팔방으로 창문이 나 있기에 어느 곳을 보아도 막힘이 없었다. 망사 휘장으로 둘러진 침상은 남쪽 창문가에 놓여 있었고, 북쪽 창문 옆에 술상이 차려진 원탁이 놓여 있었다.

월아영은 그가 앉기를 기다렸다가 마주 앉았다. 몸에 밴 예의와 법도가 아주 자연스러웠다.

"소녀가 한잔 올리겠습니다."

그녀는 하얀 팔을 뻗어 그에게 술을 따랐다.

"귀주라면 먼 남방에 위치한 곳으로 알고 있습니다. 어인 일로 장안까지 오신 것인지요?"

“나비가 꽃을 찾는 것은 자연의 이치가 아니겠소? 그대의 명성을 흠모해 장안까지 끌려오고 말았소.”

술을 한 잔 비운 일검향은 술잔을 가득 채워 그녀에게 건넸다.

“이렇게 아영을 대하니 이제 소원을 푼 것 같소.”

월아영이 고혹적인 미소를 머금었다.

“미천한 소녀를 어여삐 봐주시니 감읍할 따름입니다.”

간단한 소채를 안주 삼아 술을 몇 잔 나누는 사이 두 시녀가 진귀한 요리를 내왔다.

일검향이 두 시녀에게 금 조각을 하나씩 쥐어주자 그녀들은 감사의 절을 올리고는 물러갔다.

월아영은 요리를 접시에 덜어 그에게 건넸다.

“드셔보십시오. 입맛에 맞을지 모르겠군요.”

일검향은 상아 젓가락으로 새우 요리를 한 점 집어 먹었다. 독특한 향기가 입 안에 가득했다.

“훌륭하군. 혹시 용정하인(龍井蝦仁)이 아닌지 모르겠소.”

“아, 요리에도 해박하신 미식가시군요. 맞습니다.”

“용정 찻잎을 보고 짐작했을 뿐이오.”

“공자께서는 여러 번 소녀를 놀라게 만드는군요. 솔직히 공자와 같이 문무를 두루 겸한 분은 처음입니다.”

일검향은 술잔을 입으로 가져가며 자연스럽게 그녀의 눈길을 피했다.

“그럴 리가 있겠소? 아영의 얼굴을 한 번 보려면 모두가 문무관을 통과해야 하지 않소?”

“그렇기는 합니다만 대부분 어느 한 분야에서 다소 부족함을 지녔지요. 한데 공자께서는 호금사화를 가볍게 물리쳤고, 악부와 송사에도 해박하셨습니다. 당대의 영웅호걸을 여럿 만나보았지만 모두 공자에게는 미치지 못했습니다."

월아영은 슬픔 어린 눈빛으로 그를 바라보았다.

"한데 한 가지가 아쉽습니다."

"무엇이 아쉽소?"

"공자께서는 진정한 풍류 남아가 아니십니다. 아니면 감정을 절제하는 특별한 수련이라도 받으신 것 같아요."

일검향은 정곡을 찔렸지만 담담한 미소를 지어 보였다.

"왜 그렇게 생각하는 거요?"

"까다로운 절차를 걸쳐 소녀의 침소에 드셨지만 가벼운 흥분조차 보이지 않으셨어요. 단지 소녀를 보기 위해 장안까지 오셨다면서 소녀에게는 별다른 관심을 갖지 않으시는 것 같습니다."

월아영은 자리에서 일어서서 조용히 부복했다.

"소녀가 공자를 실망시켜 드린 것 같아 송구하기만 합니다."

"아니오. 아영은 정말 매력적이오. 그리고 오로지 그대를 보기 위해 장안까지 찾아온 것도 사실이오."

"진심이십니까?"

"물론이오. 사실 내가 풍류의 도가 깊지 않아 감정 표현이 서툰 것이 흠이오."

자리에서 일어선 일검향은 그녀를 일으켜 자리에 앉혔다.

"내 말주변이 어눌해 음률로 대신할까 하오."

월아영은 눈을 상큼 치켜떴다.

"예악에도 능통하신 줄 몰랐어요."

“미흡한 솜씨요, 너무 흉보지 마시오.”

일검향은 벽에 걸린 비파를 가슴에 안았다.

띠띵… 땅……!

가볍게 현을 고른 그는 천천히 비파를 탄주했다.

월아영은 두 손을 모으며 감동에 젖었다.

“아, 춘강화월야(春江花月夜)로군요? 예로부터 전해 내려오는 명곡이지만 아는 분이 많지 않은데…….”

그녀는 지그시 눈을 감은 채 감상에 빠져들었다.

총관 수국은 누각 일층에 들어 두 시녀에게 상황을 하문하다가 비파 소리를 듣게 되었다. 잠시 귀를 기울인 그녀가 고개를 끄덕였다.

“현의 울림이 강한 것으로 보아 백 공자의 솜씨로군. 뛰어난 탄주 실력은 아니다만 춘강화월야를 알고 있다는 것이 놀랍구나.”

황금을 하사 받은 두 시녀가 일검향에 대한 찬사를 늘어놓았다.

“세상에 드문 기재이십니다. 용모는 평범하지만 인중용으로 손색이 없는 분이십니다.”

“악부는 물론이고, 소식의 수조가두(水調歌頭)를 줄줄 꿰십니다. 게다가 음률에도 정통하시니 아가씨께서 오히려 매료되실 것 같습니다.”

수국은 힐끗 내부 계단 쪽을 올려다보았다.

“모처럼 금루에서 향기로운 운우가 피어오르겠구나. 더 이상 시중들 일이 없을 것 같으니 쉬어도 좋다.”

“감사하옵니다.”

두 시녀를 내보낸 수국은 금루를 나서며 문을 닫았다. 무지개 다리를 건너온 그녀는 호금사화에게 단단히 일렀다.

“잡인이 침입할 일은 없겠지만 주변을 철저히 경계해라.”

"예, 총관님."

호금사화는 무지개 다리 주변으로 나뉘어 섰다.

수국은 정원을 가로지르며 흐뭇한 미소를 지었다.

'모처럼 용을 낚았군.'

금루에서 들려오던 비파 소리가 그쳤다.

다리를 지켜서 있던 호금사화는 등 뒤에서 들려오는 인기척에 깜짝 놀라 돌아섰다.

일검향이 장삼을 툭툭 털며 금루를 나서고 있었다. 그가 혼자 무지개 다리를 건너오자 호금사화가 급히 허리를 굽혔다.

"백 공자, 어인 일이십니까?"

"아영을 만나 충분히 즐겼다. 음률로써 내 마음을 전했으니 다음에 만나면 지기가 될 수 있을 것이다."

"하오나 금루에 드신 분들은 모두 아침까지 드시고 떠나셨습니다."

일검향은 담담한 웃음을 지었다.

"하하, 꽃은 꺾는 것보다 바라보는 것이 더 아름다운 법이다. 이것이 내 풍류의 도다."

그는 여유있게 걸음을 옮겼다.

호금사화는 이해할 수 없다는 표정으로 서로를 바라보았다. 금루가 개설된 이래 손님이 도중에 나간 일은 한 번도 없었기 때문이다. 그녀들이 다시 일검향에게 시선을 돌렸을 때 그는 어느샌가 사라지고 없었다.

일순 불길함을 예감한 그녀들은 급히 금루로 뛰어들었다. 내부 계단을 올라선 그녀들은 문밖에서 고했다.

"아가씨, 호금사화입니다."

한데 안에서는 아무런 기척도 들려오지 않았다. 서로 눈을 마주친 호금사화는 검을 움켜쥐고는 일제히 침소로 뛰어들었다.

월아영은 비파를 안은 채 지그시 눈을 감고 있었다. 아직도 음률에 깊이 빠져든 듯 포근한 미소를 짓고 있었다.

호금사화는 그녀의 무사함에 깊이 안도하며 검을 회수했다. 침소를 둘러봐도 기물 하나 흐트러진 기색이 없어 보였다. 휘장 안의 침상은 단정하게 정리된 상태 그대로였다.

호금일화가 월아영에게 다가서며 나직이 물었다.

"아가씨, 백 공자께서는 떠나셨습니다. 알고 계십니까?"

월아영은 아무런 반응도 보이지 않았다.

"아가씨……?"

호금일화는 월아영의 어깨를 가볍게 흔들었다.

순간 월아영은 비파를 안은 채 옆으로 쓰러졌다. 그녀는 이미 죽어 있었던 것이다. 비파가 품에서 빠져나오면서 그녀의 심장에 꽂힌 하얀 흉기가 보였다.

그것은 상아 젓가락이었다.

"아앗! 자객?"

그녀는 창문을 통해 솟구치며 금루 지붕 위로 올라섰다. 품속에서 붉은 폭죽은 꺼내 든 그녀는 허공을 향해 연속적으로 쏘아 올렸다.

펑! 펑! 펑!

세 발의 폭죽이 터지며 수월루 밤하늘이 붉게 물들었다. 제1급 경보 가 발동되자 수월루가 폭풍처럼 흔들렸다.

촤아악!

금루의 연못 속에 숨어 있는 무사들이 솟아오르며 연못 주변으로 흩어졌다. 물고기 비늘과 같은 어린복(魚鱗服) 차림으로 저마다 숨을 쉬기 위한 긴 대롱을 차고 있었다.

이어 그늘과 화목림 속에 은신해 있던 수많은 호위 무사들이 튀어오르며 사위로 흩어졌다. 그들은 전각의 기붕과 담장을 지켜 섰다. 정문이 봉쇄되었고, 동서 양쪽의 옆문도 폐쇄되었다.

청루와 홍루의 기녀들은 손님들을 내버려 둔 채 방을 나갔고, 때 이르게 운우를 즐기던 풍류객은 기녀에게 떠밀려 침상 바닥으로 굴러 떨어져야 했다.

수월루 개설 이래 처음 있는 급변이 아닐 수 없었다.

총관 수국은 호위 무사들을 대동한 채 득달같이 금루로 달려왔다. 그녀의 안색은 새파랗게 질려 있었다.

"호금사화, 대체 무슨 일이냐?"

금루 일층으로 내려서 있던 호금사화가 일제히 부복했다.

"죽여주십시오, 총관님!"

수국은 최악의 사태를 직감하고는 이마를 짚었다.

"맙소사! 설마… 설마 아영이?"

그녀는 계단을 뛰어올라 월아영의 침소로 들어섰다.

월아영은 바닥에 모로 쓰러져 있었다. 여전히 감상에 젖은 듯한 포근한 모습이었다. 심장에 꽂힌 상아 젓가락은 끝 부분만 겨우 보일 정도로 깊이 박혀 있었고, 외로운 비파만 옆에 덩그러니 놓여 있었다.

"아, 아영아!"

털썩 무릎을 꿇은 수국은 주르륵 눈물을 쏟았다.

도저히 믿을 수 없는 현실이었다. 세상 어떤 사내도 유혹할 수 있는 장안 최고의 명기가 사내의 손에 피살되리라고는 꿈에도 생각지 못한 비극이었다.

그녀는 충격과 혼란에 빠져 한동안 넋이 나갔다. 그녀의 뇌리 속에는 오직 한 가지 생각밖에 없었다.

백기명이 자객이었다. 백기명이 자객…….

자객!

그녀는 견딜 수 없는 공포에 젖어 와들와들 떨었다.

"마, 말도 안 돼. 어떻게… 어떻게 그가 자객일 수 있단 말인가?"

이때 들려오는 육중한 발걸음 소리가 그녀를 혼몽 속에서 깨어나게 했다.

양 어깨에 견갑을 차고 가슴에 호심경을 두른 거한이었다. 이마에는 눈썹이 가려질 만큼 넓은 두건을 두르고 있었다. 표정은 몹시 냉담했다.

수월루의 호위장인 황결(黃訣)이었다.

"죽었소?"

수국은 손으로 입을 가리며 오열을 삼켰다.

"예, 호위장."

"루주님께서 호출하셨소. 어서 갑시다."

"아, 아영은……."

"금루는 당분간 폐쇄될 것이오."

황결은 아영을 안아 들고는 호금사화에게 명했다.

"현장을 보존해라. 떨어진 머리카락 하나라도 건드려서는 안 된다."

2

월각(月閣)은 수월루 주인의 처소다.

화목림으로 둘러싸여 있는 전각은 기녀들의 누각보다 크지 않았다. 정원도 아담했고 채색도 단조로웠다. 수월루의 주인은 은퇴한 기녀로만 알려졌을 뿐 예전의 기명(妓名)이 무엇인지조차 아는 사람이 없었다.

음률과 가무로 소란스런 기루 속에도 그녀의 처소인 월각은 외딴 섬처럼 고적하기만 했다. 기루의 업무는 대부분 총관 수국이 맡아서 처리했기에 수월루주의 존재는 상징적인 의미가 더 컸다.

월각은 외부의 출입이 엄격히 통제되었다. 반입 물자와 식 재료는 문을 통해 이루어지며 상주하는 호위 무사들 역시 월각 밖으로 나서는 일이 없었다.

잠시 전 비상 경보가 발동됐지만 월각은 여전히 정적 속에 싸여 있었다. 다만 그늘 속에서 느껴지는 예리한 기운만 강해졌을 뿐이다.

"죽여주십시오, 루주님."

수국은 정중히 부복하며 고개를 조아렸다.

어깨까지 길게 늘어뜨린 장발은 백발이었다. 하지만 여인은 노파가 아니었다. 얼굴빛이 병적으로 희었지만 사십대 초반의 중년 여인으로 다소 신경질적인 용모였다.

이마에는 단풍잎 문양의 독특한 문장이 선명하게 새겨져 있었다. 바로 은천마국의 표식이었다.

참으로 놀라운 일이 아닐 수 없었다. 장안의 대표적인 기루인 수월루까지 은천마국의 손길이 뻗어 있었던 것이다.

수월루주는 비상 경보가 발동되었는데도 한가롭게 손톱에 물을 들이고 있었다. 손톱마다 색색깔의 꽃잎을 올려놓고는 잘 스며들도록 입김을 호호 불었다.

수국은 두려움에 덜덜 떨면서 사고 경위를 고했다.

"기녀 한 명이 죽었습니다."

수월루주는 가볍게 미간을 찌푸리며 차갑게 명했다.

"순찰 무사들을 모두 죽여라."

가차없는 명령에 수국은 진저리를 치며 얼른 보고를 이었다.

"죽은 아이는 금루의 월아영이옵니다."

"아영? 아영이가 죽어?"

수월루주는 탁자 위에 손을 올려놓고는 호위장에게 시선을 돌렸다. 그녀의 시선이 그가 안고 있는 월아영 쪽으로 내려갔다. 호위장은 무거운 표정으로 고개를 숙였다.

"자객에게 당했습니다."

수월루주의 눈초리가 사나워졌다.

"금루의 연못 속에 잠복해 있던 놈들은 대체 무엇을 했단 말이냐?"

"루주님, 일단 총관의 보고를 들어보십시오."

"젠장, 대업을 목전에 두고 웬 사고란 말이냐? 구 년을 지켜왔는데 어떻게 이런 일이 생길 수 있어?"

수월루주는 물들인 손톱이 충분히 말랐다 싶었는지 손톱 주변을 다듬었다.

"보고해라."

수국은 공포에 젖어 거의 사색이 되었다.

"자객은 손님으로 위장해 금루에 들었습니다. 그래서 아무런 대비도 못하고 아영이 죽게 된 것입니다."

그녀는 소상하게 사건의 경위를 보고했다. 어쨌거나 손님이 자객임을 알아보지 못하고 금루에 들였으니 전적으로 그녀의 책임이었다.

"그자는 백기명이라는 신분으로, 장안으로 오는 도중 서평표국의 위기를 해소시켜 준 적도 있었기에 크게 의심할 여지가 없었습니다. 제가 몇 가지로 떠보았지만 역시 신분상 문제점을 찾아내지 못했습니다. 더군다나 아영과의 시담에서 너끈히 통과했기에 자객이라고는 전혀 생각할 수 없었습니다."

"자객 따위가 아영과의 시담을 통과했다고?"

"시비들의 말에 의하면 악부와 송사에 달통했고, 음률에도 조예가 깊었다고 합니다."

"……."

수월루주는 눈을 가늘게 떴다. 그녀는 잘 다듬은 손톱을 혀로 핥았다.

"천예사원… 분명 천예사원의 짓이야. 천사명왕(天死冥王) 외에 그런 자객을 키워낼 사람은 없지."

그녀가 턱짓을 보내자 호위장이 월아영을 탁자 위에 내려놓았다.

월아영의 표정은 너무도 편안해 깊은 잠에 빠져 있는 듯 보였다. 심장 깊숙이 박힌 상아 젓가락 외에는 상처 하나 없었기에 깨끗한 모습이었다.

수월루주는 월아영을 물끄러미 바라보다가 한숨을 쉬었다.

"세상에 널 죽일 사내가 있을 줄은 몰랐다. 사내라면 누구나 보듬고 싶은 충동을 느낄 너이기에 금루를 맡겼는데."

그녀는 월아영의 볼을 가볍게 어루만졌다.

"너도 나이가 들어 예전의 청초함이 많이 쇠퇴했구나. 만일 삼 년

전이었다면 아무리 냉혹한 자객이라도 널 죽이지는 못했을 것이야.”

호위장이 월아영의 심장에 꽂힌 상아 젓가락을 집었다.

“젓가락을 흉기로 사용한 것으로 보아 용의주도한 놈입니다.”

“손 떼!”

수월루주가 신경질적으로 외치며 그를 질책했다.

“내 방을 피로 더럽힐 생각이냐?”

호위장은 황망한 모습으로 고개를 숙였다.

“송구하오이다, 루주.”

수월루주는 허공을 격한 격공탄지를 튕겨 월아영의 심장 부근의 혈도를 점했다. 젓가락을 뽑아도 피가 숏구치지 않도록 조치를 한 것이다.

수월루주는 예리한 눈빛으로 상처를 직시했다.

“무딘 젓가락을 날려 아영의 심장을 단번에 꿰뚫었어. 가히 극쾌(極快)의 수법이다. 아영은 자신이 죽는 순간을 전혀 인식하지 못했다. 당연히 신음 한마디 토하지도 못했을 테지.”

그녀는 상아 젓가락을 쥐고는 단번에 뽑아냈다. 채 응고되지 않은 피가 젓가락 끝을 타고 월아영의 가슴으로 똑똑 떨어져 내렸다.

일순간 그녀의 눈동자가 수국에게로 돌아갔다.

피잉—!

그녀의 손끝에서 발출된 젓가락이 정확히 수국의 심장을 꿰뚫었다.

“악!”

수국은 외마디 비명과 함께 가슴을 움켜쥐며 옆으로 쓰러졌다. 상아 젓가락은 그녀의 몸을 관통해 벽에 깊숙이 박혔고, 꿰뚫린 등과 가슴의 상처를 통해 흘러나온 피가 융단을 붉게 물들였다.

수월루주는 즉사한 수국의 모습을 내려다보며 신경질적으로 내뱉었다.

"젠장, 잔뜩 고통스런 표정을 짓고 있군. 게다가 비명 소리까지 터져 나왔어. 그것은 내 수법이 자객보다 빠르지 못해서다."

그녀는 융탄을 타고 번지는 핏물을 쓸어보고는 고개를 저었다.

"정말 놀라운 살인 기술이로군. 놈은 아영을 깨끗하게 죽이기 위해 젓가락을 발출하면서도 진기까지 조절했다. 젓가락이 몸속 깊이 박히거나 관통할 경우 피가 흐를 것을 미리 계산한 거지. 그래서 상아 젓가락 끝 한 마디가 몸밖으로 튀어나와 있는 거였어."

호위장이 고개를 숙이며 그녀를 위로했다.

"루주, 놈은 살인 기술만 연마한 전문가외다. 루주께서 놈과 같은 살인 수법을 구사하지 못하는 것은 당연한 일입니다."

"그래도 자존심이 상해. 내 살인 수법이 한낱 자객 따위에게 미치지 못한다는 것이 말이야."

수월루주는 팔짱을 낀 채 탁자 위에 눕혀진 월아영을 내려다보았다.

"정말 냉정한 놈이야. 놈이 이렇듯 신경을 써서 아영을 살해한 것은 놈 또한 아영을 측은하게 생각해서이다. 청부를 받은 자객의 입장이었기에 어쩔 수 없이 죽이기는 했지만 잔혹한 심성을 지닌 자는 아니다. 그렇게 인간적인 감성을 지니고도 아영을 죽일 수 있다는 것이 놀라울 뿐이야."

"루주, 지금은 사태 해결과 놈에 대한 추살이 우선입니다."

"너희는 놈을 잡을 수 없다. 아직 장안성 안에 머물러 있다 해도 절대 놈을 찾아낼 수 없어."

수월루주는 창가로 다가가 칼날처럼 예리한 초승달을 바라보았다.

"멀지 않은 곳에 늑대들이 있다고 들었다. 놈들을 데려와라."

"구랑금혈조를 말씀하십니까?"

"그래, 자객들이 은신의 전문가라면 인간 사냥꾼들은 추적의 전문가지. 놈들에게 맡겨야겠다."

수월루주는 소매로 손톱을 닦으며 차갑게 말을 이었다.

"비상 경보는 해제하되 아영의 죽음은 비밀로 한다. 아영은 공을 많이 세운 아이이니 잘 묻어주고, 수국은 내다버려."

"알겠습니다."

"참, 융단을 새로 교체해. 피 냄새가 역겹구나."

3

다각다각!

한 대의 수레가 관도를 따라 천천히 움직이고 있었다. 햇살을 가리기 위한 일산(日傘)이 꽂혀 있었고, 수레의 좌석에는 한 명의 귀부인이 섭선을 저으며 느긋하게 앉아 있었다.

수레를 모는 어자(馭者)는 허름한 옷을 걸친 청년이었다. 평범한 용모였기에 별반 눈에 띄지 않았다.

관도를 오가는 상인들이나 행인들은 그저 부유한 귀부인의 행차 정도로만 생각했다. 장안에는 부호들이 많아 이런 귀부인의 나들이는 어디서나 볼 수 있는 광경이었다.

수레는 여산(驪山) 근경에 이르자 작은 길로 들어섰다.

귀부인은 서둘러 호화로운 옷을 벗었다. 안에는 붉은 경장을 받쳐 입고 있었다.

"아유, 더워 죽는 줄 알았네."

귀부인은 바로 천예사원의 천살자객 을화였다.

"수레는 없애. 말은 네가 타고 가고."

어자석에서 내려선 청년은 가죽 띠를 풀어 수레를 떼어냈다.

청년은 다름 아닌 일검향이었다. 월아영을 척살한 그는 유유히 서안 객잔으로 돌아왔고, 두 사람은 귀부인과 시종으로 변장해 장안성을 빠져나온 것이다.

을화는 일검향의 어깨를 다독여 주었다.

"잘했어. 첫 번째 단독 임무를 성공적으로 수행했다. 소감이 어때?"

일검향은 가라앉은 어조로 대답했다.

"사람을 죽여놓고 기쁠 수는 없습니다. 더군다나 바람에도 꺾어질 연약한 여인이었습니다."

"흥, 월아영이 상당히 마음에 들었나 보구나? 왜, 한번 안아주지 그랬어?"

"그랬다면 난 월아영을 죽이지 못했을 겁니다."

을화는 그의 심성을 잘 알기에 더 이상 그를 자극하지 않았다.

"이제 잊어라. 지나간 척살을 기억하는 것은 도움이 안 돼. 그것이 월아영의 운명이었으니까. 그래도 네 손에 죽었다면 죽는 순간의 고통은 전혀 느끼지 못했을 것이다. 행복한 죽음이라 할 수 있지."

"누님, 자객 수칙에 위배되지만 꼭 묻고 싶은 게 있습니다."

"말해봐."

일검향은 그녀를 직시하며 물었다.

"은천마국은 대체 어떤 자들입니까? 이번 임무도 저들과 연관이 있는 겁니까?"

“…….”

“수월루의 경호 상태는 지극히 삼엄했습니다. 단순히 기루를 보호하기 위한 경호가 아니었습니다. 지난번 무릉상단에 침투했을 때 감지했던 그런 느낌을 받았습니다.”

을화는 잔뜩 미간을 찌푸렸다.

“검향, 왜 너는 많은 것을 알려고 하는 것이냐? 넌 이제 풋내기 자객이야. 노인네가 네게 후한 점수를 줘서 천살급 자객에 임명했지만 자객 초년생이라고. 넌 아직 배워야 할 게 너무 많아.”

“압니다. 하지만 원주님은 우리를 단순한 살인 병기로 키우시지 않았습니다. 그것은 냉정하게 이성을 갖고 판단하기를 원하셨기 때문입니다. 전 상황 판단을 정확히 하기 위해 알고자 하는 것입니다.”

“검향, 나무가 성장하기 전에 너무 많은 가지를 펼치려 하면 휘어지는 법이야.”

“저도 필요치 않은 가지는 스스로 쳐낼 정도는 됩니다.”

일검향의 결연한 모습에 을화는 잠시 고심하다가 입을 열었다.

“그래, 너는 천살자객이니 조금은 알아야겠지. 네가 감지한 대로 수월루는 단순한 기루가 아니다. 은천마국의 수많은 지부 중 하나다.”

“월아영도 마국 소속입니까?”

“그 아이는 소모품 정도겠지. 자신이 무슨 일을 하는지도 모를 거야. 그동안 수월루를 거쳐 간 많은 기재들이 실종됐어. 그자들은 대부분 마국으로 압송됐을 것이다.”

을화는 나무등걸에 엉덩이를 걸쳤다.

“우리가 파악한 바로는 수월루주가 마국에서 파견된 은마령(銀魔領)이라는 것과 암암리에 섬서 일대의 잔마대를 조종한다는 것이 전부야."

"그렇다면 이제 은천마국과 전쟁을 벌이는 겁니까?"

"아직 전면전은 아니야. 노인네는 천예사원이 그저 하나의 자객 집단으로 남기를 원해. 하지만 놈들이 먼저 우리의 지살자객들을 제거했고, 간악하게도 수련생 속에 첩자까지 심어놓았다. 우리로서는 정당한 보복을 통해 경고를 한 거다."

일검향은 수레를 조각조각 해체했다.

"만일 은천마국이 전면전을 불사한다면 어떻게 됩니까?"

"당연히 싸워야지."

"승산은 있는 겁니까? 제가 듣기로 대문파인 소림과 무당조차 저들과 맞서지 못한다 들었습니다."

을화는 도도한 미소를 머금었다.

"우리는 최고의 자객이다. 만일 놈들이 악착같이 우리 천예사원을 괴멸시키려 한다면 놈들의 수뇌급도 죽게 될 것이다. 우리에게는 그만한 능력이 있으니까. 놈들이 생각하는 머리가 있다면 더 이상 천예사원을 자극하지 않을 것이다."

일검향은 정중히 포권을 취했다.

"말씀해 주서서 고맙습니다."

"너니까 애기해 준 거야. 다른 애들한테는 굳이 애기할 필요 없어."

"알겠습니다."

을화는 자리를 털고 일어섰다.

"좋아. 난 먼저 갈 테니 넌 낙양 운소객잔을 찾아가라. 새로운 임무가 주어질 것이다."

"곧바로 말입니까?"

"그래, 현 상황에서는 지살급 자객들이 나서기가 쉽지 않아. 당분간 천살자객들이 많은 임무를 수행해야 한다."

일검향은 해체한 수레의 잔해를 여러 곳으로 흩어버렸다.

"운소객잔이라면 계도 형님이 있는 곳이 아닙니까?"

"그래, 그 녀석이 네가 마음에 들었나 봐. 주방 보조로 쓰고 싶다더군."

"홋, 몇 가지 요리법을 배울 수 있겠군요."

을화는 그의 어깨에 팔을 둘렀다.

"속히 임무를 마치고 돌아와. 네가 만들어준 요리를 먹고 싶으니까. 참, 귀환할 때 다훼가 좋아할 만한 선물이라도 사 와라. 이번에 네가 임무를 무사히 수행할 수 있었던 것은 모두 다훼 덕분이야."

"그게 무슨 말입니까?"

"임마, 월아영이 풍류객을 상대로 문제를 낼 만한 시구와 송사, 악부를 골라준 사람이 바로 다훼야."

"아……!"

일검향은 나직이 탄성을 토했다.

지금은 대부분 잊었지만 서책에 수록된 시와 사, 악부는 하나같이 훌륭한 작품들이었다. 수백, 수천 편의 작품 중에서 그런 수작들을 선정할 수 있다는 것은 다훼의 걸출한 안목 덕분이었다.

'그랬었군. 다훼 덕분에 월아영이 낸 문제를 해결할 수 있었던 거였어.'

일검향은 다훼를 떠올리며 고마움을 가슴 깊이 느꼈다. 무엇을 선물해야 할지는 즐거운 고민이 될 것이다.

을화는 장난스럽게 그의 머리를 쥐어박고는 훌쩍 몸을 날렸다.

"이제 가봐. 사고 치지 말고."

그녀는 몇 번 몸을 날려 어느새 여산의 수림 속으로 사라졌다.

일검향은 빠르게 주변을 살피고는 말에 올랐다.

무사히 첫 번째 단독 임무를 수행했기에 을화가 그를 천살자객으로 대우하는 것으로 생각할 수 있었다. 통상 한 건의 임무 수행이 끝나면 천예사원으로 귀환하는 것이 관례다. 한데 곧바로 또 다른 임무를 맡겼다는 것은 그에 대한 돈독한 신뢰를 의미한다.

그는 호인의 면모를 지닌 계도 천살을 떠올렸다.

'그 형님의 사는 모습을 꼭 보고 싶었는데 잘됐군. 내게도 그런 날이 올 수 있으니까.'

말을 몰아가는 동안 그는 문득 지난밤에 있었던 척살을 떠올렸다.

월아영은 그의 비파 소리를 감상하며 포근히 미소를 짓고 있었고, 그것이 그녀의 마지막이었다. 그가 할 수 있는 최대의 배려는 고통없는 죽음이었다. 또한 그녀의 몸이 피로 더럽혀지는 것을 원치 않아 젓가락 끝마디를 남겨두었다.

척살을 펼치는 순간은 고통이었다.

그러나 그것이 그의 숙명이었고, 그녀 또한 그렇게 죽어야 할 운명임을 스스로에게 주지시켰다. 그가 자객 수칙을 위배하면서까지 월아영이 죽어야 할 이유를 물은 것도 심적인 괴로움을 덜기 위함이었다.

은천마국……

그 실체가 무엇인지는 몰라도 한 가지는 분명히 느낄 수 있었다. 그들과는 피할 수 없는 악연으로 엮여 있다는 것을 가슴으로 느끼게 된 것이다.

4

수월루의 금루가 당분간 폐쇄됐다는 것은 장안의 풍류객들에게 있어 크나큰 아쉬움이 아닐 수 없었다. 까다로운 문무관 때문에 그녀와 하룻밤을 보내기가 쉽지 않았지만, 그녀는 모든 풍류객들에게 있어 높은 벼랑에 핀 꽃이었던 것이다.

수월루에서 있었던 며칠 전의 소란은 호금사화의 실수로 밝혀졌다. 그 바람에 호금사화와 총관 수국이 경질되는 인사 조치가 이루어졌다. 대신 그날 밤 청루와 홍루에 들었던 손님들은 모든 비용이 공짜로 제공되는 특혜를 받았다.

수월루는 오늘도 문전성시를 이루며 부유한 귀공자들과 풍류객들을 위한 취흥과 가무로 흥에 겨워 있었다.

금루의 문은 봉쇄되고 모든 출입이 제한되었다.

연못 중앙의 이층 누각은 주인을 잃어서인지 쓸쓸해 보였다. 지붕과 등을 화려하게 장식한 채색 등은 꺼져 있었고, 내부를 밝히는 등불이 은은하게 흘러나올 뿐이었다.

"단서는 찾았느냐?"

다소 신경질적으로 보이는 은색 장발의 여인은 수월루주였다. 그의 뒤로는 호위장이 시립해 있었다.

월아영의 침소였던 이층 누각을 샅샅이 수색하고 있는 청년은 아주 괴이한 모습이었다. 초여름인데도 불구하고 하얀 늑대 가죽을 머리에 서부터 뒤집어쓰고 있었다.

눈두덩 부위는 검게 칠했고, 입술은 보랏빛이라 조금은 흉측했다.

또한 사내답지 않게 귀고리, 목걸이, 팔찌 등의 장신구를 걸친 모습이
부조화를 이루어 보는 사람으로 하여금 눈살을 찌푸리게 만들었다.

바로 구랑금혈조의 수괴인 대백랑(大白狼)이었다.

"호홍, 비용이 제법 들겠습니다, 루주."

그는 탁자 아래서 찾아낸 한 올의 머리카락을 비단 주머니에 담았
다.

수월루주는 창틀에 기대선 채 물었다.

"그 말은 자객이 누구인지 알고 있다는 뜻이냐?"

대백랑은 비파를 쥐고는 냄새를 맡았다.

"루주께서 믿기 어렵겠지만 놈과는 한 번 만난 적이 있습니다. 공공
신투를 생포하려는 순간이었는데 놈의 방해로 실패했지요. 개인적으
로도 꼭 복수를 해야 할 놈입니다."

"어떤 자냐?"

"물론 자객입니다."

"어떻게 생긴 놈이냐고 물었다."

대백랑은 바닥에 엎드리며 짐승처럼 코를 대고 킁킁거렸다.

"놈이 정면으로 들어왔다면 많은 사람들이 보았을 것 아닙니까?"

"그래, 수십 명이 놈을 보았지만 한 명도 정확한 인상을 기억하지 못
했다. 그저 평범한 사내였으니까."

"맞습니다. 그게 자객이지요. 놈들은 유령과 같아 그 모습으로는 절
대 찾아낼 수 없습니다. 저 역시 놈과 한 번 겨루기까지 했지만 모습을
떠올릴 수 없습니다."

수월루주는 가볍게 미간을 찌푸렸다.

"백랑, 너는 전문적인 인간 사냥꾼이다. 그런 네가 놈을 만나고도 기

억하지 못한다면 어떻게 놈을 찾을 수 있단 말이냐?"

대백랑은 자신의 반듯한 콧날을 어루만졌다.

"저는 냄새로 찾아냅니다. 제 후각은 아주 뛰어나지요."

그는 음침한 눈빛으로 수월루주를 바라보았다.

"외람된 말씀이지만 루주께서는 속곳을 입지 않으시는군요. 향내가
아주 강합니다. 호호홍!"

수월루주의 두 눈이 섬뜩한 핏빛으로 변했다.

"네놈이 죽고 싶으냐?"

대백랑은 얼른 고개를 숙였다.

"용서하십시오. 마국의 은마령께서 그 정도에 진노하십니까?"

수월루주의 눈매가 예리해졌다.

"네놈이 내 신분까지 알고 있단 말이냐?"

"제게는 정보를 제공하는 수많은 인간 사냥꾼들이 있습니다. 그들은
세상 곳곳에 거미줄처럼 퍼져 있지요. 아직 마국 총단까지는 접근하지
못했지만 지부에 파견된 분들 정도는 파악하고 있습니다. 이미 마국이
그 존재를 세상에 드러낸 지 수 년이 지났으니 공공연한 비밀이지요."

"거기까지는 허락한다. 그 이상을 알아내려 한다면 네놈들 모두는
죽게 될 것이다."

대백랑은 허리춤에서 커다란 금 주판을 꺼내 들었다.

"물론입니다. 저희는 세상의 주인이 누가 되든 상관없습니다. 그저
후한 보수를 주는 분과 계약을 체결할 뿐이지요."

"훗, 현명한 생각이군."

수월루주는 비단 주머니를 던져 주었다.

"착수금이다. 놈을 죽이면 두 배를 더 주겠다. 만일 생포해 온다면

열 배를 주겠다."

대백랑은 비단 주머니를 열어 보았다. 비취와 진주, 칠채묘안석 등 귀한 패물이 가득 들어 있었다. 황금으로 환산해도 족히 이백 냥은 넘을 거액이었다.

그는 탐욕스런 눈빛으로 패물을 헤아리고는 품속에 챙겨 넣었다.

"루주, 월아영의 시신을 볼 수 있겠습니까?"

"볼 것 없다. 내 판단이 정확하다면 놈은 천예사원 소속이다."

"처, 천예사원이라고요?"

대백랑의 표정이 순간적으로 일그러졌다.

수월루주는 색색깔로 물들인 손톱을 어루만졌다.

"그것도 천살급 자객이다. 놈의 솜씨를 감안한다면 천살자객 중에서도 상급이라 할 수 있다."

대백랑은 심각하게 고민하다가 비단 주머니를 탁자 위에 내려놓았다.

"죄송합니다, 루주. 세상 누구도 두렵지 않지만 천예사원과는 대적하고 싶지 않습니다."

"왜?"

"그들은 자객 중의 자객입니다. 여느 자객 집단이라면 한두 명의 특급 자객이 있겠지만, 그들은 모두가 특급 자객들입니다. 돈 몇 푼에 목숨까지 걸고 싶지 않습니다."

수월루주는 싸늘한 미소를 머금었다.

"놈의 목을 가져오면 다섯 배, 생포해 오면 스무 배를 주겠다."

"죄송합니다. 저는 도저히……."

"이건 명령이다. 거부한다면 네놈과 여덟 마리 늑대는 모두 죽는다."

그녀가 손톱을 튕기자 대백랑이 뒤집어쓰고 있는 늑대 가죽의 두 눈
알이 박살났다.

대백랑은 잔뜩 우거지상을 짓다가 비단 주머니를 집어 들었다.

"알겠습니다, 루주. 대신 임무를 완수하면 저희 구랑금혈조의 안전
을 보장해 주십시오."

"그것은 걱정할 것 없다."

"그럼 루주만 믿겠습니다."

대백랑은 깊이 허리를 숙이고는 누각을 내려갔다.

그가 사라지자 호위장이 조심스럽게 물었다.

"루주님, 인간 사냥꾼들은 하나같이 쓰레기 같은 놈들입니다. 수월
루의 비밀까지 깊이 알고 있다면 죽여야 합니다."

수월루주는 잘 다듬은 손톱을 어루만졌다.

"지금은 놈의 후각이 필요해. 태상전(太上殿)에서 추살령을 내리기
전에 내 손으로 자객을 죽이고 싶다. 감히 내 영역을 침범한 놈이니
까."

그녀는 금루의 구름다리를 건너가는 대백랑의 등을 바라보며 싸늘
한 미소를 머금었다.

"물론 자객을 잡게 되면 늑대들도 모두 죽게 되겠지."

第14章

자객이기 전에 열혈의 인간

황포(黃浦)는 황하변에 위치한 자그마한 포구 부락이었다. 대부분 물고기를 잡아 연명하는 오십 호 정도의 부락이라 허름한 객관이 하나 있을 뿐이었다.

객관은 잡화점을 겸했기에 일층에는 대여섯 명이 둘러앉을 만한 식탁이 하나밖에 없었다. 그나마 초여름이라 궂은 날만 아니라면 바깥 탁자에서 식사를 하기에는 무리가 없었다.

저녁 나절, 황포를 지나던 일검향은 번잡스럽지 않은 아늑함에 이끌려 객관을 찾아 부락으로 들어섰다.

갈대를 엮어 만든 사립문 너머로 외지인을 경계하는 개 짖는 소리가 들려왔다. 마당에서 그물을 손질하던 노부부가 힐끗 고개를 돌리고는 호의적인 미소를 지었다.

일검향은 마치 고향의 부락으로 돌아온 듯한 푸근함을 느꼈다.

　그가 살던 고향도 많지 않은 사람이 모여 사는 자그마한 부락이었다. 어릴 적에는 볼거리가 많은 번화한 성시에서 사는 것이 꿈이었지만 지금은 아니었다.

　사천의 성도나 섬서의 장안과 같은 대도시를 두루 다녀보니 정신만 심란했다. 임무 수행을 위해 잠시 동안 사치와 향락에 빠져보았지만 그 역시 그의 성격에는 맞지 않았다. 차라리 불편한 잠자리와 거친 음식이 그에게 더 편안함을 주었던 것이다.

　객관의 주인은 호호백발의 노부부였다. 장성한 아들 내외는 좁은 부락이 싫다며 성시로 나가 살고 있기에 노부부가 겨우 객관을 꾸리고 잡화를 팔아 생계를 연명하고 있었다.

　노파의 생선구이는 그런대로 먹을 만했다. 영감은 일검향이 식사를 하는 동안 말에게 여물을 먹여주고 있었다.

　식사를 마친 일검향이 빈방을 청하자 영감은 반대머리를 긁적거렸다.

　"저희 객관은 방이 하나밖에 없소이다. 한데 오후 나절에 다섯 분이 찾아와 방을 차지했소이다. 괜찮으시다면 저희 늙은이들이 자는 골방이라도……."

　"아닙니다. 아직 새벽 바람이 찬데 어찌 노인 분들을 밖에서 주무시게 할 수 있겠습니까? 밤이 깊지 않았으니 다른 곳에서 숙소를 찾아보겠습니다."

　노파가 차를 내오며 손사래를 쳤다.

　"아이고, 요즘같이 흉흉한 세상에 밤길을 떠나시려 하십니까? 좁은 다락방이 있는데 이슬은 피할 수 있을 겁니다. 대신 방값은 받지 않겠어요."

일검향은 노부부의 호의에 가슴이 따뜻해졌다. 어릴 적 고향에서 느꼈던 사람들 간의 정감이 뭉클 솟아올랐다.

그는 노파의 손에 은 조각을 하나 쥐어주었다.

"고맙습니다, 할머니."

노파는 놀란 눈을 치켜떴다.

"아이고, 식사도 변변치 않았는데 이렇게 큰돈을……."

"내일 아침 식사까지 포함돼 있다고 생각하십시오."

"알겠어요. 큼지막한 오리 한 마리를 잡아드리리다."

노파는 영감의 등을 쳤다.

"영감, 새벽에 일찍 나가서 잉어라도 한 마리 낚아와요. 공자님 아침 식사는 제대로 대접해야 하니까."

"암, 그래야지."

영감은 객관으로 일검향을 안내했다.

"누추하지만 드시지요."

다락방은 천장이 낮아 겨우 앉을 수 있을 정도였다. 당연히 침상은 없었고, 모포만 한 장 달랑 깔려 있었다. 쪽창이 열려 있었지만 낮은 천장 때문에 다소 더운 편이었다.

일검향은 장삼을 벗고 쪽창 가까이 누웠다.

강에서 산들산들 불어오는 바람이 조금은 시원하게 느껴졌다. 더위 때문에 잠을 못 이루고 뒤척일 우려는 없을 것 같았다.

널찍한 객잔보다 좁은 다락방이 훨씬 마음을 편하게 해주었다. 번잡스럽지 않은 것이 마음에 들었고, 쪽창을 통해 보이는 밤하늘의 전망이 썩 마음에 들었다.

일검향은 잠시 자신이 나그네가 된 듯한 착각에 사로잡혔다.

만일 자객이 되지 못했다면 강호를 떠도는 보잘것없는 떠돌이에 불과했을 것이다. 특별히 재간을 지닌 것도 아니고, 상술에 능한 것도 아니기에 여전히 가난뱅이 신세를 면치 못했을 것이다. 어쩌면 너무도 지친 마음에 복수조차 포기했을지도 모른다.

'나를 천예사원으로 데려온 을화 누님은 정말 고마운 은인이야. 그 고마움을 잊어서는 안 돼.'

눈을 감았지만 아직 밤이 깊지 않아 선뜻 잠에 빠져들 수 없었다.

문득 엽운표가 남겨준 구결이 선명하게 떠올랐다.

스물여덟 자의 구결은 칠언절구와 같은 시구로 이루어져 있었다. 한 구절 한 구절마다 심오한 의미가 담겨 있어 마치 노자의 도덕경(道德經)처럼 해석이 모호했다.

'병기를 이용한 초식에 대한 수법은 아니야. 아무래도 내공 심법의 구결인 것 같아. 엽 노인은 육지비행술을 자유롭게 펼칠 만큼 절세 고인이었어. 나로서는 큰 복연일 수 있겠군.'

일검향은 스물여덟 자의 구결을 화두로 삼아 삼매지경에 빠져들었다.

깊이 생각할 만한 가치가 있는 어려운 문제가 있다는 것은 즐거운 고민이었다. 먼 길을 오가면서도 쓸데없는 잡념으로 아까운 시간을 보내지 않을 수 있기 때문이다.

한적한 황포 부락은 밤이 깊어가면서 깊은 정적으로 빠져들었다. 오가는 행인도 그쳤는지 간간이 들려오는 개 짖는 소리도 더 이상 들려오지 않았다.

일순 일검향은 눈을 번쩍 뜨며 일어나 앉았다.

"……"

그는 쪽창을 통해 밖을 내다보았다. 다수의 움직임을 본능적으로 감지한 것이다.

'상당히 많은 숫자로군. 음습하고 차가운 기운으로 미루어 선한 자들은 아니다.'

사사삭……!

멀리서 황포 부락을 에워싸는 자들은 칠십여 명에 달했다. 붉은 홍의 차림으로 모두가 병기를 휴대하고 있었다. 눈에서는 살기가 번득였고, 미간에는 단풍잎 형태의 붉은 문장이 선명하게 새겨져 있었다.

은천마국의 추종자들인 잔마대 소속 무사들이었다.

붉은 모발의 노인은 지독히도 차가운 인상의 소유자였다. 세모꼴 눈은 뱀과 같았고, 매부리코로 인해 음침한 분위기가 더욱 짙어 보였다. 몸은 깡말랐으며 허리에 한 자루 붉은 칼집을 차고 있었다.

"확실한 정보냐?"

마치 무덤 속에서 흘러나올 법한 음산한 어조였다.

적발 노인의 뒤로는 다섯 명의 중년인이 도열해 있었다. 그들의 인상 또한 하나같이 살벌했다.

그들 중 애꾸가 공손히 아뢰었다.

"속하가 세 번을 확인하였습니다, 림주. 한 놈은 분명 의천맹(義天盟) 소속입니다. 동마사와 철마병에게 쫓기다 부상을 당했는데, 네 명의 지인을 만나 용케 탈출했습니다."

"의천맹은 마국에서 가장 경계하는 백도의 비밀 집단이다. 워낙 은밀하기에 아직 그 총단과 수뇌급들이 전혀 밝혀지지 않았지. 우리가

놈을 잡아 마국에 바친다면 사혈림(邪血林)은 당당히 마국의 지부로 인
정받을 수 있다.”

“여부가 있겠습니까, 림주. 아마 림주께서는 은마령의 직급을 하사
받게 될 것입니다.”

적발 노인은 오만하게 고개를 끄덕였다.

“크홋, 놈의 신분이 높다면 금마장(金魔將)의 직위를 내려주실지도
모르지.”

노인은 바로 사혈림의 림주인 적사패도(赤邪覇刀) 담웅(潭雄)이었
다.

사혈림은 하남 서부 지역에서 제법 강력한 세력을 형성한 사파의 집
단으로 휘하 제자가 백 명에 달한다. 하지만 주변으로 소림과 무당, 화
산과 같은 대문파가 존재하기에 그들의 사세를 확장하는 데에는 한계
가 있었다.

담웅은 삼십 년 이래 사파의 거두로 행세해 왔지만 전통의 대문파와
맞서는 데에는 아무래도 역부족을 느끼지 않을 수 없었다. 사혈림을
한 단계 더 키우고 싶어도 삼대거파의 눈치를 살펴야 했다.

한데 신비한 은천마국의 등장으로 그는 천군만마와 같은 후광을 얻
게 되었다.

소림의 산문을 박살 내고 무당파의 해검지를 훼손했으며, 화산의 전
각을 무너뜨린 은천마국의 마력은 상상을 불허할 정도였다. 그런 치욕
을 당하고도 삼대거파는 감히 은천마국과 정면 대결을 전개하지 못했
다.

담웅으로서는 절호의 기회가 아닐 수 없었다.

그는 스스로 이마에 마국의 문장을 새기고 잔마대임을 자처했다. 더

불어 마국을 위한 공을 세워 정식으로 마국의 지부가 되기를 간절히 바랐던 것이다.

담웅 뒤에 도열한 다섯 중년인은 그의 심복인 사혈림의 오혈사(五血邪)였다. 사파무림에서 잔뼈가 굵어오면서 악명이 자자한 자들이었다.

담웅은 흐릿한 등불 두세 개 정도가 밝혀져 있는 황포 부락을 쓸어보았다.

"잔견(殘見), 어떻게 해야 놈들을 확실히 잡을 수 있겠느냐?"

애꾸 중년인은 바로 오혈사 중 잔견이었다. 그는 오혈사 중에서도 가장 잔악한 독심의 소유자였다.

"폭풍처럼 부락으로 뛰어들어 살아 있는 생명체라면 쥐새끼 한 마리 남기지 않고 모두 죽이는 겁니다. 명색이 강호의 정의와 도리를 내세우는 백도 놈들이 아닙니까? 부락민들이 마구 죽어가는데 설마 나 몰라라 하며 달아날 수 있겠습니까?"

"크훗, 죄다 죽인다?"

"그렇습니다, 림주. 다섯 놈은 부락민들을 지키기 위해서라도 사생결단을 내려 할 겁니다. 피 맛을 실컷 본 우리 애들이라면 능히 놈들을 생포할 수 있습니다."

담웅은 싸늘한 미소를 머금었다.

"더 이상 좋을 수 없는 계책이다. 놈들이 부락민들의 몰살을 좌시한다면 어찌 의천맹도라 할 수 있겠느냐?"

"하명만 내려주십시오, 림주."

"오냐. 출동해라."

"존명."

잔견은 동료인 사혈사를 둘러보았다.

"자네들은 각기 스무 명의 수하를 이끌고 동서로 진입하게. 림주께서는 강변을 봉쇄하실 것이며, 나는 북쪽으로 쳐들어가겠네."

사혈사는 살인을 취미로 하는 자들이었다. 무고한 부락민을 몰살시키는 일에도 양심의 가책 따위는 전혀 느끼지 못했다.

"재미있군. 과연 어느 조(組)에서 가장 많은 놈들을 죽이는지 내기를 해도 되겠어."

"흐흐, 좋은 생각이군."

"어서 출동하세. 행여 놈들이 냄새를 맡고 달아날 수도 있으니까."

"그게 가능하다고 생각하나? 우리 사혈림의 천라지망에 걸린 이상 누구도 빠져나갈 수 없지."

사혈사는 둘씩 짝을 이루어 갈라졌다. 그들은 각기 스무 명의 수하를 대동해 황포 부락을 향해 질풍처럼 달려갔다.

잔견은 담웅을 향해 정중히 허리를 굽혔다.

"림주께서는 애들을 시켜 포구의 배를 모두 불태운 후 천천히 오십시오."

"방심하지 마라. 의천맹도는 하나같이 일류고수들이다. 놈이 기어코 달아나려 한다면 제압하기가 쉽지 않아."

"안심하십시오. 놈은 이미 혈음마공에 적중된 상태입니다."

"알겠다."

담웅은 허리춤에 찬 단혼도(斷魂刀)를 쓰다듬으며 세모꼴 눈을 가늘게 떴다.

"내 단혼도가 피 맛을 본 지 오래되었는데 조금은 아쉽군."

연이은 비명 소리가 밤의 정적을 깨며 처절하게 들려왔다.

쪽창을 통해 빠져나온 일검향은 지붕 위에 바싹 몸을 붙인 채 빠르게 주변을 둘러보았다.

부락 외곽에서부터 화광이 충천하고 있었다.

붉은 경장의 무사들이 부락민들을 마구 도륙하며 황포 부락 전체를 압박하고 있었다. 무자비한 학살에 부락민들은 공포에 질려 아우성을 치며 이리저리 몰려다녔다.

붉은 경장의 무사들은 아이며 아낙네도 가리지 않았다. 마치 양 떼를 모는 늑대처럼 밖으로 빠져나가려 하는 사람들을 마구 베었다. 혹시 짚 더미와 장작 더미 속에 숨어 있을 것을 감안해 태울 수 있는 것은 모두 불태우며 저승사자처럼 부락 전체의 숨통을 조여왔다.

일검향은 잠시 갈등에 빠졌다.

물론 그가 탈출을 염두에 둔다면 저들은 결코 그를 찾아내지 못할 것이다. 저들의 포위망이 아무리 철통같아도 자객의 은신술이라면 유유히 빠져나갈 수 있다.

그러나 부락민들의 몰살을 좌시해야 한다는 것이 마음에 걸렸다. 그는 냉혹한 자객이기에 앞서 뜨거운 피를 지닌 인간이었다.

부락민들은 초라한 객관의 노인 부부와 낯선 외지인을 보고도 호의적으로 웃음을 짓는 순박한 사람들이었다. 그들이 왜 이런 고통을 받아야 하고, 왜 이런 참극을 겪어야 하는지는 몰라도 그의 힘이 닿는 한 지켜줘야 하는 것이 인간 된 도리였다.

그는 허리춤의 자청검을 불끈 쥐었다.

그가 독하게 마음을 먹는다면 살인귀와 같은 학살자들을 모두 죽일 수 있다. 하지만 사고 치지 말라는 을화의 거듭된 지시가 다시금 그의 귓전에 울려 퍼졌다.

'냉정해야 한다. 첫 번째 출동 때 구랑금혈조와 간단한 시비를 벌였는데도 내 소행임이 발각되었다. 이번에 또 강호사에 개입한다면 원주님도 날 용서치 않을 거다. 더군다나 난 임무를 띠고 은밀하게 낙양으로 가는 길이 아닌가?'

일검향은 쥐었던 검의 손잡이에서 손을 떼었다.

'넌 자객이지 협객이 아니다. 강호의 시비에 개입해서는 안 된다는 자객 수칙을 지켜야 돼. 그것을 어긴다면 넌 더 이상 자객일 수 없다.'

그는 애수 어린 용모를 지닌 월아영의 심장에 젓가락을 꽂아 죽인 척살을 떠올리며 본능적인 의분을 가라앉히려 애썼다.

부락민들은 무참한 학살을 피해 부락 한가운데 있는 객관의 마당으로 몰려들었다. 대부분 쇠약한 늙은 어부들이라 감히 대항할 엄두도 내지 못했다. 어린아이와 아낙들의 겁먹은 호곡성이 밤하늘을 진동시켰다.

칠십여 명에 달하는 학살자들은 서서히 포위망을 좁혀오고 있었다. 모두 합쳐 이백 명도 안 되는 작은 부락민 중 벌써 오십 명 이상이 목숨을 잃었다.

"아이고, 대체 이게 무슨 변괴란 말이오?"

"세상에 저런 흉악한 살인귀들이 있단 말인가?"

"크으, 대체 우리가 무슨 죄를 지었다고 가엾은 아이들까지 가차없이 죽인단 말입니까?"

부락민들은 아내와 손자, 아이들을 끌어안은 채 비통한 눈물을 흘렸다. 수적들이라면 숨겨둔 패물이라도 건네며 목숨을 구걸할 수 있겠지만 붉은 경장의 무사들은 재물을 탐하는 도적들이 아니었다. 부락민들은 이유도 없이 죽어야 한다는 사실이 너무도 원통했다.

이때 객관 일층에서 다섯 사람이 부락민들 사이로 나섰다. 네 명의 청년과 병색이 짙은 한 명의 중년인이었다.

병색이 짙은 중년인은 사혈림 무사들을 향해 외쳤다.

"당장 학살을 멈춰라! 네놈들이 찾으려는 사람은 나다!"

표적이 모습을 보이자 오혈사가 득달같이 달려왔다. 잔견이 외눈을 번득이며 중년인을 위아래로 살폈다.

"네놈이 바로 의천맹의 졸개냐?"

"행색을 보니 사혈림 놈들이 틀림없군. 네가 오혈사 중 잔견이냐?"

"크훗, 안목이 대단하군. 내가 바로 잔견이다."

"잔악한 놈들! 나 하나 잡으려고 죄없는 양민들을 이렇듯 죽인단 말이냐?"

"이래야 달아날 생각을 하지 못할 게 아니냐?"

잔견은 피가 뚝뚝 흐르는 낫을 혀로 핥았다.

"네놈을 사로잡아 마국에 바치면 우리 사혈림은 당당히 마국의 지부로 승격될 수 있다. 하찮은 잔마대 소속에서 벗어나는 거지."

"그렇게 마국의 개가 되고 싶단 말이냐? 어리석은 놈들, 그들이 얼마나 잔혹한 마인들이지 똑똑히 알아야 할 것이다. 네놈들 따위는 그저 소모품에 불과할 뿐이다."

이때 적사패도 담웅이 잔견 옆으로 내려서며 말을 받았다.

"판단은 노부가 한다. 마국이라도 우리 사혈림을 박대하지는 않을 테니까."

중년인은 대번에 그가 사혈림주임을 알아보았다.

"적사패도 담 림주시군. 귀하는 명색이 하남성의 패웅 중 한 사람이

아니오? 마국의 주구가 되기 위해 애써 이룩한 터전까지 바칠 생각이
오?”

“너희 백도 놈들이 언제 우리 사혈림을 방파로서 인정이나 했더냐,
그저 악도들의 집단으로 매도해 제거할 구실만 찾았지?”

“당신은 악(惡)이니 백도의 적일 수밖에 없소.”

담웅은 싸늘한 웃음을 흘렸다.

“크흐흣, 우리가 악이라고? 그렇다면 너희 백도 놈들은 모두 선(善)
이란 말이냐? 구린내 나는 위선과 가증스런 사기로 세상을 속이는 놈
들이 바로 너희다!”

“지금은 논쟁을 위한 자리가 아닌 것 같소. 더 이상 부락민들에게
피해를 끼칠 수 없으니 부락을 떠나서 겨뤄봅시다.”

“잔머리 굴리지 마라! 어차피 너를 제외한 모든 놈들은 죽어야 한다!
그래야 향후 의천맹 놈들이 민가로 숨어들지 못할 테니까!”

담웅은 사혈림 무사들을 향해 외쳤다.

“모두 죽여라!”

림주의 지시가 떨어지자 사혈림 무사들은 다시 부락민들 속으로 뛰
어들었다.

중년인을 수행하던 네 청년 무사가 분연히 외쳤다.

“너희 상대는 우리다!”

“양민들을 해치지 마라!”

그들이 사혈림 무사들을 가로막으려 하자 오혈사 중 넷이 나서서 각
기 그들을 맞이했다.

“키히, 너희는 우리 형제가 상대해 주겠다!”

청년 무사들은 사혈사를 상대하느라 양민들 속으로 뛰어드는 살인

귀들을 저지할 수가 없었다.

사혈림 무사들은 잔악한 웃음을 지으며 다닥다닥 붙어 있는 부락민들을 향해 다가섰다. 부락민들은 달아날 수도 없기에 서로를 얼싸안으며 통곡했다.

여기까지 상황을 지켜보던 일검향은 또다시 갈등에 휩싸였다.

그로서는 선택할 수 있는 길이 세 가지였다.

첫 번째는 모든 상황을 무시한 채 은밀하게 떠나는 것이다. 그의 신분을 감안한다면 최상의 선택이다. 하지만 그것은 너무도 괴로운 결정이었다.

두 번째는 절묘한 자객술로 사혈림의 수뇌들을 모두 척살하는 일이었다. 그의 능력으로 어렵지 않은 일이지만 가장 하책일 수밖에 없었다. 장안에서 월아영을 척살한 지 얼마 되지 않았기에 자칫 자신의 행적이 노출될 수 있으며, 이는 천예사원에게도 중대한 위협을 가져올 수 있기 때문이다.

세 번째는 자객임을 철저히 숨긴 채 협객으로 나서서 사태를 수습하는 일이었다. 이 또한 자객 수칙에 위배되지만 일단은 부락민들을 구출할 수 있다.

일검향은 가볍게 입술을 깨물었다.

'그래, 차라리 내가 혹독한 형벌을 받자. 평생토록 괴로움과 자책을 안고 살 수는 없다.'

결국 그는 세 번째 방안을 선택하며 훌쩍 몸을 날렸다.

객관의 노부부는 사혈림 무사들을 향해 통사정을 했다.

"나으리, 저 사람들을 객관에 들인 사람은 저희 부부올시다. 소인들이 대신 죽겠으니 다른 사람들은 살려주십시오!"

두 무사가 냉혹하게 칼을 휘둘렀다.

"우리는 림주님의 엄명에 따를 뿐이다."

"그냥 죽어라!"

두 자루 칼이 노부부의 머리 위로 떨어져 내렸다. 부락민들은 차마 볼 수가 없어 모두가 고개를 돌렸다.

"아악!"

"커억!"

처절한 비명 소리와 함께 두 사람이 바닥으로 쓰러졌다. 한데 죽은 사람은 노부부가 아니라 그들을 죽이려 했던 두 무사였다.

"노인장은 물러서십시오!"

어느새 내려선 일검향이 부락민들을 막아서며 사혈림 무사들을 향해 외쳤다.

"네놈들 소란 때문에 잠을 잘 수가 없구나! 도적놈들은 당장 물러가라!"

두 명의 동료가 죽자 전열에 선 무사 칠팔 명이 핏대를 세우며 동시에 달려들었다.

"이 새끼!"

"우리가 하찮은 도적으로 보이느냐?"

"토막 내버리겠다!"

삼류의 솜씨였지만 사람을 많이 죽여본 자들답게 몰아치는 공세가 제법 살벌했다.

일검향은 단단히 작심했기에 빠르게 자청검을 휘둘렀다. 여러 가지 쾌검식을 배합해 그 스스로 창안한 선풍쾌검이었다. 대기를 가르는 검풍만 들려올 뿐 병장기는 한 번도 부딪치지 않았다.

그가 무사들 사이를 헤집는 순간 여덟 명이 베어진 짚단처럼 풀썩풀썩 쓰러졌다.

지켜보던 무사들은 비로소 일검향의 뛰어난 검법을 절감하며 급히 뒤로 물러섰다.

"허억?"

"고수다!"

네 청년 무사와 겨루던 사혈사는 난데없는 훼방꾼의 출현에 깜짝 놀라 싸움을 멈추었다. 부상을 입고 있는 중년인과 막 대결을 펼치려던 잔견도 손을 거두며 후퇴했다.

느긋하게 사태를 관망하던 담웅의 표정이 딱딱하게 굳어졌다. 두 수하에 이어 여덟 명을 순식간에 해치운 훼방꾼의 검법이 심상치 않음을 한눈에 간파한 것이다.

'아니, 대체 저놈은 또 누구지?'

그는 허리춤의 단혼도를 바싹 거머쥐며 앞으로 나섰다.

"웬 놈이냐? 감히 사혈림과 맞서겠다는 것이냐?"

일검향은 담담한 표정으로 응수했다.

"사혈림이 어떤 자들인지는 몰라도 내 눈에는 양민을 추살하는 도적으로 보일 뿐이다. 네가 수괴라면 어서 졸개들을 데리고 물러가라."

"큭, 어디서 검법 나부랭이를 수련했는지 몰라도 지극히 무지한 놈이로군. 노부의 수하들을 죽였으니 네놈은 살아남을 수 없다."

"너희들이 무고한 양민들을 죽인 대가일 뿐이다."

"사혈림의 전사들을 이런 무지렁이들과 비교한단 말이냐?"

"내 눈에는 너희들이 버러지로 보일 뿐이다."

"뭐야?"

담웅은 단혼도를 뽑아 들었다. 도신 전체가 붉은 칼이었다. 흡혈철로 제작되었기에 많은 사람의 피를 흡수하면서 붉게 변한 것이다.

"객기는 아무나 부리는 게 아니다."

그가 단호도법의 기수식을 취하자 중년인이 일검향에게 주의를 주었다.

"조심하십시오, 대협. 적사패도의 단혼도법은 변화가 심합니다."

일검향은 가볍게 끄덕일 뿐 대꾸하지 않았다.

상황이 두 사람의 대결로 변모되자 오혈사는 휘하 무사들을 대동해 뒤로 물러섰다. 중년인과 네 명의 청년 무사도 부락민들과 함께 객관의 좌우로 몸을 피했다.

담웅의 입가에는 오만한 미소가 맺혀 있었다.

평생토록 강호를 종횡하면서 마땅한 적수를 만나지 못한 그였기에 자신의 패배는 전혀 생각지 않았다. 모처럼 단혼도법을 펼칠 수 있는 상대를 만났다는 것이 즐거울 뿐이었다.

"최혼(催魂)— 분멸(紛滅)— 낙백(落魄)!"

그는 단혼 십이식 중 삼 식을 연속적으로 발출했다.

쐐애액—!

시뻘건 도기가 분출되며 순식간에 삼 장 이내가 칼 그림자로 도배되었다. 중년인의 조언대로 변화가 심한 도법이었다. 대부분의 상대는 그의 현란한 허초에 정신이 산만해져 목이 달아난다.

일검향은 자청검을 비스듬히 세워 들 뿐 아무런 응수도 하지 않았다.

자객 36관 중 명안관을 통과하면서 초인적인 안력을 터득했기에 허초 따위는 어렵지 않게 간파할 수 있는 그였다. 하지만 강렬한 도기의 패력은 염두에 두어야 했다. 적어도 공력에 있어서는 그보다 훨씬 강한 자임을 인정할 수밖에 없었다.

담웅은 상대가 전혀 동요하지 않자 세모꼴 눈이 사납게 일그러졌다.

'어린 놈답지 않게 제법 수양을 쌓았군. 그렇다면 패도로 요절을 내 주겠다.'

그는 현란한 도초를 변화시켜 힘찬 바람을 일으켰다.

"삭현(朔絃)― 절혈(絶血)― 압패(壓覇)!"

위이잉―!

웅후한 파공성과 함께 시뻘건 도기가 벼락처럼 내리 꽂혔다.

강북 무림계의 중심인 하남성에서 나름대로 사파의 세력을 형성한 종주답게 도법의 경지가 대단했다.

상대가 진초를 펼쳐 오자 일검향이 비로소 반응했다.

"무섬쾌(武閃快)!"

그는 과감하게 상대의 도기 속으로 뛰어들면서 쾌검을 전개했다. 그의 출수는 늦었지만 담웅을 향한 위협은 빨랐다. 담웅은 깜짝 놀라며 급히 공세를 돌려 방어로 전환했다.

차! 차창!

연속된 금속성과 함께 두 사람은 곧바로 접전으로 돌입했다.

일검향의 쾌검은 단조로우면서도 절도가 있었다. 변화가 절제되었기에 지극히 단순했지만 그만큼 빠를 수 있었다. 하지만 담웅 역시 수십 년 동안 수련해 온 단혼도법으로 하남성 사파 무림계를 호령해 온 자였다. 몇 초를 교환하면서 그는 상대의 쾌검이 빠르지만 위력적이지 않다는 사실을 간파했다.

'내공은 대단치 않은 놈이군. 그렇다면 강맹한 패도로 놈의 검을 잘라 버릴 수 있다.'

그는 도신에 공력을 잔뜩 주입시켜 힘차게 내려쳤다.

"차아앗!"

일검향은 상대의 단혼도와 마주칠 수가 없는 듯 뒤로 물러서며 방어에만 급급했다. 다시 몇 초가 지나면서 장삼 일부가 베어지며 가벼운 상처를 입게 되었다.

지켜보던 중년인의 표정이 어둡게 변했다.

"아, 내가 상대했어야 하는데⋯⋯."

청년 무사들이 애써 그를 위로했다.

"고정하십시오. 선배님께서는 혈음마공에 당해 공력을 운기하실 수 없지 않습니까?"

"저분 대협의 쾌검이 비범하니 적사패도라도 쉽게 물리칠 수 없을 것입니다."

담웅은 상대의 열세에 한껏 기세가 올랐다. 상대가 패력이 깃든 자신의 단혼도와 마주치지 못한다는 것을 확신하고는 회심의 미소를 머금었다.

'네놈은 이제 죽었다!'

그는 정면으로 내리 꽂던 단혼도를 급히 틀어 수평으로 휘둘렀다.

"단혼참(斷魂斬)!"

단혼도법의 정수라 할 수 있는 초식이었다.

이 순간 일검향이 벼락같이 그의 가슴 앞으로 뛰어들었다. 전혀 예상치 못한 반격이었다. 일도양단를 내기 위해 전력을 기울이고 있었던 담웅은 찰나지간 자신의 실책을 깨달았다.

'당했다!'

상대는 자신이 예상한 것보다 훨씬 강한 자였다. 다만 그것을 드러내지 않기 위해 열세에 몰려 있는 것처럼 보였던 것이다. 그러나 그것을 깨닫는 순간 가슴 부위가 화끈해지며 숨이 턱 막혔다.

검이 이미 심장을 관통한 것이다.

털썩!

담웅은 마른 장작개비처럼 꼿꼿하게 뒤로 쓰러졌다. 자신의 죽음을 인정할 수 없는 듯 부릅뜬 두 눈에는 불신의 빛이 역력했다.

오혈사의 입이 쩍 벌어졌다.

"허억?"

"마, 맙소사!"

"림주께서……?"

사파의 절정급 고수를 해치운 일검향은 몇 번 숨을 고르고는 검을 내렸다.

청년 무사들은 중년인의 손을 쥐며 탄성을 발했다.

"아, 이겼습니다, 선배님."

"대단합니다. 적사패도를 쓰러뜨렸으니 신진 고수의 탄생입니다!"

부락민들은 행여 사혈림 무사들을 자극할까 봐 환호성도 못 지르고 서로를 보며 안도의 웃음만 지었다.

일검향은 오혈사에게 시선을 돌렸다.

"너희들의 수괴는 죽었다. 시체나 가지고 돌아가라."

잔견은 흉흉한 안광을 발하며 이를 갈았다.

"네놈이 감히 림주를 해치고 살아남을 것 같으냐?"

그는 수하들을 향해 외쳤다.

"림주의 복수다! 놈을 죽여라!"

육십 명의 사혈림 무사들이 악을 쓰듯 외치며 달려들었다.

"죽여라—!"

일검향은 그들을 쓸어보며 가볍게 미간을 찌푸렸다.

'곤란하게 되었군. 이들 모두를 상대하려면 자객술을 구사할 수밖에 없는데…….'

청년 무사 넷과 중년인이 일검향 주변으로 붙어 섰다.

"함께 싸우겠소."

"오혈사만 쓰러뜨리면 나머지 놈들은 도주할 것이오."

일검향은 오히려 그들의 지원이 부담스러웠다. 양민들은 모르겠지만 그들이라면 자신의 자객술을 간파할 수 있기 때문이다.

사혈림 무사들이 오 장 앞까지 이르렀다. 림주의 죽음에 눈이 뒤집힌 그들은 마치 피에 굶주린 악귀들 같았다.

한데 이때였다.

한 사람이 마치 땅속에서 솟아나듯 그들 앞으로 내려섰다. 투실투실한 체구의 늙은 거지였다.

그는 사혈림 무사들을 향해 양손을 쭉 뻗어냈다.

"꺼져라, 버러지들!"

연푸른 장풍이 돌개바람을 일으키며 대지를 휩쓸었다.

퍼퍼펑—!

잇단 폭음과 함께 전열에서 달려들던 스무 명이 대번에 튕겨져 나갔다. 뒤에서 달려들던 무사들은 튕겨진 동료들과 뒤엉켜 어지럽게 나자빠졌다.

잔견은 기겁을 하며 뒤로 몸을 날렸다.

고약한 악취를 풍기는 늙은 거지는 코를 후벼 코딱지를 튕겨냈다.

퍼엉!

바닥으로 무려 다섯 자 깊이의 구덩이가 패였다. 실로 경이적인 공력이 아닐 수 없었다.

"히힛, 아직도 서성대는 놈들은 뭐냐? 노부의 코딱지에 대가리가 박살나고 싶은 게냐?"

잔견은 미륵불처럼 투실투실한 늙은 거지를 응시하다 외눈을 부릅떴다.

"허억! 풍진광개(風塵狂丐)?"

사혈사는 마치 염라대왕을 만난 듯 부리나케 달아났다.

"퇴각해! 어서 퇴각해!"

사혈림 무사들은 썰물 빠지듯 부락에서 모습을 감추었다.

부락민들은 비로소 목숨을 건졌다는 안도감에 서로를 얼싸안으며 기쁨의 눈물을 흘렸다.

중년인은 감격의 표정으로 예를 올렸다.

"대원로님께서 와주실 줄은 몰랐습니다."

"몸은 좀 어떤가?"

"혈음마공의 마기 때문인지 공력을 제대로 운기할 수가 없습니다."

"어서 가세나. 한독을 몰아내고 요양을 하지 않으면 폐인이 될 우려가 있어."

이때 네 청년 무사가 늙은 거지에게 절을 올렸다.

"노선배님을 뵙습니다."

중년인이 늙은 거지에게 그들을 소개했다.

"청성파 제자들입니다. 이들이 아니었다면 꼼짝없이 마국에 끌려갈 뻔했습니다."

"오, 그런가?"

늙은 거지는 네 청년 무사를 둘러보며 고개를 끄덕였다.

"애들썼다."

청년 하나가 간절하게 청했다.

"노선배님, 저희도 의천맹의 일원이 되고 싶습니다. 받아주십시오."

"마국을 상대하는 데는 정사 무림이 따로 없는 법이다. 굳이 의천맹에 몸을 담을 필요는 없다. 오히려 마국의 표적이 되어 목숨만 위태로울 뿐이야."

늙은 거지는 좋은 말로 그들을 달래고는 중년인의 손을 쥐었다.

"가세."

"대원로님, 목숨을 구해준 대협에게 인사라도 올려야……."

중년인은 주변을 둘러보다가 입을 다물었다.

일검향은 어느샌가 사라지고 없었다. 무참하게 죽은 가족을 찾으려는 부락민들만 어수선하게 흩어지고 있었다.

"이런, 벌써 떠났단 말인가?"

중년인은 아쉬운 표정을 짓고는 늙은 거지에게 잠시 전의 상황을 소상하게 고했다. 늙은 거지는 한쪽에 쓰러져 있는 담웅을 힐끗 보고는 빙그레 미소를 지었다.

"적사패도를 죽일 정도의 청년 고수는 흔치 않지. 명성을 탐해 자신을 드러내지 않는 것으로 미루어 강호의 신룡이로다."

중년인은 객관 노부부에게 일검향에 대해 물어보았지만 노부부 역시 일검향의 이름조차 모르고 있었다.

그는 길게 탄식했다.

"큰 신세를 지고도 은인의 이름조차 모르니 부끄러운 일입니다."

"너무 개의치 말게. 자네는 본 맹 비찰부의 사령(使令)이 아닌가? 무명 협객의 존재가 다시 드러난다면 신세를 갚을 때가 있을 것이네."

늙은 거지는 중년인의 손목을 쥐고는 둥실 떠올랐다. 그는 허공을 밟고 뛰며 순식간에 황포 부락에서 멀어져 갔다.

네 청년 무사는 지닌 은자를 모두 털어 장례비로 내놓고는 총총히 사라져 갔다. 이렇게 한바탕의 참극은 마무리되었다. 강호의 분란에 무고한 양민들만 희생된 것이다.

한편 일검향은 객관 후미의 무성한 나뭇가지 속에서 모습을 드러냈다. 그는 가벼운 손바람으로 수십 명을 간단히 쓰러뜨린 늙은 거지를 떠올렸다.

"풍진광개라면 강호에서 육기(六奇)에 해당되는 고인이다. 그런 사람의 안목이라면 내게서 자객의 기질을 찾아낼 수 있어."

그가 급히 몸을 피한 이유는 바로 그 때문이었다. 물론 풍진광개의 등장으로 부락민들이 몰살당할 위기가 해소된 이상 그가 더 이상 나설 일도 없었다.

황포 부락은 울음바다로 변해 있었다. 처자를 잃고, 남편을 잃고, 아이를 잃고, 손자를 잃은 사람들은 시신을 부둥켜안은 채 비통한 눈물을 뿌렸다.

일검향은 기분이 씁쓸했다.

부락민들을 몰살의 위기에서 구했지만 가슴 뿌듯한 보람은 전혀 느낄 수 없었다. 부락민들을 위해 좀 더 적극적으로 나서지 못한 것이 후회되었고, 이제는 자신의 개입이 천예사원에 알려질 것이 우려되었다.

'또 한 번 자객 수칙을 어기고 말았군. 이러다가는 제명이라도 당할 것 같아.'

그는 길게 한숨을 짓고는 낙양을 향해 몸을 날렸다.

2

황포 부락민들은 참변을 겪은 지 사흘도 안 돼 또 한 번 무시무시한 공포를 실감해야 했다. 생생한 늑대 탈을 머리에서부터 뒤집어쓴 자들이 부락으로 들어선 것이다.

그들을 인솔한 자는 하얀 늑대 가죽을 뒤집어썼다. 눈자위를 검게 칠해 다소 음침한 모습이었다. 바로 대백랑이었다.

그는 탁자에 걸터앉은 채 객관 주인인 노부부를 죄인처럼 심문했다.

"할아범, 할멈, 얼마 남지 않은 삶이지만 고통스럽게 지내고 싶지는 않겠지?"

"대, 대체 왜 이러십니까요?"

"사혈림 놈들이 이곳 부락을 공격했다면서? 내가 알아보니 의천맹도 하나가 묵는 중이었더군."

"저희는 의천맹이 뭔지도 모릅니다요."

"그건 상관없어."

대백랑은 아직 굽지도 않은 날생선을 우물거리며 물었다.

"니들 모두가 죽게 될 상황에 누군가 구해줬다고 들었다. 놈에 대해 상세히 말해봐. 내가 찾는 정보를 입수한다면 후한 상을 주겠다. 하지만 조금이라도 숨긴다면……."

그는 뼈째 생선을 우드득우드득 씹으며 비릿한 미소를 흘렸다.

"할아범과 할멈은 산 채로 늑대 밥이 될 거야."

영감은 새파랗게 질린 채 말을 더듬었다.

"소, 소인들은 그분이 누군지도 모릅니다요. 저녁 나절에 오셨는데

방이 없어 다락방에 모셨습죠. 강호인으로는 전혀 보이지 않아 평범한 문사로만 생각했소이다. 한데 그 공자 덕분에 우리 부락민들이 몰살을 면할 수 있었습니다요. 그게 전부입니다."

"어떻게 생긴 놈이지?"

"그게……."

영감은 노파를 돌아보았다.

"임자, 영 기억이 나지 않네. 어떻게 생긴 분이셨지?"

할멈도 주름진 얼굴을 잔뜩 찌푸렸다.

"그러게. 나도 막상 얼굴을 떠올리려 하니 전혀 기억이 나지 않아. 그냥… 평범한 사내였어."

대백랑은 술을 한 잔 입에 털어 넣고는 싱긋 웃음을 지었다.

"헤헷, 그게 정답이야. 만일 할아범과 할멈이 놈의 얼굴을 정확히 기억했다면 내가 찾는 놈이 아니니까."

탁자에서 내려선 그는 좁은 객관을 둘러보았다.

"놈이 묵은 다락방이 어디지?"

할멈이 몸을 일으키며 그를 안내했다.

"아주 잠시만 계셨습니다."

대백랑은 가파른 나무 계단을 밟고 다락방으로 들어섰다.

그는 예민한 코를 킁킁거리며 냄새를 맡는 데 주력했다. 바닥을 더듬던 그는 한 올의 머리카락을 찾아내고는 코를 가까이 들이댔다. 깊이 냄새를 들이킨 그는 흡족한 미소를 지었다.

"무색의 향기……. 놈이다."

第15章

절반의 실패

낙양(洛陽)은 장안과 더불어 역대의 옛 도읍지 중 하나이다. 삼국시대 때 동탁에 의해 대참화를 입는 바람에 많은 유적들이 손실되었지만 역대 왕조의 도읍지다운 향기가 느껴지는 곳이다.

운소객잔은 낙양성 서문 쪽에 위치해 있었다.

큰 규모의 객잔은 아니었지만 비교적 번화한 곳에 자리해 있어 찾아오는 손님이 제법 많았다. 바깥주인이 보조들을 데리고 주방에서 요리를 담당했기에 계산과 손님 맞이는 안주인이 담당했다.

안주인은 호리호리한 체구의 중년 여인이었다.

사는 형편이 괜찮은데다 평소 피부 관리에 꽤나 신경을 쓰는지 마흔에 이른 나이였지만 주름살 하나 없었다. 절로 눈웃음을 치는 초승달 같은 실눈은 첫 대면서부터 유쾌한 기분이 들게 해준다.

많은 단골들이 운소객잔을 찾는 이유도 여주인의 호감 어린 인상 덕분이었다. 하기에 번화가를 따라 즐비한 객잔들 중에서 운소객잔은 사시사철 손님들이 끊이지 않았다.

낙양으로 들어선 일검향은 곧바로 운소객잔을 찾아 들어갔다.

일자리를 찾아야 하는 신분이기에 가급적 허름한 옷으로 갈아입었고, 자청검은 천으로 친친 동여매 봇짐을 매는 막대기처럼 만들었다.

"어서 오세요, 손님."

계산대에서 일어서서 그를 맞이하는 여주인의 환한 미소에 일검향은 절로 기분이 유쾌해졌다. 여주인의 다정한 눈매는 자비로운 보살처럼 마음을 푸근하게 해주었다.

일검향은 첫 대면이었지만 왠지 낯선 느낌이 들지 않았다.

자객과의 혼례를 마다하지 않은 특별한 여인이기에 꼭 한 번 만나고 싶었는데, 그 상면이 예상보다 빨리 이루어진 셈이었다.

'정말이지, 여인의 향기가 물씬 느껴지는 분이야. 계도 천살 형님이 한눈에 반한 것도 무리는 아니로군.'

그는 공손하게 예를 올렸다.

"전 손님이 아닙니다, 형수님."

"형수님… 이라고요?"

"그렇습니다. 전 양천화(梁泉華) 형님의 친척입니다. 일전에 형님을 뵌 적이 있는데 마땅한 일자리가 없으면 찾아오라 하셨습니다."

양천화는 계도 천살의 양민 신분 이름이었다.

여주인은 일검향을 빠르게 훑어보고는 넌지시 물었다.

"고향이 춘추봉인가요?"

"그렇습니다."

"남편에게 언뜻 들은 적이 있기는 해요."

계산대를 나선 그녀는 한쪽 구석 탁자로 그를 안내했다. 자리에 앉은 그녀가 점소이를 손짓해 차를 내오도록 지시했다.

"난 황소민(黃素旻)이에요. 하지만 모두들 대랑이라 칭하니 나를 황대랑으로 부르면 돼요."

"알겠습니다."

"이름이 뭐죠?"

"추검(秋劍)이라 합니다."

일검향은 스스로 지은 이름을 밝혔다. 추검은 춘추봉에서 따온 이름이었다. 아무래도 당분간 주방에서 지내려면 적당한 이름이 필요했기에 미리 지어둔 것이다.

황소민은 점소이가 내온 차를 한 모금 들이키고는 다시 물었다.

"추검은 어떤 요리가 특기죠?"

"아직 내세울 만한 요리 기술은 없습니다. 하지만 형님 밑에서 열심히 배우겠습니다."

"마침 주방에서 허드렛일을 할 사람이 필요하기는 해요. 정식으로 채용되기까지 한 달 동안은 급료가 없을 겁니다. 뭐, 간단한 옷과 용돈 정도는 줄 수 있어요. 아무리 남편의 친척 동생이라도 우리 운소객잔의 규정이니 예외는 없어요."

일검향은 정중하게 손을 모았다.

"고맙습니다, 황 대랑."

"시장하면 간단히 요기라도 하겠어요?"

"아닙니다. 제가 당장 할 수 있는 일거리라도 주셨으면 합니다."

황소민은 그의 싹싹한 태도가 마음에 든 듯 호의적인 미소를 지었다.

"남편의 친척들이 여러 번 찾아온 적이 있는데 추검은 조금 특별하군요. 오래 있기를 바라겠어요."

그녀는 점소이를 호출해 지시를 내렸다.

"새로 온 주방 보조다. 이름은 추검이야. 일부터 하겠다니 우선 장작이라도 패게 해라. 상견례는 저녁을 먹으면서 하면 돼."

"헤헤, 알겠습니다. 제가 확실히 가르쳐 놓겠습니다."

"송팔(宋八), 네가 뭘 안다고 가르쳐? 공연히 위세 부리지 말고 잘 지내도록 해."

황소민이 자리에서 일어서자 송팔이 일검향의 어깨를 툭 치며 턱짓을 해 보였다.

"뒤뜰로 가자."

객잔 뒷문을 나서자 자그마한 연못 주변으로 몇 동의 별채가 대나무 숲을 담장 삼아 지어져 있었다. 별채는 귀한 손님들을 맞이하는 값비싼 숙소로 웬만한 규모의 객잔이면 서너 개씩은 갖춰놓고 있었다.

객잔 담벽을 따라 돌아서자 주방으로 통하는 뒷마당이 펼쳐져 있었다. 양곡과 부식 재료를 넣어두는 창고 주변에는 잡동사니가 수북했다.

송팔은 장작 하나를 받침대 위에 올려놓고는 손도끼를 손에 쥐었다.

"주방에서 쓰이는 장작은 아주 가늘어야 돼. 그래야 화덕의 불을 적당히 조절할 수 있으니까."

그는 시범적으로 도끼를 내려쳐 장작을 가늘게 쪼갰다. 제법 능숙한 솜씨였다.

일검향은 가볍게 고개를 끄덕였다.

"알 것 같아."

송팔은 별것도 아닌 일에 어깨를 으쓱해 보이며 손도끼를 넘겨주었다.

"제대로 해봐. 장작조차 못 패면 마구간에서 말 여물이나 썰어야 하니까. 나도 처음에는 마구간 청소부터 시작했어."

"고마워."

일검향은 목례를 취해 보이고는 봇짐과 장삼을 벗어 장작 더미 위에 올려놓았다.

그는 수련생 시절 모든 병기를 다루는 법을 배웠기에 도끼질에도 능숙했다. 특별히 부법(斧法)을 수련하지는 않았지만 어떻게 구사하는지는 알고 있었다. 하지만 처음부터 능숙한 모습을 보일 수 없기에 일부러 몇 번 헛손질을 했다.

송팔은 피식 실소를 짓고는 돌아섰다.

"그런 솜씨로는 종일 해도 장작 한 짐 못 패겠다. 주인님 돌아오실 때까지 꾀부리지 말고 열심히 해."

그가 사라지자 일검향은 네 토막의 장작을 한꺼번에 받침대 위에 올려놓았다.

"하나씩 패서 언제 끝내겠어?"

그는 무료한 표정으로 손도끼를 내려쳤다.

장작은 도끼에 닿기가 무섭게 쩍쩍 쪼개졌다. 그가 몇 번을 내려치기도 전에 장작은 젓가락처럼 쪼개져 좌우로 수북하게 쌓였다. 도끼질이 얼마나 정교한지 장작개비는 장인이 정성껏 다듬은 것처럼 일정했다.

반 시진도 안 돼서 그는 열 짐의 장작을 모두 패었다. 워낙 가늘게 쪼개놓았기에 그것을 한 아름씩 묶어두는 것이 새로운 일거리가 되었다.

일검향은 장작개비를 차곡차곡 쌓으며 황소민을 떠올렸다.

'다소곳한 생김새와는 달리 심기가 대단하신 여걸이야. 내가 춘추봉에서 왔음을 밝혔지만 형수님은 조금도 놀란 반응을 보이지 않았어. 나의 안목으로 내색을 간파할 수 없었다면 어느 누구의 눈으로도 알아채지 못했을 거다.'

이때 두 사람이 얘기를 나누며 뒷마당으로 들어섰다.

"헤헤, 제가 확실히 가르쳐 놓았지만 한 짐이나 팼을지 모르겠습니다, 주인님."

"이런 녀석 보게. 네가 장작이나 제대로 팰 줄 알아?"

"그런 말씀 마십시오. 저는 주방 보조로 일할 만큼 요리도 익혔다고요."

송팔과 함께 들어선 사람은 천살자객 계도였다.

일검향은 공손하게 예를 취했다.

"추검입니다, 형님. 형수님의 허락을 받아 일자리를 얻게 되었습니다."

계도는 별반 반색을 하지 않은 채 퉁명스럽게 대꾸했다.

"허어, 그저 빈말로 한번 했는데 끝내 찾아왔군. 어쨌거나 여편네가 마음에 들어했다니 다행이군."

송팔은 마당 가득히 쌓여 있는 장작개비를 보고는 입을 쩍 벌렸다. 그 짧은 시간에 일검향이 열 짐이나 되는 장작을 모두 패리라고는 전혀 생각지 못한 것이다.

계도는 가늘게 쪼개진 장작을 둘러보고는 벌컥 화를 냈다.

"아니, 이게 뭐냐? 비싼 장작을 왜 젓가락으로 만들어놓은 것이냐?"

일검향은 난감한 표정이 되었다.

"화덕에 쓰일 장작개비는 가늘어야 한다기에……."

계도는 송팔의 머리를 쥐어박으며 질책했다.

"이놈아, 네가 뭘 안다고 장작 패는 것을 가르쳐? 이렇게 가는 장작 개비로는 강한 불밖에 낼 수 없단 말이다! 국물을 우려낼 은근한 불을 어떻게 만들려는 거냐?"

"아이고! 죄송합니다, 주인님! 신참 녀석이 그사이 모든 장작을 다 패놓을 줄은 몰랐습니다! 정말 죄송합니다!"

송팔은 연신 고개를 조아리고는 부리나케 달아났다.

그가 사라지자 계도는 냉담한 표정을 풀고는 빙그레 미소를 지었다.

"하하, 왔는가? 장안에서 큰일을 해냈는데 쉬지도 못하게 곧바로 호 출해서 미안하네."

"아닙니다. 형수님을 꼭 뵙고 싶었는데 마침 잘되었습니다."

"소감이 어떤가?"

"을화 누님이 들으면 화를 내겠지만 정말 비교가 되는군요. 영락없 는 여인이십니다."

"하하, 맞아. 여인이지, 진정 여인이야."

계도는 일검향과 함께 장작개비를 묶으며 기분 좋은 웃음을 터뜨렸 다.

"표적은 닷새 후 움직일 것이네. 며칠 동안 고생이 되겠지만 요리 한두 가지를 배울 수 있으니 너무 고달프다 생각 말게."

"형님의 요리를 배울 수 있다면 닷새가 아니라 오십 일이라도 주방 에서 일하고 싶습니다."

일검향이 흔쾌하게 대꾸하자 계도는 누군가의 접근을 감지하고는 목소리를 낮추었다.

"우리 공주님이 오시는군."

그는 장작개비를 묶던 손을 털고는 공연히 혀를 찼다.

"허어, 초장부터 사고를 쳤구나. 이래서 어디 밥값이라도 하겠느냐?"

모퉁이를 돌아 뒷마당으로 들어선 두 사람은 황소민과 어린 계집아이였다. 머리를 좌우로 갈라 커다란 장식을 매단 계집아이는 열 살쯤 되어 보였는데 귀여운 용모가 아주 깜찍했다.

"아버지!"

계집아이가 환한 표정으로 달려들자 계도는 번쩍 들어 가슴에 안았다.

"아이고, 우리 공주님! 학당에는 잘 다녀오셨나?"

"난 학당 싫어. 아이들과 놀고 싶단 말이야."

"그래도 조금은 배워둬야지. 글공부를 게을리 하면 바보가 되고 만단다."

계도는 딸의 등을 다독이고는 일검향에게 소개했다.

"내 딸 소청(小淸)이다."

"반갑구나, 소청."

일검향이 부드러운 미소를 보내자 양소청은 눈을 커다랗게 떴다.

"누구야? 처음 보네?"

황소민은 계도의 옆으로 다가서며 양소청을 끌어내렸다.

"아버지 친척 동생이니 아저씨라 부르면 돼. 추검 아저씨다."

양소청은 맑은 눈망울을 깜빡이다가 고개를 갸웃거렸다.

"친척이라 그런가? 아버지와 분위기가 유사해. 음… 색깔이 같다고나 할까?"

계도와 황소민의 표정이 순간적으로 굳어졌다.

아이들의 순수한 눈은 세상에서 가장 정확하다고 할 수 있다. 고도의 수련으로 위장한 자객의 기운을 날카롭게 꿰뚫어 본 것이다.

일검향은 자세를 낮추며 아이와 눈높이를 맞추었다.

"그래서 피는 못 속인다는 말이 있는 거야. 소청은 정말 좋은 눈을 가졌구나."

"맞아. 내가 눈썰미가 아주 좋거든."

"네 얘기는 형님한테 많이 들었어. 정말 예뻐."

"훗, 그래? 아저씨도 눈이 나쁘지는 않군."

양소청은 어린 나이에도 불구하고 예쁘다는 칭찬에 아주 기뻐했다.

황소민이 아이의 손을 이끌었다.

"어서 가자. 씻고 간식 먹어야지?"

양소청은 엄마의 손을 쥐고는 깡충깡충 뛰었다.

"포자 먹고 싶어. 난 돼지고기를 넣은 포자가 더 맛있어."

계도는 흐뭇한 미소를 지으며 모녀가 사라진 모퉁이를 한참 동안 바라보았다.

일검향은 그런 그의 모습에 절로 웃음이 감돌았다.

"부럽습니다, 형님. 정말 단란한 가정을 이루셨군요."

"자네도 십 년쯤 임무를 수행하면 자격이 주어질 것이네. 하지만 우리 같은 비밀스런 직업을 가진 남편으로 둘 아내를 만나기가 쉽지 않을 것이야."

"……."

"을화한테 들으니 자네가 다휘를 마음에 두고 있다 하더군. 하지만 동문은 친구 이상이 될 수 없어. 같은 직업을 둔 부부는 오히려 해가 될 뿐이지."

일검향은 장작개비 위에 걸터앉았다.

"부부 자객도 있다고 들었습니다."

"그래? 처음 듣는 얘기로군. 대체 누가 그런 얘기를 해주던가?"

"원주님이십니다."

계도는 잠시 미간을 찌푸리다가 물었다.

"원주님께서 왜 그런 얘기를 했단 말인가?"

일검향은 일순 주저했다.

귀견쌍살이 부모를 해친 자객들임을 밝히기가 꺼려졌다. 원주도 부모의 원수가 자객이라는 사실을 가급적 공개하지 말 것을 당부하지 않았던가. 자객의 신분으로 다른 자객을 죽여 복수할 의도를 보인다는 것은 모두에게 있어 경계의 대상이 될 수 있기 때문이다.

일검향은 대충 얼버무렸다.

"우연히 듣게 되었습니다."

계도는 별반 의심하지 않고 주방으로 향했다.

"이런, 저녁 손님이 들이닥칠 시간이군. 일단 채소를 다듬고 설거지를 돕도록 하게."

2

운소객잔에서의 닷새는 금세 지나갔다.

일검향에게는 주방에 딸린 좁은 골방이 숙소로 배정되었다. 그는 새벽부터 일어나 주방을 청소하고 요리 도구를 닦아두어야 했다. 보조 요리사가 셋이나 있었지만 궂은일은 모두 신참인 그의 몫이었다.

계도는 짬을 내서 요리 기술을 전수하는 것으로 미안한 심정을 대신했다.

다소 한가한 오후가 되자 일검향은 뒷마당에서 장작을 팼다.

요리를 만들기 위해 화덕에 쓰일 장작은 너무 굵어서도 안 되고 너무 가늘어서도 안 되었다. 센 불과 약한 불을 내기 위한 장작의 쓰임새가 각기 달랐기 때문이다.

일검향은 장작을 패면서 사소한 것에도 깊은 의미가 있다는 사실을 새롭게 깨닫게 되었다.

'전문가는 뭔가 달라야 한다. 그것은 사소한 것에서 시작된다. 보는 관점이 남달라야만 최고의 전문가가 될 수 있어.'

그는 다양한 굵기로 장작을 패면서 엽운표가 전수해 준 스물여덟 자의 구결을 떠올렸다.

워낙 심오한 의미가 담겨 있어 처음에는 너무 막연했지만 이제는 조금씩 윤곽이 보이기 시작했다. 그가 확실하게 깨달은 것은 열두 경락을 통한 진기의 운용이었다.

열두 경락(經絡)은 진기가 흐르는 통로를 말하며, 경혈(經穴)은 경락의 쉼터이며 갈랫길이다. 경락은 대부분 손끝과 발끝에서부터 이어져 머리 위 백회혈로 합쳐진다.

일검향은 구결의 이름을 몰랐기에 스스로 여의심결(如意心訣)이라 명했다. 여태까지는 기경팔맥을 통한 진기의 운용이 진리인 줄 알았는데 여의심결은 그런 진리를 뛰어넘는 고차원적인 내공 심법이었다.

만일 열두 경락을 통해 진기를 운용할 수 있다면 온몸이 진기로 감싸지기에 도검에도 침해받지 않을 것 같았다. 또한 몸을 깃털처럼 가볍게 만들 수 있기에 자유로운 신법도 가능했다.

'세상에 이런 신묘한 내공 심법이 다 있군.'

그가 알기로 무림계의 내공 심법은 도가의 선도술에서 비롯된 것이었다.

선도술은 단전에 내단(內丹)을 만들기 위함이며, 궁극의 목표는 우화등선이었다. 우화등선에 이르면 수천 년 동안 죽지 않는 불로장생도 가능하다. 물론 이는 도가의 전설적인 이야기로 현실적인 면에서는 다소 떨어진다.

여의심결의 또 다른 장점은 이목을 크게 증진시켜 주는 데 있었다.

일검향은 장작을 패면서 누군가의 접근을 어렵지 않게 감지할 수 있었다. 살금살금 다가서는 발걸음은 무척 조심스러웠지만 무공을 익힌 사람의 은밀함은 전혀 느껴지지 않았다.

그는 피식 실소를 짓고는 받침대에 도끼를 꽂았다.

"소청이냐?"

그가 모퉁이를 향해 고개를 돌리자 계집아이가 고개를 내밀며 혀를 날름 내보였다. 제 딴에는 은밀하게 접근했는데 그만 들켜서인지 다소 머쓱한 모습이었다.

양소청은 나무로 만든 목마 장난감을 손에 쥐고 있었다.

"치이, 아저씨는 정말 귀가 밝아. 어떻게 알았어?"

"귀가 밝은 게 아니라 네 향기 때문에 알 수 있었어."

"호호, 아저씨 코가 개코야?"

아이의 버릇없는 말투에도 일검향은 오히려 친근감이 느껴졌다.

"하하, 요리를 배우려면 맛을 감별하는 혀도 중요하지만 냄새를 맡는 코도 중요하단다. 아무리 훌륭한 맛을 지닌 요리도 냄새가 고약하다면 곤란하지 않겠어?"

"하긴 그래."

양소청은 다리 한쪽이 분질러진 목마 인형을 내보였다.

"아버지가 만들어준 인형인데 망가졌어. 아저씨 손재주가 좋다니 고쳐 줘."

"이 아저씨가 손재주가 좋다고 누가 그러던?"

"송팔 아저씨가 그랬어. 추검 아저씨는 도끼로 장작을 패서 젓가락으로 만들 만큼 손재주가 좋다면서?"

"하하, 그 정도로는 재주라고 할 수 없지. 어쨌든 보자꾸나."

일검향은 목마 인형을 살펴보고는 나무를 깎아 말 다리를 하나 만들었다. 조각도가 있었다면 보다 정교했겠지만 투박한 도끼라 깨끗하게 다듬을 수가 없었다.

하지만 커다란 도끼로 말 다리 조각을 만들어내는 그의 손재주에 양소청은 연신 감탄사를 터뜨렸다.

"와아, 아저씨 도끼질은 정말 예술이야!"

일검향은 담담히 미소를 짓고는 말 다리를 새로 붙여 망가진 목마 인형을 고쳐 주었다.

양소청은 아이답게 팔짝팔짝 뛰며 좋아했다.

"이야, 적토마가 다시 달릴 수 있게 됐어! 자, 관운장이 나가신다!"

일검향은 양소청이 즐겁게 노는 모습을 보자 마음이 유쾌해졌다.

자객의 딸로 태어났지만 그 사실은 그녀가 죽을 때까지 비밀로 묻혀질 것이다. 그저 평범한 여염집 처녀로 성장해 좋은 남편을 만나 행복해질 수 있을 것이다.

일검향은 양소청을 지켜보면서 잠시 아련한 추억 속으로 빠져들었다.

그의 부모가 갑작스럽게 참변을 당하지 않았다면 그 역시 평범한 청년이 되었을 것이다. 향시(鄕試)에 응모해 현청의 관리가 되어 있을지도 모를 일이다.

일찍 장가를 들었다면 부모에게 손자를 안겨드리는 기쁨을 선사했을 것이다.

삼대가 한데 모여 단란한 가정을 꾸릴 수 있다면 평범한 집안의 가장 큰 행복이리라. 하지만 그에게는 그런 평탄한 운명이 주어지지 않았다.

어린 나이에 부모가 살해된 현장을 목격했기에 그 충격은 너무도 컸다. 그는 아직도 당시의 상황을 생생하게 그려낼 수 있었다.

원주를 통해 흉수에 대한 단서를 찾아냈지만 그는 여전히 깊은 의혹을 해소할 수가 없었다.

부모의 살해 상황을 감안한다면 특급 자객의 솜씨였다. 가진 것도 없는 평범한 촌 부부를 누가 특급 자객까지 고용해 살해했단 말인가? 대체 그 이유가 무엇일까? 왜 자신의 부모를 해친 것일까?

바쁘게 자객 임무를 수행하느라 한동안 잊었던 기억이 되살아나면서 그는 깊은 고민에 빠져들었다.

그러다 누군가의 접근을 간파하고는 퍼뜩 상념에서 깨어났다.

계도였다. 그는 정신없이 놀고 있는 딸아이를 덥석 끌어안고는 볼을 비벼댔다.

"요 녀석, 또 학당에서 몰래 빠져나왔구나?"

"따가워. 수염 좀 깎아."

양소청은 간지러운 듯 까르르 웃음을 터뜨렸다.

계도는 딸아이를 내려놓고는 가볍게 엉덩이를 두들겼다.

"엄마한테 들키면 혼이 날 테니 어서 학당으로 가거라. 아버지는 못 본 체할 테니까."

"쳇, 학당 선생님은 너무 재미없어. 옛날이야기는 안 해주고 매일 어려운 글귀만 외우게 한단 말이야."

"어허, 소학(小學) 정도는 떼어야 돼. 소청이 소학만 떼면 아버지가 뭐든 소원을 들어주겠다."

"정말이지?"

"그래, 약속하마."

양소청은 목마를 끌어안고는 힘있게 고개를 끄덕였다.

"알았어. 소학만 떼면 더는 어려운 공부 시키면 안 돼?"

계집아이는 쪼르르 별채 쪽으로 달려갔다. 나무를 타고 밖으로 넘나드는 아이만의 비밀 통로가 있는 듯싶었다.

계도는 일검향에게 돌아서며 대수롭지 않은 어투로 말했다.

"표적이 움직였네. 자네는 물건을 떼러 나와 함께 가는 것으로 말해 두었으니 준비하게."

"알겠습니다."

일검향은 골방으로 들어가서 천으로 동여맨 자청검을 메고 뒷마당으로 나섰다.

또 한 건의 척살.

이미 얼굴이 알려졌기에 운소객잔을 다시 찾을 일은 없다. 그래도 운소객잔에서 지낸 닷새는 즐거운 추억으로 남게 될 것이다.

3

다각다각……!

간단한 짐을 실은 마차가 낙양성 남문을 막 지나고 있었다. 마부석에는 일검향과 계도가 나란히 앉아 있었다. 말고삐를 쥔 일검향은 남루한 옷차림이었고, 계도는 값비싼 화복을 걸쳤기에 영락없는 하인과 주인 관계였다.

남쪽으로 뻗은 관도는 두 갈래로 갈라져 있었다. 곧장 남하하면 소림사로 유명한 중악(中岳) 숭산(崇山)을 지나게 된다. 남서쪽 방향은 등봉(登峰)에 이르게 되는데 짐 마차는 등봉 쪽으로 향했다.

인적이 다소 뜸해지자 계도가 지나가는 어조로 말머리를 꺼냈다.

"검향, 자네도 소문을 들었는지 모르겠지만 얼마 전 황포 부락에서 큰 사건이 벌어졌네. 사혈림의 주인인 적사패도가 죽었다더군."

"……."

"적사패도는 하남성 무림계에서 아주 유명한 악당이지. 하지만 휘하의 오혈사와 사혈림 악도들이 워낙 잔악해 소림과 무당, 화산에서도 정면 대결을 삼가해 왔네. 풍문에 의하면, 의천맹 요원을 추적하던 중 황포 부락으로 숨어들자 아예 부락민을 몰살시킬 요량으로 학살을 펼쳤다더군."

일검향은 말고삐를 쥔 채 묵묵히 듣기만 했다.

맞장구를 치자니 동문 선배를 속이는 일이었고, 사실을 털어놓자니 중대한 자객 수칙 위반이기에 차마 입이 떨어지지 않았다.

계도는 허리춤에서 호리병을 꺼내 입을 축였다.

"부락민과 의천맹 요원을 구한 사람은 청년 협객이라 하더군. 적사패도와 단독 대결을 벌여 죽였으니 대단한 고수임에 틀림없네. 하지만 신룡처럼 사라지는 바람에 협객의 이름조차 모른다 했어."

"……."

"사실 사혈림은 마국을 추종하는 잔마대 소속으로 갖은 악행을 저질렀기에 모두가 죽이고 싶어했지. 놈에 대한 척살 명령이 하달됐다면 사실 내 손으로 죽이고 싶은 자였네."

계도는 일검향에게 호리병을 건네면서 물었다.

"자네가 장안에서 낙양으로 왔던 길이라면 황포 부락 부근을 지났을 텐데, 혹시 청년 협객에 대해 달리 들은 바는 없는가?"

일검향은 거푸 세 모금을 들이키고는 솔직히 털어놓았다.

"협객으로 불리는 자를 제가 알고 있습니다."

"그래? 대체 누군가?"

"바로 접니다."

"……."

계도는 물끄러미 그를 바라보다가 가볍게 탄식했다.

"허어, 솔직히 풍문을 듣고는 자네가 아닐까 의심을 하기도 했네. 적사패도와 맞서 죽일 만한 청년 고수는 흔치 않지. 그런 고수였다면 벌써 세상에 널리 알려졌을 텐데, 그 사람은 이름도 밝히지 않은 채 홀연히 사라졌으니 말일세."

일검향은 침울한 기색으로 고개를 떨구었다.

"죄송합니다, 형님."

"검향, 내게 사과할 필요는 없네. 하지만 내가 자네를 의심했다면 천예사원에서 이미 정보를 입수해 자네의 소행임을 알아냈을 것이네."

"어쩔 수 없었습니다. 자객 수칙을 지키려 했지만… 무고한 부락민이 몰살되는 광경을 외면할 수가 없었습니다. 물론 각오는 하고 있습니다.”

계도가 그의 어깨를 다독이며 위로했다.

“너무 심각하게 생각지 말게. 원주님은 냉철하신 분이지만 냉혹하지는 않네. 자네의 자객명에 향(香) 자를 붙인 것은 자네가 인간적인 향기를 지니고 있기 때문이라 들었어. 자네의 성격상 그대로 지나칠 수가 없었겠지. 모든 정황을 소상히 밝힌다면, 그 점을 원주님도 인정해 주실 것이네.

“…….”

“자네는 모든 사내들이 흠모하는 월아영을 척살한 자객이 아닌가? 이번 임무까지 완수한다면 수칙 위반에 따른 죄를 면제받을 수도 있을 것이네.”

계도의 부드러운 위로에 일검향은 어느 정도 안정을 찾았다.

너무 의기소침할 필요는 없었다. 수칙 위반에 따른 어떤 형벌도 받을 각오를 하지 않았던가. 설사 목숨을 잃는다 해도 황포 부락민을 구한 행위는 후회하지 않을 자신이 있었다.

일검향은 계도에게 호리병을 건네주며 물었다.

“이번 표적은 어떤 자입니까?”

“나이는 사십대 후반 정도이며, 무공이 아주 고강하네. 물론 사내일세.”

“다행이군요. 무공 한 초식 모르는 기녀만 아니라면 상관없습니다.”

“기녀는 아니지만 그 사람의 신분 또한 특별하네.”

계도는 호리병을 허리춤에 차며 하늘가로 시선을 들었다. 하지를 목전에 두어서인지 술시로 접어들었지만 아직도 해가 서산마루에 걸려 있었다.

“이번 표적은 승려일세.”

“……!”

일검향은 가벼운 충격을 느끼며 계도에게 시선을 돌렸다.

“승려요? 불문에 출가한 사람이란 말입니까?”

“그래, 그것도 소림 나한당 소속의 상좌승일세.”

사람이 충격을 받으면 아무런 생각도 할 수 없게 된다. 일검향은 멍하니 정면만 응시하였고, 계도 또한 잠시 입을 다물었다.

다각다각……!

마차를 끌던 말은 고삐가 느슨해지자 다소 속도를 늦추었다.

무거운 침묵은 일각이나 계속되었다.

침묵을 깨고 먼저 입을 연 사람은 일검향이었다. 음성이 몹시 건조했다.

“소림에 죄를 지은 자입니까?”

“아닐세.”

“계집이나 재물을 탐한 파계승입니까?”

“아닐세.”

“남 모르는 악행이라도 저질렀습니까?”

“내가 알아본 바로는 없네.”

계도는 지그시 눈을 감았다.

“척살령이 떨어지면 이유를 물어서는 안 되는 것도 자객의 수칙일세. 우리는 원주님이 정한 표적을 깨끗하게 처리하는 것이 임무네. 연후 자네는 춘추봉으로 돌아가고 난 다시 객잔으로 돌아가면 되는 일일세.”

“…….”

“나도 표적을 하달받고는 자네 이상으로 충격에 젖었네. 나와 아내는 사찰에 자주 들러 불공을 드리곤 하지. 소림사를 몇 번 방문한 적도 있었네. 자네도 알다시피 소림사는 무림계의 태산북두이기 이전에 명망 높은 고승들이 불도를 닦는 선종(禪宗)의 총본산일세. 소림의 제자라면 계율을 철저히 지키는 수도승임을 부정할 수 없네."

일검향은 가볍게 입술을 깨물었다.

"표적에 대해 좀 더 알고 싶습니다."

"상좌승의 법명은 정현(正玄)일세. 소림의 원로와 각 당의 주지승이 산사를 나서는 일은 극히 드물기에 정(正) 자 항렬의 상좌승들이 대부분 실무를 담당하네. 정현 대사는 나한당 상좌승으로 금번에 등봉에 지어진 정법사(正法寺)의 주지로 발령이 났네. 소림 본사에서 불어나는 승려들을 모두 수용할 수 없기에 나름대로 선발 과정을 거쳐 말사로 배정하는 것은 오랜 관례일세."

계도는 갈증을 씻기 위해 찻잎을 입에 털어 넣고 우물거렸다.

"정현 대사는 지금 소림을 떠난 등봉으로 향하는 중일세. 수행원으로 네 명의 나한당 무승(武僧)을 대동했네. 소림이 제자라 하여 모두가 무승은 아닐세. 나한당과 장경각, 달마원(達磨院) 소속 승려들이 불문 무공을 수련한 무승들이지."

"정현 대사와 네 명의 나한을 모두 제거하는 일입니까?"

"표적은 정현 대사 하나일세. 하지만 나한들이 목숨을 걸고 경호할 것이기에 충돌은 불가피하네."

"제 역할은 무엇입니까?"

계도는 낙조에 붉게 물들어가는 하늘로 시선을 들었다.

"표적은 내가 해결하겠네. 자네는 네 명의 나한만 정현 대사에게서 떼어놓으면 되네."

“알겠습니다.”

일검향은 가볍게 숨을 들이켰다.

그가 직접 표적을 제거하지 않아도 되기에 조금은 홀가분해졌다. 솔직히 그도 승려들에게 어릴 적부터 호감을 품고 있었다. 어린 시절 모친의 손을 잡고 암자에 올라 불공을 드리며 소원을 빈 적도 있었다.

문득 계도를 돌아본 그는 생각을 달리했다. 그의 심정이 괴로운 것 이상으로 계도 또한 고통스런 척살이 될 것이다. 그는 양소청의 깜찍한 모습을 떠올리며 마음을 모질게 먹었다.

“형님, 표적은 제가 제거하겠습니다. 형님이 대신 나한들을 맡아주십시오.”

계도는 씁쓸한 웃음을 지었다.

“내가 표적을 제거하지 못할 것 같은가?”

“형님을 믿지 못해서가 아니라 황포 부락에서 수칙을 위반한 과오를 조금이라도 씻고 싶어서입니다.”

“함께 임무에 나선 이상 누가 표적을 제거하느냐는 중요치 않네. 경험에서는 내가 앞서니 표적은 내가 맞추겠네.”

“형님…….”

계도는 정색을 하며 단호하게 말을 잘랐다.

“이건 원주님의 지시 사항일세.”

4

새벽 안개가 짙었다.

이슬을 머금은 새벽 안개를 헤치고 휘적휘적 걸음을 옮기는 다섯 사람은 승려들이었다. 앞선 중년승은 붉은 가사를 둘렀고 손에 선장(禪杖)을 쥐었다. 깊은 수양이 깃든 눈빛은 차분했고, 입으로 연신 금강경을 외우고 있었다.

그를 수행하는 네 명의 승려는 청년승들이었다. 저마다 곤봉을 쥐었는데, 무술로 단련된 체격이 당당해 보였다.

그들은 바로 소림사 나한당 상좌승 정현 대사와 네 명의 나한이었다. 말사인 정법사 주지로 내정된 정현 대사는 네 명의 사질과 함께 등봉으로 향하는 중이었다.

승려들은 대부분 번잡스런 대로보다는 호젓한 산길을 따라 이동한다. 산길을 택하면 사소한 시비를 피할 수 있고, 길도 크게 단축할 수 있기 때문이다.

정현 대사를 수행하는 네 명의 나한은 공(空) 자 항렬의 제자들이었다. 그들은 나한당 무승들 중에서도 뛰어난 무공을 지닌 금강나한이기에 이번에 부임하는 사숙을 수행하게 된 것이다.

나한 중 공혜(空慧)가 아쉬운 표정으로 입을 열었다.

"이제 사숙을 뵙기가 어렵겠군요."

정현 대사는 담담히 미소를 지었다.

"아미타불, 내 비록 정법사의 주지가 되었지만 소림의 제자임을 잊지 않고 있다. 법회 때는 잊지 않고 찾아갈 터이니 너희는 씁쓸한 차라도 대접해 주려무나."

"사숙도 참. 여부가 있겠습니까? 하산할 일이 있으면 정법사에 들러 사숙을 찾아뵈도록 하겠습니다."

"오냐, 언제든 들르도록 해라. 정법사는 소림보다 계율이 엄하지 않을 터이니 너희에게 곡차를 대접할 생각이다."

공혜와 세 나한은 서로를 보며 빙그레 웃음 지었다.

"저희는 아직 곡차를 마실 만큼 수행을 쌓지 못했습니다. 하지만 한 번쯤 맛을 보고 싶기는 합니다."

"하하, 왜 아니겠느냐? 무욕무심(無慾無心)은 그것을 경험한 후에야 더욱 깊이 깨달을 수 있는 법이다. 곡차 맛을 모르고 곡차를 멀리 한다면, 그것은 무욕이 아니라 무지(無知)일 뿐이야. 소림이 엄한 계율을 둔 것은 제자들의 수행을 위한 마음가짐을 다지기 위함이지 불변의 진리는 아니다. 불법(佛法)은 높고도 오묘하니 반드시 계율만으로 얻을 수 있는 것은 아니다. 이 점을 깊이 명심해라."

네 명의 나한은 공손히 합장을 올렸다.

"사숙의 계언(戒言)을 가슴 깊이 새겨두겠습니다."

다섯 승려는 부지런히 걸음을 옮겨 등봉 자락에 이르렀다.

아직도 아침 안개는 걷히지 않고 있었다. 계곡으로 급류가 준마처럼 흐르고 있고, 위로는 외나무다리가 아슬아슬하게 걸려 있었다.

정현 대사 일행이 외나무다리 앞에 이르자 공혜가 아뢰었다.

"사숙, 다리가 썩었을지도 모르니 제가 먼저 건너겠습니다."

"그리하거라."

정현 대사는 흔쾌하게 수락했다.

이때 공혜가 외나무다리를 건너려는데 맞은편에서 한 사람이 다리를 건너오고 있었다. 외나무다리는 워낙 좁아 교행을 할 수가 없기에 공혜는 다리 앞에서 비켜섰다. 불문의 제자로서 양보는 당연한 미덕이었다.

한데 외나무다리를 건너오던 사람은 다리를 건너다 중간에서 멈춰 서서는 움직일 생각을 하지 않았다.

　나한들은 의아한 표정으로 그를 바라보았다.

　허름한 장삼을 걸친 평범한 청년이었다. 허리춤에 자색 빛깔이 감도는 검을 차고 있는 것으로 보아 낭인 무사로 보였다.

　정현 대사가 나직이 법문을 읊조리며 참을성있게 기다리고 있기에 나한들도 묵묵히 지켜볼 수밖에 없었다. 그렇게 일각이 흘렀지만 낭인 무사는 여전히 다리를 막아선 채 움직이지를 않았다.

　참다못한 공혜가 합장을 하며 입을 열었다.

　"시주께서 다리를 건널 의향이 없다면 소승들이 먼저 건널 수 있도록 잠시 비켜주십시오!"

　낭인 무사는 물끄러미 승려들을 둘러보고는 물었다.

　"어디서 온 스님들이오?"

　"소승들은 소림의 제자입니다. 이분께서는 소승들의 사숙 되십니다. 법명은 정현으로 나한당 상좌 스님이십니다."

　이렇듯 소상히 신분을 밝힌 이유는 다리를 막아선 무뢰배에게 무언의 압력을 주기 위해서였다. 적어도 소림의 제자를 상대로 시비를 거는 무뢰배는 거의 없었다.

　낭인 무사는 상대의 신분을 듣고도 표정 하나 변하지 않았다.

　"그렇다면 내가 제대로 길을 막고 있는 거로군. 사실 난 정현 대사를 열반(涅槃)으로 보내기 위해 기다리고 있었던 거요."

　네 명이 나한은 안색이 싹 변하며 급히 다리를 막아섰다.

　"시주는 대체 누구요? 열반이라니? 어떻게 그런 험한 말을 입에 담을 수 있단 말이오?"

　낭인 무사는 건조한 음성으로 대답했다.

　"난 자객이오."

나한들은 어처구니가 없다는 듯 서로를 바라보았다.

자객!

피와 죽음의 상징이기에 강호상에서 그들의 존재는 정사 무림인 모두가 기피하는 존재였다. 은자를 대가로 받고 누구든 죽이기에 잔혹한 살인자로 지탄받는 사람들이 바로 자객이다.

그들의 행동은 대부분 은밀하며 비열한 기습이 주특기다. 한데 스스로 자객임을 밝힌 자의 태도는 너무도 당당했다.

나한들은 잠시 자신들을 희롱하는 것은 아닌지 의심을 품었다. 눈앞의 무뢰배가 전혀 자객처럼 보이지 않았기 때문이다.

정현 대사 일행을 막아선 자객은 물론 일검향이었다. 지난밤 등봉에 앞서 당도한 그들은 정현 대사의 행보를 사전에 파악해 작전을 세워두었던 것이다.

공혜가 곤봉을 비껴 들며 강한 어조로 물었다.

"시주가 정말 자객이란 말이오?"

"그렇소."

"우리가 소림의 제자들임을 알면서 감히 척살을 꾀한단 말이오?"

"표적에는 예외가 없소."

일검향은 외나무다리를 따라 천천히 건너왔다. 나한들이 급히 곤봉을 교차해 막아서자 정현 대사가 차분하게 입을 열었다.

"아미타불, 그를 막지 마라. 자객임이 확실하다."

"사숙……?"

"우리가 소림의 제자임을 알면서도 당당히 자객임을 밝혔다면 아마 천예사원 소속일 것이다. 당대에서 가장 뛰어난 자객들이지."

정현 대사가 소매를 젓자 나한들은 좌우로 비켜서며 길을 내주었다.

다리를 건너온 일검향은 삼 장 거리를 두고 정현 대사와 마주 대치해 섰다.

"솔직히 대사와 같은 수도승을 표적으로 삼게 돼 유감이오."

"시주, 살인은 가장 큰 악업이오. 지금이라도 검을 버리고 괭이를 쥔다면 새로운 삶을 살 수 있소. 밝은 세상을 버리고 왜 어둠 속에서 살려 하시오?"

"그것이 내 운명이오."

"아미타불, 시주는 기이한 사람이군. 빈승을 죽이려 왔다면서 살기가 전혀 느껴지지 않소. 만일 자객임을 밝히지 않았다면 빈승을 손쉽게 죽일 수도 있었소."

일검향은 무심한 눈빛으로 그를 응시했다.

"결과는 마찬가지요."

그가 허리춤의 자청검을 쥐자 네 명의 나한이 좌우에서 먼저 선공을 펼쳐 왔다.

"어림없다!"

"무도한 자객이라면 용서치 않을 것이다!"

네 자루 곤봉이 일검향의 요혈로 날아들었다. 소림의 무승이라면 누구나 시전할 수 있는 항마곤법이었다. 수법은 단순했지만 수백 년에 걸쳐 전수되면서 보완되었기에 빠르면서도 강맹한 곤법이었다.

일검향은 빙글 회전하며 자청검을 휘둘렀다.

땅! 따땅!

네 자루 곤을 튕겨낸 그는 곧바로 정현 대사를 향해 몸을 날렸다. 하지만 나한들은 그림자처럼 따라붙으며 그의 등판과 옆구리를 향해 곤봉을 후려쳐 왔다.

소림의 절학 중 하나가 나한진이다.

최고 백팔 명이 펼치는 대나한진은 천하에서 가장 완벽한 진세였기에 누구도 격파할 수 없다. 백팔 명이 일사불란하게 움직이며 펼쳐 내는 진세는 가히 천지 조화이기 때문이다.

대나한진은 열여덟 명으로 구성된 소나한진으로 이루어져 있는데, 소나한진만으로도 웬만한 문파를 상대할 수 있을 만큼 강력하다.

소림의 무승들은 줄곧 나한진을 수련했기에 네 명 이상만 되면 소나한의 진세를 갖춘다. 일검향을 에워싼 네 명의 나한도 소나한진을 펼쳤기에 일검향의 움직임을 철저하게 봉쇄할 수 있었다.

일검향은 소나한진에 갇혀 정현 대사에게 접근할 수 없게 되자 그들을 상대로 접전을 벌였다.

따! 따땅!

그는 풍차처럼 이어지는 곤봉의 공세를 막아내면서 탈출을 꾀했다.

나한들은 상대가 자객이기에 손끝에 전혀 사정을 두지 않았다. 곤법을 펼치는 사이 소림 칠십이종 절기 중 관음장(觀音掌)과 탄격권(彈擊拳)까지 구사하며 맹공격을 퍼부었다.

정현 대사는 한 손을 가슴 앞에 세워 합장 자세를 취한 채 눈앞의 접전을 주시하고 있었다.

그는 금강나한의 무술을 깊이 인정하고 있기에 별반 우려하지 않고 있었다. 금강나한 개개인은 강호의 일류고수와 맞먹는 실력이기 때문이다.

자객이 두려운 것은 예상치 못한 기습인데, 상대가 은밀한 암습을 포기했다면 두려워할 일은 없었다. 설사 네 명의 금강나한이 패한다 해도 그가 자객 따위에게 목숨을 잃을 사람은 아니었다.

그는 사형뻘 되는 나한당 주지와 버금갈 정도의 절정급 고수였다.
소림 칠십이종 절기 중 일곱 가지나 터득했기에 어떤 상황에서도 자신
을 지킬 무공을 지니고 있었다.

일검향과 나한들의 접전은 이내 십여 초를 넘어섰다.

정현 대사는 문득 불길한 예감에 사로잡혔다. 금강나한을 상대하는
자객이 고의적으로 시간을 끌고 있음을 간파한 것이다.

'능히 소나한진을 깨뜨릴 수 있는 자객이다. 한데 왜 방어에만 치중
하는 것일까?'

일순 그는 등줄기가 축축하게 젖어들었다.

자객이 혼자가 아닐 수 있다는 생각이 벼락같이 뇌리를 스쳤다. 그
렇다면 자객임을 공언하며 버젓이 나선 자는 속임수일 수 있었다. 자
신의 곁에서 나한들을 떼어놓으려는 교묘한 계책. 그것은 바로 자객
특유의 암습을 의미했다.

정현 대사는 급히 반야신공을 운기해 몸을 보호하면서 횡소천군
초식으로 선장을 크게 휘둘렀다. 무형의 접근을 봉쇄하려는 의도였
다.

그러나 소리없는 칼날이 그의 발 아래에서 솟아오르고 있었다.

번쩍―!

풀잎과 같은 위장포를 걸친 또 하나의 자객이었다. 그는 은신술을
펼쳐 한 뼘씩 접근해 왔기에 정현 대사도 지척에 이르는 동안 전혀 발
견하지 못했던 것이다.

"허억?"

정현 대사는 기겁을 하며 본능적으로 뒤로 미끄러졌다. 하지만 뾰족
한 첨도를 앞세운 자객은 그대로 공세를 유지한 채 그의 심장을 찔러

왔다.

일순 정현 대사의 두 눈이 핏빛으로 변했다. 얼굴이 사악하게 일그러지며 왼손을 치켜들어 첨도를 후려쳤다. 장심 또한 핏물이 뚝뚝 흘러내릴 듯 붉었다.

둔탁한 폭음과 함께 자객의 첨도는 정현 대사의 장심을 꿰뚫으며 가슴 깊이 꽂혔다. 동시에 정현 대사의 장심에서 뿜어진 붉은 광휘가 자객을 정통으로 강타했다.

퍼엉!

위장포를 뒤집어쓴 자객은 허연 빙기에 휩싸인 채 이 장 밖으로 튕겨져 나갔다. 반격을 당했지만 비명 소리 하나 들려오지 않았다.

"흐윽!"

정현 대사는 아픈 신음을 토하며 한쪽 무릎을 꿇었다. 손이 꿰뚫리면서 심장이 관통되는 즉사는 면했지만 가슴의 상처는 아주 깊었다.

"사숙?"

"크으, 이 비열한 놈들!"

예상치 못한 암습에 깜짝 놀란 나한들이 급히 진세를 철회하며 정현 대사 쪽으로 달려갔다.

일검향은 일순 충격에 사로잡혀 자신의 눈을 의심했다.

'이럴 수가! 혈음마공?'

그러했다. 계도에게 암습을 당하면서 반격을 펼친 정현 대사의 무공은 분명 은천마국의 상징과도 같은 절학인 혈음마공이었다. 일전에 무릉상단에서 동마사와 겨루면서 그 위력을 실감했기에 한눈에 혈음마공임을 알 수 있었다.

소림의 제자가 혈음마공을 구사했다!

일검향은 본능적으로 피가 끓었다. 표적이 소림의 고승이었기에 마음 한구석에서 주저함이 있었지만 혈음마공을 터득했다면 더는 망설일 이유가 없었다.

그는 나한들을 쫓아 몸을 날렸다.

일검향이 저돌적인 척살을 감행하자 나한들은 급히 정현 대사를 가로막으며 곤봉을 휘둘렀다.

"이 악독한 놈들!"

일검향은 그들의 공세를 무시한 채 나한들 틈 사이로 자청검을 힘차게 찔렀다. 검극을 통해 확실한 감촉을 느끼는 순간 네 개의 곤봉이 그의 전신을 강타했다.

퍼퍼펑!

심한 충격에 울컥 피를 토해낸 그는 바닥을 굴렀다.

나한들은 급히 정현 대사를 돌아보았다.

정현 대사는 한쪽 무릎을 꿇은 채 눈을 부릅뜨고 있었다. 생기가 사라진 동공은 이미 잿빛이었다. 미간을 타고 붉은 핏방울이 또르르 흘러내리고 있었다. 미심혈이 관통되며 즉사한 것이다.

"사숙! 사숙—!"

공혜가 정현 대사의 팔을 쥐었지만 이미 넋이 빠진 육체는 베어진 짚단처럼 옆으로 풀썩 쓰러졌다.

다른 세 나한은 비통한 심정으로 주변으로 눈길을 돌리며 자객을 찾았다. 찢어 죽여도 시원치 않을 자객. 한데 두 명의 자객은 어느샌가 사라지고 없었다.

사숙의 입적을 확인한 나한들은 모두가 무릎을 꿇으며 애도의 눈물

을 흘렸다. 이때만큼은 생사 윤회의 무상(無常)함을 훈시하는 불법도
그들을 위로해 줄 수가 없었다.
　소림 나한당 상좌승의 피살!
　그것은 강호를 진동시킬 대사건이 아닐 수 없었다.

第16章

나를 죽여라!

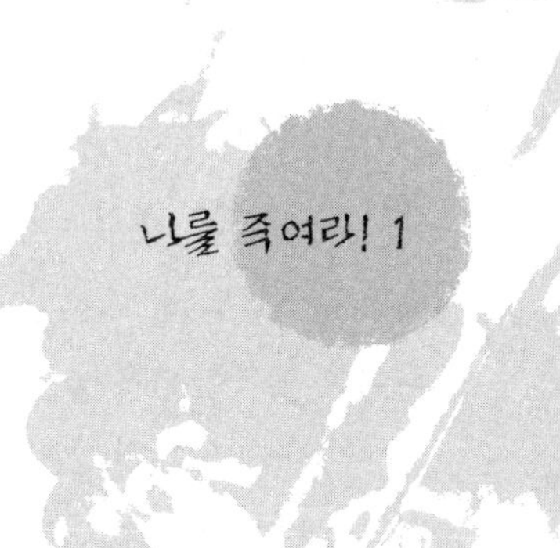

　계도 천살을 들쳐 업은 일검향은 전력을 다해 신법을 펼치고 있었다. 임무를 완수하든 실패하든 사건 현장에서 최대한 멀어져야 하는 것이 자객 수칙 중 하나였다. 표적이 확실하게 제거되었는지에 대해 의혹을 품는 것은 엄격하게 금지되었다.

　일검향은 미처 정현 대사의 죽음을 확인하지 못했지만 검극의 느낌으로 정확하게 미심혈을 관통시켰음을 확신할 수 있었다. 눈썹 사이의 미심혈은 위중한 사혈이기에 그곳이 관통되었다면 회생은 불가능하다.

　문제는 계도의 안위였다.

　은천마국의 혈음마공은 스치기만 해도 피를 동결시킬 만큼 무서운 마공이었다. 계도가 혈음마공에 적중되었다면 위급한 상황임이 분명했다.

　등에 업힌 계도의 몸이 얼음처럼 차갑게 느껴졌다. 초여름이라 아침

햇살부터 따가웠지만 계도의 입에서 뿜어지는 숨결은 동짓달 삭풍처럼
차갑기만 했다.

어느 정도 사건 현장에서 멀어졌다 싶자 일검향은 개울가 평석 위에
계도를 내려놓았다.

의식을 회복한 계도는 희미한 미소를 머금었다.

"허어, 달리 일검향이 아니로군."

"몸은 좀 어떠십니까, 형님?"

"오한이 심해. 하지만 곧 괜찮아질 것이네."

"그렇지가 않습니다. 급히 탕약을 드시고 요양을 하셔야 합니다. 형
님은 혈음마공에 당하신 겁니다."

계도는 믿을 수 없다는 듯 눈을 커다랗게 떴다.

"혈음마공이라니? 난 소림의 반야신공으로 알고 있는데?"

"반야신공 역시 붉은빛을 발하지만 자색에 가깝습니다. 게다가 반야
신공은 극양에 해당되기에 그 무공에 적중되었다면 형님이 오한을 느
낄 리가 없습니다."

"그렇군. 반야신공에는 음한지기가 없지."

계도는 무언가를 떠올리며 가볍게 진저리를 쳤다.

"그렇다면 정현 대사라는 자가 은천마국의 첩자란 말인가?"

"회유된 자라고 봐야겠지요."

"으음, 정말 무서운 놈들이군. 대소림의 상좌승까지 지배하고 있을
줄이야."

계도는 일검향의 찢겨진 장삼을 보고는 넌지시 물었다.

"자네는 괜찮은가? 정현의 숨통을 끊기 위해 나한들의 곤봉에 적중
되지 않았는가?"

"전 괜찮습니다."

"그럴 리가 있는가? 소림 나한승의 곤봉은 바위도 박살 낼 만큼 강력한데. 내, 외상을 당한 몸으로 줄곧 달려왔으니 자네의 상세부터 돌봐야겠어."

일검향은 그의 손을 쥐었다.

"전 정말 괜찮습니다. 약간의 타격을 입었을 뿐입니다."

계도의 손은 얼음장처럼 차가웠다. 한독이 깊이 스며든 것이다.

"다행히 제가 혈음마공의 한독을 씻어낼 처방전을 알고 있습니다. 일단 약재상이 있는 성시로 가야겠습니다."

"자네가 어떻게 처방전을 알고 있단 말인가?"

"어릴 적 혈음마공에 당한 여인을 구한 적이 있습니다. 당시 그 여인이 말해준 처방전으로 약재를 구입했기에 아직 잊지 않고 있습니다."

일검향은 부자, 정향, 천삼 등 일곱 가지 약재를 일러주었다.

계도는 힘있게 고개를 끄덕였다.

"알겠네. 난 녹림의 도적들에게 당한 것처럼 마차를 구해 낙양으로 돌아가겠네. 자네는 임무를 완수했으니 어서 춘추봉으로 귀환하게."

"안 됩니다. 제가 낙양까지 형님을 모시겠습니다."

"검향, 자네 지금 무슨 소리를 하는 겐가? 자네는 도적들 칼에 맞고 강물에 빠져 떠내려 간 것으로 얘기할 생각이네. 이제 다시는 운소객잔에 모습을 드러내서는 안 되네. 정 오고 싶다면 확실하게 변장을 해야 돼."

힘겹게 몸을 일으킨 그는 일검향의 어깨를 다독였다.

"부끄럽구면. 이십 년 경력을 지닌 내가 자객 초년생의 도움을 받았으니 말일세."

"……."

"모든 정황을 가감없이 원주님께 고하게. 그것이 나를 위한 변론이 될 것이네."

계도는 부드러운 미소를 지어 보이고는 몸을 돌렸다.

"형님……."

일검향이 만류하려 하자 계도는 등을 돌린 채로 손을 흔들었다.

"내가 임무 수행에 실패한 것이 처음은 아니니 개의치 말게."

"표적은 제거됐으니 실패는 아닙니다."

"하하, 그렇군. 단독 임무가 아니니 누가 표적을 제거했든 중요치 않지. 자네 덕분이기는 하지만 모처럼 임무를 완수한 셈일세. 어서 돌아가게."

계도는 훌쩍 수림 속으로 뛰어들었다.

일검향은 그를 경호해 낙양성까지 바래다 주고 싶었지만 계도의 말에 따라야 했다. 그는 자신보다 2기는 앞선 선배이며, 이번 임무의 선임자였기 때문이다.

일검향은 그가 급히 떠나려는 의도를 어느 정도 헤아릴 수 있었다.

부끄러움과 자격지심 때문이리라. 기습을 실패하고 부상까지 당한 데다 새까만 후배의 도움으로 받아 피신을 해야 했으니 얼굴을 대할 면목이 없을 것이다. 더 이상의 배려는 오히려 그에게 심적인 상처만 안겨줄 뿐이기에 삼가야 했다.

일검향은 그를 기다리는 가족 황소민과 양소청을 떠올리며 그의 무사 귀환을 마음속으로 염원했다.

'이번 임무 때문에 계도 형님이 자객 생활을 청산한다면 불행한 일이다. 계도 형님은 명예로운 은퇴를 고려하고 있을 테니까.'

개울가에 걸터앉은 그는 손으로 물을 떠서 입을 축였다.

월아영과 정현 대사로 이어진 연속된 척살은 다소 힘겨운 임무였다. 임무에 관계없이 사혈림의 종주인 적사패도를 비롯해 사혈림 무사들까지 다수 해치웠으니 그도 이제는 발을 뺄 수 없는 강호인이 되었다.

그는 흐르는 물을 바라보며 잠시 상념에 젖었다.

'그러고 보니 두 번의 출동이 은천마국과 연루돼 있었어. 대천살에 의해 죽은 무릉상단의 단주를 비롯해 월아영, 정현 대사 모두가 은천마국과 연관된 자들이다. 을화 누님의 말대로 은천마국과 은밀한 전쟁을 치르는 중인가?

그는 정현 대사가 은천마국의 주구였다는 사실에 적이 위로가 되었다. 만일 그가 순수한 소림의 제자였다면 월아영을 척살한 것 이상으로 괴로웠을 것이다.

물론 세상 사람들은 그들의 진정한 신분을 모른다. 하기에 그들을 살해한 자신을 피도 눈물도 없는 살인마로 저주할 것이다.

일검향은 씁쓸한 심정으로 몸을 일으켰다.

문득 누더기처럼 찢겨진 장삼을 보고는 상처 부위를 매만져 보았다. 약간의 통증이 느껴졌지만 심하지는 않았다. 나한들의 곤봉에 적중됐을 때는 큰 부상이다 싶었는데 의외로 부상은 가벼웠다.

"한열관에서 단련된 몸이라 그런가?"

무심코 걸음을 옮기던 그는 무언가를 깨달으며 환한 미소를 지었다.

"아, 그래! 여의심결 덕분이었어. 외부의 타격이 가해지는 순간 경락을 타고 진기가 퍼지면서 내 몸을 보호해 주었어. 내 의지와 상관없이 여의심결이 운기된 거였지."

그는 스스로 이름 지은 여의심결을 떠올리며 가슴이 뿌듯해졌다.

"엽운표 노인이 내게 여의주를 주신 거로군."

2

정현 대사의 피살!

소림의 상좌승이 자객에 의해 죽은 사건은 하루도 안 돼 하남성과 섬서성으로 퍼지면서 세상을 떠들썩하게 만들었다.

소림을 추종하는 백도인들은 분노를 금할 수 없었다. 자객에 대한 지탄이 들끓었고, 진상을 철저하게 조사해 어느 자객 집단의 살행인지 밝혀내야 한다는 의분이 하늘을 찔렀다.

그러나 정작 피해자인 소림은 아무런 조치도 취하지 않았다. 정현 대사를 위해 엄숙하게 다비식(茶毘式)을 치르고는 본래의 일상으로 돌아갔다. 한마디도 공식적인 입장을 표명하지 않은 것이다.

그것은 무림인들에게 있어서 커다란 충격이며, 의혹이 아닐 수 없었다. 더불어 은천마국의 등장 이후 강호 정세에 대해 지극히 소극적인 소림에 대한 성토가 더욱 높아졌다.

천 년의 전통을 지닌 대소림사.

더 이상 그곳은 결코 붕괴되지 않는다는 무림의 성지(聖地)가 아니었다. 그저 명맥을 이어가는 초라한 사찰로 취급된 것이다.

"샅샅이 뒤져라! 실오라기 하나도 놓쳐서는 안 된다!"

하얀 늑대 가죽을 머리에서부터 뒤집어쓴 대백랑은 다소 흥분된 어조로 외쳤다. 그의 수하인 여덟 명의 인간 사냥꾼들은 현장 주변으로 흩어지며 세심하게 단서를 수집해 갔다.

외나무다리가 걸쳐져 있는 개울가는 정현 대사가 자객에 의해 피살된 현장이었다.

대백랑은 수월루에서 흥수에 대한 의뢰를 맡은 후 줄곧 자객을 추적해 왔다. 우연치 않게 성도에서 그를 만나 냄새를 맡아둔 덕분에 동일한 자객임을 알아낼 수 있었다.

물론 유령과 같은 자객을 추적하는 일은 쉽지 않았다. 만일 자객이 황포 부락에서 한바탕 소란을 벌이지 않았다면 자객에 대한 추적은 단념해야 했을 것이다.

대백랑은 허리춤의 비단 주머니를 소중하게 매만졌다.

그 안에는 수월루에서 찾아낸 머리카락과 황포 객잔 다락방에서 수집한 머리카락이 들어 있었다. 둘 다 동일한 사람의 머리카락으로, 월아영을 살해한 자객이 남긴 단서였다.

"내 직감이 틀림없다면 놈은 금번 정현 까까중의 척살에도 개입돼 있다. 놈의 행적이 낙양성 부근에서 갑자기 사라지는 바람에 아주 난감한 상황이었는데 다시 단서를 제공해 주는군."

그는 자세를 낮추며 짐승처럼 두 손을 발 삼아 기면서 냄새를 맡았다.

"만일 놈이 자객 소굴로 곧바로 귀환했다면 절대 추적하지 못했을 것이다. 하지만 또 다른 자객과 짝을 이루어 또다시 척살을 한 이상 절대 나의 추적에서 벗어날 수 없지."

그는 검게 변색된 풀을 찾아내고는 풀잎을 몇 개 뜯어 씹었다.

"탄내는 없군. 그렇다면 극음의 기운에 의해 변색된 게 틀림없어."

문득 그는 눈을 가늘게 뜨며 검게 변색된 풀밭 주변을 살폈다.

“맞아. 이건 분명 혈음마공에 의한 현상이야. 화후가 높았다면 풀뿌리까지 동결되었겠지만 마공의 성취도가 높지 않아 풀잎만 상한 게 틀림없어.”

바닥에 주저앉은 그는 빠르게 생각을 굴렸다.

“정보가 정확하다면 자객은 두 놈이고, 정현과 네 명의 중놈이 전부였어. 대체 그들 중 누가 마국의 절학인 혈음마공을 구사했단 말인가?”

두 자객은 물론이고, 소림의 제자들이 혈음마공을 수련할 가능성에 대해서는 그도 얼른 납득이 되지 않았다.

“정말 알 수 없는 일이로군.”

그는 골머리를 앓다가 풀잎 사이에서 혈흔이 묻은 작은 천 조각을 하나 발견해 냈다. 천 조각을 집어 들고 깊이 냄새를 맡던 그는 마치 영약을 찾아낸 약초꾼처럼 희열에 젖었다.

“호호홍! 놈이야. 무색의 체취를 지닌 놈의 옷 조각이 틀림없어.”

그는 성도에서 만났던 모호한 인상의 자객을 떠올리며 천 조각에 입을 맞추었다.

“고마워. 널 만날 수 있게 계속 단서를 제공해 주는구나.”

여덟 명의 인간 사냥꾼은 나름대로 단서가 될 증거물을 수집해 왔다.

오랫동안 현장 주변을 탐색한 대백랑은 당시의 상황을 거의 정확하게 재현해 냈다.

“무색(無色) 자객이 다리를 건너서 소림의 중들과 맞섰군.”

무색 자객은 그가 추적하는 자객에게 붙인 이름이었다.

“놈이 나한승과 격돌하던 중 또 다른 자객이 정현에게 은밀히 다가와 기습을 펼쳤다. 한데 입수한 정보에 의하면, 정현은 무색 자객의 검에 의해 죽었어. 그렇다면 또 다른 자객의 암습이 실패했다는 것을 의미하지. 암습은 정현의 반격을 받았기 때문에 실패한 것이었고……."

여기까지 생각이 미치자 대백랑은 다시 바닥에 엎드리며 검게 변색된 풀잎을 세심하게 살폈다. 일순 그의 입이 딱 벌어졌다.

'맙소사! 혈음마공은 정현에 의해 펼쳐진 것이었어. 소림 나한당의 상좌중이 어떻게 마국의 절학을 터득했단 말인가?

그의 표정이 심각하게 굳어졌다.

그의 관찰이 정확하다면 정현 대사의 피살은 단순한 죽음으로 끝날 상황이 아니었다. 그로서는 정말 중대한 비밀을 알아낸 것이다.

'이것 봐라? 소림의 제자가 마국와 연관이 있었단 말인가? 물론 소림에서는 전혀 모르고 있었을 것이다. 만일 알았다면 계율원에서 은밀하게 처리했겠지. 그렇다면 누가 그 사실을 간파한 후 자객을 통해 척살을 의뢰했다는 얘기인데…….'

당대 최고의 인간 사냥꾼답게 그는 풍부한 상상력의 소유자였다. 한두 가지 단서만으로 사건의 전모를 추리하는 능력이 극히 뛰어났다.

그의 입가에 간특한 미소가 감돌았다.

"호홍, 아주 재미있군. 소림을 상대로 유리한 협상을 벌일 수도 있겠어."

입맛을 쩍 다신 그는 증거물들을 살피다가 위장복 한 조각을 손에 쥐었다.

"이건 자객들이 즐겨 입는 위장복이로군. 무색 자객의 것은 아니다. 놈은 당당히 수월루의 정문으로 들어와 월아영을 죽일 만큼 대담한 놈이지. 낯짝을 가리거나 위장복을 걸치고 암습을 펼칠 놈은 또 다른 자객이야."

그는 위장복의 천 조각을 입에 넣고 우물우물 씹었다.

"조금 비릿한 게 돼지 기름 냄새가 느껴지는군. 주방에서 요리사들이 즐겨 사용하는 게 돼지 기름이지."

잠시 생각을 굴리던 그는 수하들에게 지시를 내렸다.

"아주 중대한 일이니 하남성에서 활동하는 인간 사냥꾼들을 모조리 동원해서라도 추적을 펼쳐야겠다. 근경 수백 리 일대의 약방을 죄다 뒤져서라도 이틀 전 한독을 치료하는 약재를 사 간 놈을 반드시 찾아내라. 요즘같이 더운 날에 해한제를 사 갈 사람은 많지 않으니 찾아내기는 어렵지 않을 것이다. 또한 낙양과 숭산, 등봉 일대의 객잔을 은밀히 탐색해 이틀 전에 출타한 적이 있는 요리사를 수소문해라."

"알겠습니다, 대형."

여덟 명의 인간 사냥꾼은 신속하게 사방으로 흩어졌다.

대백랑은 외나무다리를 건너며 득의에 찬 미소를 지었다.

"호홍, 널 만나게 되면 꼭 깨물어줄 거야, 무색 자객."

3

등봉에서 천예사원이 위치한 춘추봉까지는 오천여 리나 된다. 그 먼 길을 일검향은 열흘도 안 돼 주파했다.

평소였다면 동행이 없는 혼자 몸이기에 강호 정세를 두루 살피고 느긋한 행보로 귀환했을 것이다. 하지만 정현 대사의 척살 도중 계도 천살이 부상당하는 불상사가 생겼기에 신속하게 보고를 해야 할 상황이었다.

철그렁철그렁……!

"검향이 귀환합니다!"

일검향은 힘차게 외치며 서둘러 생사철교를 밟고 건넜다. 자신을 밝히는 것은 모습을 드러내지 않은 금살자객들에 대한 예우였다. 그는 귀환을 반기는 동료들의 인사도 무시한 채 원주의 거처인 명왕전에 이르렀다.

벌써 그의 귀환에 대한 보고를 들었는지 갑영과 을화가 명왕전 돌계단 위에 서 있었다. 갑영은 여전히 무표정한 모습이었지만 을화는 몹시 분개한 듯 얼굴이 발갛게 물들어 있었다.

일검향이 예를 올리자 을화는 다짜고짜 질책을 했다.

"너 이 자식, 대체 왜 번번이 사고만 치고 다니는 거야? 협객이 될 마음이라면 당장 자객을 그만둬! 네 녀석의 기억을 지워 버리겠다!"

"……."

"넌 지금 추적을 당하는 몸이야! 그런 와중에서 황포 부락에서 근사한 활약을 벌였으니 '나 여기 있소' 하고 밝힌 것과 다름없잖아?"

"제 과오는 인정합니다. 하지만 추적을 당한다는 말씀은 무슨 뜻입니까?"

을화는 안색을 싸늘히 굳히며 팔짱을 꼈다.

"수월루에서 구랑금혈조 놈들을 고용했어. 그것은 월아영을 척살한 자객을 추적하겠다는 뜻이지. 물론 넌 어떤 단서도 남기지 않았겠지만, 대백랑 그놈은 귀신같은 후각을 지닌 놈이야. 한데 황포 부락에서 큰 사건을 벌였으니 반드시 달려와 너의 소행인지 알아내려 할 거다."

일검향은 하얀 늑대 가죽을 뒤집어쓴 대백랑을 떠올렸다. 첫 출동 때 만나 사소한 시비를 벌였지만 워낙 독특한 인상이라 선명하게 기억할 수 있었다.

"그자가 추적해 오면 제가 먼저 죽이겠습니다. 그전에 보고드릴 것
이 있습니다. 계도 형님이……."

"낙양에 있는 자객 단체를 통해 이미 보고받았다. 계도가 비록 부상
을 당했지만 표적은 확실히 제거됐으니 임무는 완수한 셈이다. 하지만
넌 자객 수칙을 어겼으니 보수 대신 벌을 받아야 돼."

"이천살, 계도 형님은 혈음마공에 당했습니다."

"뭐야?"

을화의 눈매가 실낱처럼 가늘어졌다.

"혈음마공이라니? 은천마국 마인들과 싸웠단 말이냐?"

"소림의 제자 정현이 혈음마공을 전개한 것입니다. 그자도 은천마국
에서 심어놓은 첩자가 분명합니다. 왜 그 사실을 미리 말씀해 주시지
않았습니까?"

일검향의 반론에 을화는 잔뜩 미간을 찌푸렸다.

"나도 몰랐어. 이번 임무는 월아영을 척살하면서 곧바로 하달받는
바람에 나도 정확한 내막은 몰라."

이때 창노한 음성이 명왕전 안에서 들려왔다.

"검향의 말이 사실이다. 정현은 은천마국에 의해 세뇌된 자다."

문사복 차림의 원주가 전각에서 걸어나왔다. 세 사람이 급히 예를
올리자 원주는 무거운 어조로 지시를 내렸다.

"긴급 상황이 발생했다. 원 내의 모든 자객들을 소청실로 집합시켜
라."

을화가 심각한 표정으로 물었다.

"긴급 상황이라니요?"

원주가 나직이 한숨을 쉬었다.

"계도의 딸 소청이 납치됐다."

소청실 원탁에 집결한 자객은 모두 열두 명이었다.

갑영과 을화, 일검향과 일도살, 그리고 두 명의 천살급 자객. 나머지는 교교, 다훼, 창비를 비롯한 지살급 자객이었다.

원주는 건조한 음성으로 상황을 설명했다.

"소청의 유괴는 단순히 몸값을 노리기 위한 납치가 아니다. 소청을 납치한 자들은 구랑금혈조다. 전서통문에 의하면 놈은 아무것도 요구하지 않았다고 한다. 다만 한 장의 첩지를 보냈는데 두 글자만 쓰여져 있었다."

을화는 누구보다 계도와 친분이 두터웠기에 자신의 딸이 납치된 것처럼 몸달아했다.

"어떤 글자입니까?"

"월락(月落). 달이 떨어졌다는 뜻이지."

원주는 일검향에게 시선을 돌렸다.

"무슨 의미인지 알겠느냐?"

일검향은 자신의 과오를 절감하며 침통하게 대답했다.

"예, 원주님. 월아영을 살해한 자객과 소청을 교환하겠다는 의미로 사료됩니다."

"그렇다. 대백랑은 너와 함께 정현을 척살한 또 다른 자객이 계도임을 알아낸 것이다."

을화는 죽일 듯한 눈빛으로 일검향을 쏘아보았다.

"너 이 자식, 대체 어떤 중대한 단서를 남긴 것이냐? 네가 단서를 남기지 않았다면 대백랑이란 놈이 어떻게 계도의 신분을 알아낼 수 있었단 말이냐?"

"……."

일검향은 유구무언이었다. 모두 자신에 의해 비롯된 과오이기에 입이 열 개라도 할 말이 없었다.

대백랑이 어떻게 운소객잔을 찾아가 계도의 숨겨진 신분을 간파했는지 모르지만, 자신도 모르게 단서를 남긴 것은 확실했다. 그렇지 않고서는 완벽하게 위장된 계도의 신분이 발각될 수 없기 때문이다.

그는 어린 양소청을 떠올리자 가슴이 미어지는 것 같았다.

'열 살도 안 된 계집아이가 얼마나 무서워하고 있을까? 형수님 역시 비통함에 빠져 있을 거야. 계도 형님 또한 천예사원의 비밀이 간파된 사실에 몹시 괴로워하고 있겠지. 나 때문에… 그들의 단란한 행복이 깨지고 말았어.'

그는 이를 악물며 스스로를 자책했다.

이때 다휘가 조용하게 입을 열었다.

"이천살, 검향의 책임이 아닐 수도 있습니다. 일단은 모든 상황을 정확하게 들어본 후 판단을 내려야 합니다. 또한 냉정을 찾고 소청에 대한 구출 작전도 강구해야 합니다."

원주가 고개를 끄덕이며 일검향에게 눈길을 돌렸다.

"장안에서 등봉까지의 행보에 대해 소상히 말하거라."

"예, 원주님."

일검향은 월아영을 척살한 후 새로운 임무를 부여받아 낙양으로 가는 도중 황포 부락에서 한바탕 싸움을 벌였으며, 운소객잔에서 닷새를 지내다가 계도와 함께 정현 대사를 척살한 과정을 숨김없이 털어놓았다.

모든 정황을 듣고는 자객들은 나름대로 일검향의 여정에서 문제가 된 부분이 있는지 신중하게 생각에 잠겼다.

잠시의 침묵이 흐른 가운데 다훼가 먼저 입을 열었다.

"구랑금혈조의 대백랑은 뛰어난 후각과 추적술을 지닌 자입니다. 머리카락과 실오라기 한 올만으로 추적을 벌일 수 있지요. 장안에서 등봉까지는 제법 먼 거리입니다. 만일 황포 부락에서 아무런 일도 없었다면 대백랑도 쉽게 일검향을 추적해 올 수 없었을 겁니다. 결국 황포 부락에서의 사건이 두 곳의 척살을 연결하는 징검다리가 된 것 같습니다."

"흐음, 계속해 봐라."

"그렇다 해도 황포 부락을 떠난 일검향이 낙양에 머물러 있을 것이라고 단정할 증거는 없었을 것입니다. 제 소견으로는 아마도 정현을 척살하는 과정에서 중대한 단서가 남겨진 것 같습니다."

"중대한 단서?"

"일검향이 다시 낙양으로 돌아가지 않고 곧바로 귀환했으니 대백랑은 일검향을 추적할 수가 없습니다. 한데 대백랑이 낙양까지 쫓아가계도 천살을 찾아냈다면 아마도 혈음마공 때문일 겁니다."

모두의 시선이 다훼에게 모아졌다. 똑같이 얘기를 들었지만 그녀만큼 상황을 정확히 분석할 능력은 없었기 때문이다.

다훼는 차분하게 말을 이었다.

"혈음마공은 극음의 마공입니다. 스치기만 해도 한기에 침해당하며, 적중된다면 전신의 피가 동결되는 무서운 마공이지요. 계도 천살 역시 한독에 당했기에 해한제를 구해 해소할 수밖에 없습니다. 만일 대백랑이 혈음마공의 흔적을 찾아냈다면, 그 역시 약방을 수소문해 해한제를 사 간 사람을 추적했을 것입니다."

을화가 감탄을 토하며 그녀의 높은 식견에 수긍했다.

"대단해. 네 추리가 아주 합당하다."

그러자 일도살이 반론을 제기했다.

"천하에 약방이 수만 개도 더 되는데 대백랑이 무슨 수로 그 많은 곳을 수소문할 수 있겠습니까? 제 생각에는 계도 천살이 부주의로 단서를 남겼기에 대백랑이 낙양 일대를 뒤져 추적한 것 같습니다. 따라서 소청의 납치는 일검향과 무관한 계도 천살의 잘못입니다."

평소 과묵한 그가 의견을 제시한 것도 뜻밖의 일이지만 별반 사이가 좋지 않은 일검향을 위한 변론을 하자 다훼와 교교, 창비는 놀라움을 금치 못했다.

사실 다훼도 일검향이 곧바로 귀환한 점을 내세워 그의 무죄를 변론하려 했다. 하지만 둘 사이의 친분이 두터운 것을 모두가 알기에 자칫 교분에 의한 비호로 들릴 수 있어 차마 말을 꺼내지 못했던 것이다.

을화가 원주에게 의견을 물었다.

"원주님, 검향에게 문제가 있는지는 좀 더 조사를 해봐야 할 것 같습니다. 제 생각에도 계도가 단서를 남긴 듯합니다."

원주는 잠시 생각하다가 판결을 내렸다.

"다훼의 말대로 계도가 약방에서 해한제를 구입한 것이 결정적인 단서가 되었을 것이다. 계도가 달리 단서를 남겼다고는 생각할 수 없다. 따라서 은신처인 낙양과 인접한 곳에서 척살을 지시한 노부의 그릇된 판단이 결정적인 실수라고 할 수 있다. 만일 낙양과 먼 곳에서 벌어진 척살이었다면, 설사 약방에서 약재를 구입했다 하더라도 그 소재가 발각되지는 않았을 것이다."

일검향은 원주가 모든 책임을 스스로에게 돌리자 부끄러움을 금할 수 없었다.

그는 원주 앞에 무릎을 꿇으며 벌을 청했다.

"원주님, 대백랑을 끌어들인 것은 제 잘못입니다. 황포 부락에서 자객 수칙을 어긴 저를 벌해주십시오."

"대백랑은 네가 끌어들인 것이 아니라 마국의 지시를 받은 것이니 네 잘못일 수 없다. 또한 황포 부락에서 적사패도를 죽였지만 자객의 신분을 드러내지 않았으니 크게 문제 삼지 않겠다. 하지만 수칙을 어긴 것은 사실이니 두 건의 성공적인 임무 수행을 공과(功過)로 상쇄할 것이다. 추후에는 강호의 시비에 개입하지 마라."

비교적 관대한 처분에 일검향은 가슴이 뜨거워졌다.

"고맙습니다, 원주님."

원주는 자객들을 쓸어보다가 다훼에게 시선을 고정시켰다.

"소청을 구출해야 한다. 그 아이는 우리의 가족과 다름없다. 네가 방안을 말해봐라."

다훼는 일순 당황하지 않을 수 없었다.

여태까지의 모든 지시와 결정은 원주에 의해 단독으로 이루어졌다. 한데 구출 작전을 자신에게 맡긴다는 것은 공식적인 참모로 인정한다는 의미였다.

그녀는 잠시 생각하다가 작전을 설명했다.

"대백랑이 단지 월락이라는 두 글자만 보낸 것으로 미루어 본 원과 적이 될 생각은 없는 것 같습니다. 그렇지 않았다면 소청을 납치하지 않고 직접 계도 천살을 생포하려 했을 것입니다."

"그래, 정확한 견해다."

"따라서 저들이 소청을 살해하는 일은 없을 것입니다. 일단은 부상을 당한 계도 천살과 부인을 안전한 곳으로 피신시켜야 합니다. 동시에 계책을 펼쳐서 소청을 구해야 합니다. 제 소견으로는 굳이 대백랑이 이끄는 구랑금혈조를 몰살시킬 필요는 없을 것 같습니다."

"우리의 비밀을 알고 있지 않느냐?"

"그자의 추적술은 유용합니다. 잘 다루면 본 원을 위해 활용할 수도 있습니다."

"그것은 놈이 어떻게 나오느냐에 따라 다르겠지."

원주는 자리에서 일어섰다.

"갑영, 을화는 즉시 거처를 정해 계도와 아내를 피신시켜라. 그의 객잔과 상점은 별도로 사람을 보내 정리하면 될 것이다."

"알겠습니다."

명을 받은 을화와 갑영이 곧바로 소청실을 나갔다.

원주는 세 명을 지목해 다시 명을 내렸다.

"검향과 도살, 교교 너희 셋은 전력을 다해 소청을 구출해라. 반드시 구출해 계도 부부에게 돌려주어야 한다."

"존명!"

지명을 받은 세 자객은 서둘러 소청실을 빠져나갔다.

원주는 나머지 자객들을 둘러보며 지시를 하달했다.

"마국의 침공이 있을지 모르니 철저히 대비해라. 구출 작전이 완료될 때까지 당분간 출동은 없을 것이다."

회의를 마친 원주는 언제나처럼 자객들의 인사도 받지 않고 훌쩍 소청실을 나갔다.

천살과 지살자객들이 뿔뿔이 흩어지자 창비가 우려의 표정으로 물었다.

"누나, 검향 형이 괜찮을까? 두 건의 임무를 연속적으로 마치고 겨우 귀환했는데 또 출동해야 하잖아? 체력적으로 너무 힘들 텐데."

"체력은 문제없어. 검향의 심리가 문제지."

"심리라니?"

"검향은 계도 천살과 조를 이루어 이번 임무를 수행했잖아? 게다가 그들 가족과 며칠을 함께 지냈어. 만일 대백랑이 소청의 목숨을 위협한다면 검향은 굴복할 수밖에 없을 거야."

창비는 불안한 표정이 되어 제자리에서 펄쩍펄쩍 뛰었다.

"그럼 어떻게 하지? 원주님께 말씀드려 내가 대신 간다고 할까?"

"원주님도 검향의 심리 상태를 잘 알아. 일부러 보낸 거야."

"일부러? 왜?"

"도의적인 책임을 지라는 뜻이지. 사실 황포 부락에서의 사건은 중대한 수칙 위반이야. 비록 두 건의 임무를 수행했다 해도 공과로 상쇄될 사안은 아니지."

"그럼 특혜겠네?"

다훼는 부드러운 미소를 지었다.

"특혜라고 봐야겠지. 냉철하신 원주님이지만 검향에게는 특별한 호감을 갖고 계신 것 같아. 그 이유를 나도 모르겠어."

창비가 대수롭지 않게 응수했다.

"검향 형의 능력이 특출나잖아? 신참인데도 불구하고 중요한 임무를 맡겼다는 것은 그만큼 신임하기 때문이지."

그는 자신의 손바닥을 주먹으로 치며 아쉬워했다.

"젠장, 이번 불상사만 없었다면 검향 형이 진정한 일검향으로 인정받는 건데. 일도살은 이도살(二刀殺)로 떨어지고 말이야."

"일도살을 너무 나쁘게 생각 마. 이번에 검향을 위해 변론까지 해주었잖아?"

"그렇기는 한데 난 그 의도가 의심스러워. 하여간 일도살은 여전히 호감이 안 가."

창비는 씩씩한 걸음으로 소청실을 나갔다.

을화도 몸을 일으켜 자신의 처소인 서고로 향했다. 그러다 문득 그녀는 아쉬운 표정을 지으며 손을 마주 쥐었다.

"참, 검향에게 귀견쌍살에 대해 말해주어야 하는데……."

4

등봉 산자락에 자그마한 막사가 하나 세워져 있었다.

생나무를 잘라 대충 기둥을 세우고, 지붕 대신 거적을 덮어놓은 임시 막사였다. 막사 주변으로 네 명이 경비를 서고 있는데 하나같이 검은 늑대 가죽을 머리에서부터 뒤집어쓴 기괴한 차림이었다. 바로 구랑 금혈조에 소속된 인간 사냥꾼들이었다.

그들은 갓 잡아온 노루를 날로 먹으며 연신 주변을 경계하고 있었다. 평소 누구도 두려워하지 않은 그들이었지만 이번 상대는 특별했다.

자객. 그것도 당대에서 가장 뛰어난 특급 자객들을 보유한 천예사원이기 때문이다.

이때 대백랑이 막사로 다가섰다. 그 역시 다소 긴장된 표정이었다.

"아직 어떤 기별도 없더냐?"

수하 하나가 대답했다.

"그렇소. 한데 언제까지 놈들을 기다려야 하는 거요? 차라리 자객을 잡아다 문초해 본거지를 알아내는 편이 빠르지 않겠소?"

대백랑을 털썩 주저앉으며 노루 고기를 한 점 베어 물고 우물거렸다.

"그런 소리 마. 우리는 지금 엄청난 모험을 하는 거야. 재수없게 마국의 의뢰를 받는 바람에 천예사원과 맞서게 된 거다. 자칫 우리가 몰살당할 수도 있어."

"대백랑, 천예사원의 자객들이 그렇듯 무서운 놈들이란 말이오?"

"천예사원의 원주가 당대 최고의 자객인 천사명왕이야. 살인 수법도 탁월하지만 지략과 심기에 있어 뛰어나다 들었다. 그런 대자객이 키운 자객들이라 하나같이 특급 자객의 능력을 지녔다고 할 수 있지. 놈들이 만일 우리가 잡아놓은 인질을 무시한다면, 우리 누구도 살아남을 수 없다."

수하들이 불평을 늘어놓았다.

"대백랑, 그렇게 위험한 의뢰를 왜 맡은 거요?"

"우리는 그동안 대백랑을 믿고 따랐는데 이제 어쩌란 말이오?"

대백랑은 사나운 눈초리로 그들을 쏘아보았다.

"최악의 상황이 그렇다는 얘기지 누가 죽는다고 했어?"

그는 독한 술로 입을 씻고는 등에 멘 금 주판을 무릎 위에 올려놓았다.

"보수는 후하게 받았으니 이번 의뢰만 끝내면 한동안 대막(大漠)으로 돌아가서 질펀하게 먹고 마실 수 있어."

한데 이때였다. 나무 위에서 급박한 새 울음소리가 들려왔다.

진짜 새 울음소리가 아니라 나무 위에 숨어서 주변을 경계를 서고 있는 두 인간 사냥꾼이 보낸 경보였다.

네 명은 급히 병장기를 챙겨 들고 막사를 지켰다. 대백랑은 안색을 굳히며 금 주판을 가슴 한쪽으로 안아 들었다.

잠시 후 백삼을 걸친 청년이 천천히 막사를 향해 다가섰다. 언뜻 보기에는 평범했지만 다소 흐트러진 머리카락 사이로 보이는 용모가 상당히 영준했다.

바로 일검향이었다. 그가 이 장 거리를 두고 멈춰 서자 대백랑은 짐짓 반색을 지었다.

"오호홍, 역시 내 후각이 틀리지 않았어. 성도에서 처음 만났을 때부터 범상치 않은 사람이라 생각했지. 맛을 전혀 느낄 수 없는 무색의 향기를 지녔으니 말이야."

"소청을 데리러 왔다."

"그 계집애는 잘 있어. 자객의 딸이라서 그런지 겁을 집어먹지도 않을 만큼 맹랑한 계집이더군."

일검향은 무심한 눈빛으로 그를 직시했다.

"소청에게 아버지가 어떤 사람인지 말해주었냐?"

"물론 아니야. 내가 그렇게 어리석은 사람은 아니거든. 난 협상을 하기 위해 소청을 인질로 삼은 거지 감히 천예사원과 대적하기 위해서가 아니야. 당신, 천예사원 소속의 자객 맞지?"

"내 소속에 대해서는 확인해 줄 수 없다."

"이름이라도 듣고 싶군."

"그것 역시 밝힐 수 없다."

대백랑은 주변으로 빠르게 눈알을 굴리고는 가는 미소를 지었다.

"좋아. 어차피 난 당신을 수월루까지 데려가는 것이 임무니까. 한데 혼자 온 것은 아닐 텐데?"

일검향은 솔직하게 시인했다.

"물론 아니다."

"허튼수작은 하지 마. 만일……."

이 순간 허공에서 두 줄기 섬광이 내리 꽂혔다.

쐐애액!

인간 사냥꾼 네 명의 목이 대번에 날아갔다.

일도살과 교교의 솜씨였다. 주변이 수림이기에 그들이 은신술을 펼치기가 용이했다. 나무 위에서 감시하던 자들은 이미 사혈이 찍혀 죽은 상태였다.

대백랑은 급히 몸을 피하려 했지만 어느새 다가선 일검향의 검이 그의 심장을 찌르고 있었다. 이미 반 치 깊이로 검이 꽂혔기에 대백랑은 꼼짝도 할 수 없었다.

대백랑은 오싹한 공포에 등줄기가 축축이 젖어들었다.

아무리 기습이라지만 네 명의 수하를 순식간에 해치운 두 자객의 쾌잔한 살인 수법에 자신의 눈을 의심할 정도였다.

'맙소사! 아무리 천예사원의 자객들이라도 이렇게 빠를 수 있단 말인가?'

막사 안으로 들어갔다 나온 교교가 고개를 저었다.

"소청이 없어."

일검향은 대백랑을 직시하며 차갑게 물었다.

"어디 있느냐?"

대백랑은 가볍게 숨을 들이켰다. 어차피 천예사원의 자객을 추적할 때부터 위험을 깊이 인식하고 있었다. 자객의 칼날은 언제 어디서 날아들지 모르기에 잠조차 편히 이룰 수 없었다.

그러나 그 역시 녹록한 사람은 아니었다. 위험한 자객들과의 협상이기에 대비책을 준비해 두고 있었던 것이다.

"날 죽이면 소청은 죽는다. 자객에게 딸이 있다는 것도 진귀한 일인데, 설마 그 아이를 죽게 내버려 두지는 않겠지?"

"소청이 무사하다면 널 죽이지 않겠다."

"호홍, 누구를 어린애로 아는 거야? 당신들은 자객이잖아? 소청을 찾게 되면 곧바로 날 죽일 거야."

"약속하겠다. 곱게 돌려보내준다면 네 안전은 보장하겠다."

대백랑은 자신의 심장을 겨누고 있는 검으로 눈알을 굴렸다.

"일단 검부터 치우고 얘기를 해야 하지 않겠어?"

그러자 교교가 차갑게 쏘아붙였다.

"주둥이 닥쳐! 죽고 싶지 않으면 어서 사실대로 불어!"

힐끗 교교를 돌아본 대백랑은 눈을 번쩍 떴다.

"여자객? 당신… 정말 자객이야?"

"그렇다."

"믿을 수가 없군. 당신처럼 아름다운 여자객이 있을 줄은 몰랐어."

"흥, 내 검에 죽는 영광을 안겨줄까?"

대백랑은 비릿한 웃음을 지었다.

"호홍, 난 아무리 예쁜 계집이라도 취미 없어. 오히려 죽이고 싶어지거든."

일검향은 자청검을 거둬들였다. 자신을 비롯해 일도살과 교교가 지켜서고 있는 한 대백랑은 절대 도주할 수 없었다.

심장이 관통당하는 위기가 해소되자 대백랑도 어느 정도 안정을 찾고는 일도살에게로 시선을 돌렸다. 일도살의 기품 어린 용모를 대하자 그는 입을 딱 벌렸다.

"세상에나, 이렇게 잘난 자객이 있단 말인가?"

일도살은 무심하게 직시할 뿐 아무런 대꾸도 하지 않았다.

대백랑은 검에 찔린 가슴 부위를 문지르며 비릿하게 비아냥거렸다.

"호홍, 천예사원은 수련생을 심사할 때 얼굴을 중시하나 보군."

일검향은 그의 능글맞은 태도에 비위가 뒤틀렸다.

"소청이 있는 곳이나 얘기해!"

대백랑은 주판 알을 토닥거리며 여유있게 응수했다.

"호홍, 이럴 때 주객이 전도됐다고 해야 하나? 사정을 해야 할 사람은 내가 아니고 무색 자객 당신이야."

"……."

"난 소청과 당신을 교환하기 위해 중대한 모험을 할 수밖에 없었어. 솔직히 수월루 은마령에게 먼저 통보해 운소객잔의 자객을 생포할 수도 있었어. 하지만 내 목표는 당신이지 천예사원이 아니기에 소청을 인질로 삼은 거야."

일검향은 자청검을 뽑아 그에게 건넸다.

"좋다. 날 대신 인질로 삼고 소청을 돌려다오. 그게 네 목적이니 공평한 조건이겠군."

교교가 놀라 외쳤다.

"검향, 대체 무슨 소리를 하는 거야?"

대백랑은 얼른 자청검을 받아 들고는 일검향의 목에 들이댔다.

"호홍, 당신 이름이 검향이었군? 정말 근사한 자객명이야."

그는 일검향의 혈도를 몇 곳 점하고는 교교와 일도살을 돌아보았다.

"두 사람은 조금 멀리 떨어져 있지 그래? 난 당신들만 보면 살이 떨리니까."

일도살이 처음으로 입을 열었다.

"가까이 있든 멀리 있든 어디서든 널 죽일 수 있다."

"그건 사실이지만 저승사자를 곁에 두고 싶지는 않아."

대백랑은 일검향의 몸을 방패로 삼으며 그의 턱밑에 검을 들이댔다.

"검향은 내가 데려가겠어. 당신들은 절대 쫓아오면 안 돼."

교교가 연검을 치켜들었다.

"교활한 새끼, 개수작 말고 어서 소청이 있는 곳을 말해!"

"어머나, 내가 깜빡했군. 인질을 교환하는 것이 공평한 조건인데 말이야."

대백랑은 손가락을 입에 물고 길게 휘파람을 불었다.

삐— 삐익—!

날카로운 휘파람 소리가 몇 번 울려 퍼지자 구랑금혈조 중 두 명이 수림 속에서 모습을 드러냈다. 그동안 토굴에 숨어 양소청을 보호하고 있던 자들이다.

그들 중 한 명이 양소청을 품에 안고 있었다. 수혈이 짚였는지 양소청은 깊이 잠들어 있었다.

일검향은 양소청의 무사한 모습에 내심 안도했다.

'다행이군. 만일 소청에게 불상사가 생겼다면 난 형수님을 뵐 면목이 없을 뻔했어.'

대백랑은 두 수하를 가까이 불러들였다.

"내 옆에 바싹 붙어 있어."

두 수하는 목이 베어진 동료들을 보고는 분노를 토했다.

"이, 이게 어찌 된 일이오, 대백랑?"

"이 잔악한 자객 놈들! 감히 형제들을 죽이다니!"

교교가 그들에게 다가서자 수하 하나가 소청의 목에 칼을 들이댔다.

"이 계집애를 죽여 버리겠다!"

대백랑이 기겁을 하며 외쳤다.

"그만두지 못해! 계집애를 죽이면 우리 모두 살아남을 수 없어!"

그는 수하들의 심정을 헤아리고는 좋은 낯으로 달랬다.

"복수는 나중에라도 할 수 있어. 일단 목적을 달성했으니 장안으로 돌아가자. 어서 계집애를 넘겨줘라."

양소청을 넘겨받은 교교는 급히 몸을 날렸다.

일단 양소청을 무사히 구출했으니 소기의 목적은 달성한 셈이다. 그녀는 낙양성 밖에서 기다리고 있는 계도 천살 부부에게 양소청을 데려다 주는 것이 할당된 임무였다. 인질이 된 일검향은 일도살이 구해줄 것이다. 만약 상황이 여의치 않으면 갑영과 을화가 나설 수도 있기에 그다지 우려할 일은 아니었다.

자객 하나가 사라지자 대백랑은 크게 안도했다. 일검향을 인질로 삼고 있기에 한 명의 자객 정도는 충분히 감당할 자신이 있었다.

그는 일검향을 이끌며 일도살의 사정권에서 가급적 멀어지려 애썼다.

"자, 당신도 이제 가봐야지? 내가 수월루주에게 잘 말해놓겠어. 아마 심문을 위해서라도 검향을 당장에 죽이지는 않을 거야. 검향을 어떻게 구출할지는 당신들 재간에 달려 있지."

일검향은 차분한 어조로 말했다.

"장안까지 가기에는 너무 멀군."

"어쩔 수 없어. 당신을 생포해 데려가는 것이 내 일이니까."

"넌 나와 함께 달리 갈 곳이 있다."

"호홍, 그곳이 어디인데?"

"저승이다."

일검향은 일도살을 향해 결연히 외쳤다.

"죽여라, 도살! 난 죽어도 상관없어! 이들 모두를 죽여!"

대백랑은 갑작스런 반전에 입이 쩍 벌어졌다.

"무, 무슨 짓이야?"

일검향은 재차 일도살의 행동을 촉구했다.

"어서 죽여라! 은천마국에서 출동한다면 날 구출할 방도가 없다! 마국에 끌려가느니 차라리 죽겠다!"

일도살은 가볍게 고개를 끄덕였다.

"그렇군. 내 손으로 널 죽이는 한이 있더라도 마국에 보낼 수는 없지."

순간적으로 몸을 날린 그는 두 수하를 향해 칼을 휘둘렀다.

비명도 채 지르기 전에 두 수하의 목이 날아가 버렸다. 그들로서는 설마 동료가 인질로 잡혀 있는 와중에 살수를 전개해 오리라고는 전혀 예상치 못했던 것이다.

두 수하마저 죽어버리자 대백랑은 하얗게 질리며 등 뒤에서 일검향을 바싹 끌어안으며 검을 들이댔다.

"세상에 이런 법이 어디 있어? 어서 멈추라고 해!"

"누구도 천예사원을 위협할 수 없다. 넌 죽어야 돼."

"싫어! 난 죽기 싫다고!"

그는 다가서는 일도살을 향해 악을 써댔다.

"오지 마! 한 발자국만 더 다가서면 네 동료를 죽이겠다!"

그러나 일도살은 걸음을 멈추지 않았다. 그의 한 걸음 한 걸음은 대백랑에게 있어 지독한 공포였다.

"이자를 죽일 거야! 제발 멈춰!"

자청검의 검날이 일검향의 피부로 파고들자 붉은 피가 흘렀다.

일검향은 흔들림없는 눈빛으로 일도살을 응시했다.

"어서 베라. 네 능력이라면 나와 대백랑을 한칼에 죽일 수 있으니까."

"……."

일도살은 잠시 그를 응시하다가 칼을 치켜들었다.

대백랑은 어떤 위협도 먹혀들지 않자 주르륵 눈물을 흘렸다. 나름대로 계책을 준비했지만 상대는 죽음에 대해 지독히도 무관심한 자객들이었다. 세상에서 가장 두려울 수 있는 죽음에 대한 위협마저 무력화되었다면 자신도 죽을 수밖에 없는 상황이다.

햇살에 비친 일도살의 칼이 너무도 눈부셨다. 몇 명의 수하를 베었지만 피 한 방울 묻어 있지 않았다.

마침내 대백랑은 공포를 이기지 못하고 털썩 주저앉았다.

"흑흑, 살려줘. 제발……."

일검향은 희미한 미소를 머금었다.

심기 싸움에서 그가 이긴 것이다. 죽음도 불사한 의지로 대백랑을 굴복시킨 것이다. 최악의 경우 자신이 먼저 죽을 수도 있었지만 두려움은 전혀 없었다. 양소청을 무사히 구출했기에 죽음도 흔쾌하게 맞을 자신이 있었던 것이다.

일도살이 그의 혈도를 풀어주고는 대백랑을 향해 칼을 겨누었다.

대백랑은 무릎을 꿇은 채 손을 싹싹 빌었다.

"제발 살려주세요. 저는 그저 수월루주의 강압에 못 이겨 추적에 나선 것뿐입니다. 정작 죽여야 할 사람은 제가 아니고 수월루주입니다. 그녀는 은천마국에서 파견된 은마령입니다."

일검향이 일도살의 팔을 쥐며 만류했다.

"그만둬, 도살. 죽일 가치도 없는 자야. 네 칼만 더럽혀질 것이다."

"안 돼. 너무 많은 비밀을 알고 있는 놈이야. 죽여야 돼."

"이자의 말대로 죽여야 할 자는 수월루주야. 이자를 이용해 내가 수월루주를 죽이겠다."

"그건 지시에 없었다. 이놈은 죽여야 돼."

"그만둬. 원주님은 대백랑을 죽이라는 지시는 내리지 않았어."

일검향의 강경한 태도에 일도살은 칼을 거두며 물러섰다.

"정말 수월루로 갈 생각이냐?"

"대백랑은 하수인일 뿐이다. 설사 대백랑을 죽인다 해도 다른 자를 고용해 나를 추적하려 할 것이다. 다시는 천예사원을 위협할 수 없도록 해치워야 돼."

일도살의 눈매가 가늘어졌다.

"수월루주가 은천마국 소속이기 때문이냐?"

"그럴지도 모르지."

일검향은 자청검을 집어 들어 검집에 꽂았다.

대백랑은 그의 다리를 부여안으며 안도의 울음을 터뜨렸다.

"엉엉! 고맙습니다, 검향! 살려주신 은혜는 잊지 않겠습니다!"

일도살은 팔짱을 끼며 옆으로 섰다.

“좋다. 나도 함께 가겠다.”

“아니야. 나 혼자면 충분해.”

“널 믿지 못해서가 아니다. 탈출만 돕겠다는 뜻이지.”

“도살, 이건 지시에 없는 척살이야. 수칙에 어긋나는 일이지. 수칙 위반에 너까지 끌어들이고 싶지 않아.”

“또 수칙을 위반하면 넌 중벌을 받게 될 텐데도?”

“이미 결정했어.”

“…….”

일도살은 힐끗 대백랑을 내려다보고는 몸을 돌렸다.

“먼저 을화 천살에게 보고한 후 허락을 받고 널 돕겠다.”

그는 세 걸음을 내딛기도 전에 연기처럼 사라져 버렸다.

일검향은 대백랑의 몸을 잡아 일으켜 세웠다. 대백랑의 눈자위 부위에 검게 칠한 물감이 눈물에 젖어 지저분하게 번져 있었다.

일검향은 피식 실소를 지었다.

“계집애라서 어쩔 수 없군.”

깜짝 놀란 대백랑이 주춤 물러섰다.

“예에? 그, 그것을 어떻게……?”

“검으로 네 가슴으로 찔렀을 때 계집의 가슴임을 간파했다.”

“맙소사!”

대백랑은 질린 표정으로 혀를 내둘렀다.

“당신의 감각은 내 후각보다 더 뛰어난 것 같군요.”

그의 입에서 여인의 맑은 음성이 튀어나왔다. 놀랍게도 구랑금혈조를 이끄는 대백랑은 여인의 몸이었던 것이다.

일검향은 빠르게 걸음을 옮겼다.

"가자. 최대한 빨리 접근해야 돼."

대백랑은 급히 그의 뒤를 따르며 걱정스럽게 물었다.

"저, 정말 수월루로 뛰어들 생각이에요?"

"그래."

"상대는 은마령입니다. 게다가 주변에 수백의 고수가 포진해 있다고요. 당신 혼자서 무슨 수로 그들 모두를 상대하겠다는 겁니까?"

"내 표적은 수월루주 하나다. 그녀만 죽이면 돼."

대백랑은 잔뜩 겁먹은 눈빛으로 대꾸했다.

"당신은 은신술로 빠져나갈 수 있다지만 난 잡혀서 죽을 거잖아요?"

"그럴 일 없어. 넌 날 생포한 대가로 두둑한 상금을 받고 먼저 빠져나가면 되니까."

"당신은… 정말 죽음에 대해 아무런 두려움도 없어요?"

"아니. 나도 두려워. 자객도 인간이니까. 다만 그것을 얼마나 극복하느냐가 다를 뿐이지."

일검향은 건조한 미소를 머금었다.

"너도 자객 36관을 수료했다면 나처럼 됐을 거야."

대백랑은 조심스럽게 그의 어깨와 가슴을 더듬었다.

"정말… 인간 맞아요?"

"……."

"하기는 인간의 몸을 지녔으면 뭐 해? 인간의 마음을 지녔어야 진짜 인간이지."

"너도 자객만큼 지탄받는 인간 사냥꾼이잖아?"

"그래도 월아영처럼 나약한 기녀를 죽일 만큼 사악하지는 않아요."

그녀는 앞서서 훌쩍 몸을 날렸다.

“내가 알기로 자객은 인간일 수 없어. 어떻게 동료에게 자신을 죽이라고 외칠 수 있는 거야? 그건 살인 병기나 할 짓이라고!”

일검향은 씁쓸한 심정을 금할 수 없었다.

그가 아무리 인간적인 자객이기를 원해도 세상은 그것을 인정하지 않을 것이다. 대백랑의 말대로 그저 냉혹한 살인 병기일 뿐인 것이다.

第17章

여인의 향기

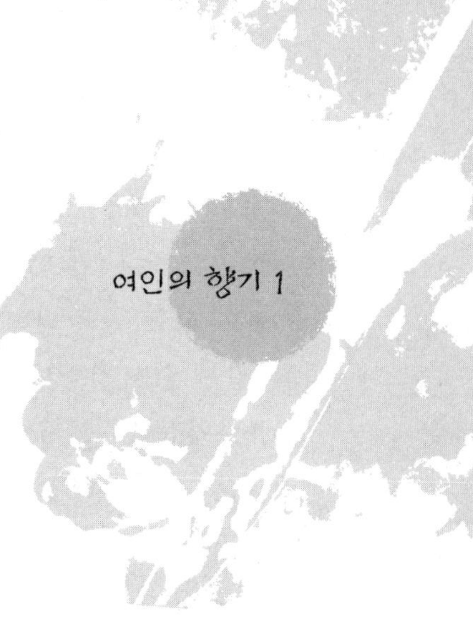

등봉에서 장안까지는 천 수백여 리 길이다.

일검향은 줄곧 평탄한 관도를 피해 산길로만 이동했기에 그를 쫓는 대백랑은 갖은 고생을 해야 했다. 그 역시 인간 사냥꾼으로서 험한 여정과 끼니를 거르는 일도 마다하지 않았지만 자객에게 비할 수는 없었다.

이틀을 꼬박 달려 종남산 근처에 이르자 그녀는 털썩 주저앉고 말았다.

"젠장, 더 이상 못 가!"

앞서 달리던 일검향이 몸을 돌려 그녀 앞에 내려섰다.

"힘들어?"

"당연하지. 하루에 한 끼만 먹고 이틀 동안 잠 한숨 못 자며 달려왔는데 탈진이 안 되면 그게 사람이겠어요? 난 인간이지 자객이 아니라고요."

"자객도 인간이라고 했어."

대백랑은 그를 흘겨보며 입술을 비죽거렸다.

"이봐요, 나도 체력이라면 남한테 지지 않는 사람이에요. 한데 도저히 쫓아갈 수 없는 것을 어떻게 해요?"

일검향은 어둑어둑해지는 하늘색을 살피고는 고개를 끄덕였다.

"그래, 좀 쉬면서 배를 채우자. 내일 아침 출발하면 오후 나절에는 장안에 당도할 수 있을 거야."

"듣던 중 반가운 소리네."

다리를 두드리던 대백랑은 씨익 웃고는 자리에서 일어섰다.

두 사람은 산골 깊숙한 곳에 위치한 버려진 숯막을 찾아 하룻밤을 쉬기로 했다. 일검향은 산 열매를 따오고 대백랑이 토끼를 몇 마리 사냥해 와 한 끼 식사로는 부족함이 없었다.

"불은 피우지 않아도 되겠지?"

일검향의 물음에 대백랑은 흔쾌하게 고개를 끄덕였다.

"난 상관없어요. 어릴 적부터 생육을 즐겨 먹었으니까. 하지만 당신도 날고기를 먹을 수 있는지 모르겠군요."

"먹어봤어."

"아, 그렇지? 자객은 쥐와 뱀, 버러지도 마다하지 않는다고 하더군요. 날고기 따위는 오히려 진수성찬이지."

대백랑이 연신 자객을 인간 취급도 하지 않자 일검향은 약간 짜증이 났다.

"네 말대로 자객의 검은 냉혹해. 말을 삼가하는 게 좋을 거야."

"호호홍, 날 위협할 생각은 말아요. 당신은 절대 날 죽일 수 없어.

수월루에 잠입하기 위해서는 내가 절대적으로 필요하니까."

"절대적인 것은 아니야. 단지 은밀한 잠입을 위해서는 시간이 많이 걸릴 뿐이지."

일검향이 냉담하게 응수하며 생육을 우물거리자 대백랑은 그의 눈치를 살피며 태도를 누그러뜨렸다.

"남의 귀한 목숨 가지고 함부로 위협하지 말아요."

"솔직히 내 손으로 널 죽이고 싶었어."

"……?"

"네가 소청을 납치하는 바람에 한 사람의 단란한 가정이 와해되었으니 말이다."

"그건… 어쩔 수 없었어요. 소청을 인질로 삼아야 당신을 끌어낼 수 있으니까. 하지만 나도 천예사원의 비밀은 지켜줬다고요."

일검향은 대충 손을 닦고 산 열매를 베어 먹었다.

"그래서 널 죽이지 않은 거야. 아주 생각이 없는 녀석은 아니라고 판단했으니까."

대백랑은 묵묵히 생육을 오물거리다가 조심스럽게 물었다.

"한데 말이에요, 소청, 그 맹랑한 계집애가 진짜 자객의 딸이에요?"

"사실이야."

"그럼 그 자객의 아내도 여자객인가요?"

"아니야. 형수님은 아주 평범한 여염집 규수야."

대백랑은 눈을 동그랗게 떴다.

"어떻게 그럴 수 있지요? 그 아줌마는 남편이 자객임을 알면서도 혼례를 올렸단 말인가요?"

"맞아."

"말도 안 돼! 세상에 자객을 남편으로 둘 여자가 어디 있다고!"

일검향은 마른 웃음을 흘렸다.

"훗, 자객도 똑같은 인간인데 왜 안 된다는 거냐?"

대백랑은 그를 찬찬히 뜯어보다가 고개를 끄덕였다.

"하긴 당신을 보면 전혀 자객 같지가 않아. 한데 당신은 왜 자객이 됐어요?"

"나에 대해서는 알 필요 없어. 네 이름이 뭐야?"

"대백랑. 여태 그렇게 불렀잖아요?"

"진짜 이름 말이야."

"난 대막 포랑족(胞狼族) 출신이에요. 부족 전체를 합해도 삼천 명이 채 안 되는 소수 부족이죠. 한어로 옮기기에 이름이 어려우니 그냥 백랑(白狼)으로 부르면 돼요."

일검향은 그녀에게서 순수함이 느껴져 자신도 모르게 농을 걸었다.

"스스로 하얀 늑대라면 오히려 네가 인간이 아닌 짐승이겠다."

"뭐요? 지금 누구한테 짐승이라는 거예요?"

"듣기 싫어?"

"당연하죠."

"사람이 사람 취급을 받을 수 없다면 누구라도 화가 나는 법이야. 나도 마찬가지다. 난 자객이지만 너와 같은 사람이다. 자객도 하나의 직업이지. 물론 자객마다 다르겠지만 세상 사람들이 말하는 것처럼 모두가 살인 병기이며 흉기는 아니야."

대백랑은 소매로 입가를 닦으며 어깨를 으쓱해 보였다.

"좋아요. 당신만 특별한 자객이라고 생각하겠어요. 참, 한 가지 물어보고 싶은 게 있어요."

"말해봐."

"그 여자객과는 어떤 관계예요?"

"그냥 동문일 뿐이다."

"자객은 남녀 구별이 없다고 들었는데 물론 잠자리도 가졌겠죠?"

"그런 일 없다."

대백랑은 묘한 미소를 지었다.

"그럴 리가 있나요? 여자인 나도 순간적으로 매료될 만큼 색기가 가득하던데. 혹시 당신, 고자 아니에요?"

일검향은 맹랑한 계집이다 싶어 그녀에게 바싹 다가앉았다.

"원한다면 안아줄 수 있어."

대백랑은 기겁을 하며 뒤로 물러앉았다.

"무, 무슨 짓이야? 어서 떨어지지 못해?"

일검향은 피식 실소를 짓고는 움막 밖으로 나섰다.

"어서 자. 난 밖에서 눈을 붙일 테니까."

대백랑은 거적 문을 밀치며 고개를 내밀었다.

"정말 밖에서 잘 생각이에요?"

"한여름이라 전혀 춥지 않아."

"그래도 이슬을 맞잖아요. 산중이라 새벽에는 추우니 어서 들어와요."

"내가 널 겁탈할지도 모르는데?"

대백랑도 이제는 일검향을 전혀 두려워하지 않았다.

"나도 여자예요. 당신을 유혹할 만큼 매력이 없다면 오히려 더 비참하죠. 줄곧 사내들과 섞여 잤으니 어서 들어와요."

"……."

“이봐요, 검향. 나도 예쁘게 차려 입으면 제법 근사한 숙녀라고요. 인간 사냥꾼이 너무 예쁘면 안 돼서 이렇게 변장을 한 것뿐이라고요.”

일검향은 다시 움막 안으로 들어갔다.

대백랑은 겉옷을 벗고는 일부러 가슴을 풀어헤쳤다.

“어디, 자객의 인내심을 시험해 봐야지? 뭐, 겁탈당하면 어쩔 수 없지만 당신은 그 순간 인간이 아니라 짐승이 되는 거지. 평생 동안 당신을 저주할 거야.”

일검향은 그녀 옆에 누워 팔베개를 했다.

좁은 움막이라 두 사람이 나란히 누울 공간이 전부였다. 대백랑은 몹시 피곤했던지 이내 코를 골며 잠에 빠져들었다.

일검향은 힐끗 그녀를 보며 싱거운 웃음을 지었다.

생각해 보면 참으로 묘한 인연이었다. 첫 번째 출동에서 우연히 만나 사소한 시비를 벌인 상대가 잠시 동안의 동반자가 될 줄은 꿈에도 생각지 못한 일이었다.

물론 그녀가 양소청을 납치했을 때는 폭발적인 분노 때문에 반드시 죽이려 했다. 하지만 그녀가 눈물을 흘리며 목숨을 구걸하는 모습을 보고는 죽일 마음이 사라졌다. 그녀가 밝힌 대로 은천마국의 강압에 의해 의뢰를 받은 하수인이라는 생각 때문이었다.

그는 양소청과 계도 천살 부부를 떠올리며 무사히 피신했기를 기원했다.

‘계도 형님은 모든 자객들의 꿈을 이룬 분이십니다. 이번 사고는 자객이기에 어쩔 수 없이 겪어야 하는 불상사로 생각하십시오. 형수님은 이해심이 깊은 분이니 반드시 이해하실 겁니다.’

새벽을 알리는 새 울음소리가 시끄러울 만큼 요란하게 들려왔다.

세 시진에 걸친 숙면이라 이틀간의 피로가 말끔히 씻겨 일검향은 눈을 뜨면서 개운함을 느꼈다. 물론 아무리 깊은 잠에 빠져 있어도 자객의 본능은 살아 있었지만 지난밤 동안 그를 위협할 접근은 전혀 감지되지 않았다.

그는 가슴 한쪽으로 따뜻함을 느끼며 고개를 돌려보았다. 언제 그의 품으로 파고들었는지 대백랑은 그의 팔을 벤 채 새근새근 잠들어 있었다.

눈 부위를 검게 칠한 물감이 번져 지저분했지만 이목구비가 아주 반듯했다. 그녀가 자부한 대로 박색의 용모는 아니었다.

그가 팔을 빼내려 하자 그녀는 그를 와락 끌어안았다.

"아잉, 조금만 더 자요. 난 아침잠이 많다고요."

"이미 깼군."

일검향은 그녀를 일으켜 앉혔다.

"단단히 준비를 해야 하니 이제 일어나."

대백랑은 앉은 채로 꾸벅꾸벅 졸았다.

"무슨 준비……?"

"날 죽일 준비."

"뭐, 뭐라고요?"

대백랑은 잠이 확 깬 듯 눈을 번쩍 떴다.

"지금 뭐라고 했어요?"

일검향은 자청검을 뽑아 들고는 그녀에게 건넸다.

"내 오른쪽 가슴 아래를 찔러. 검이 등을 뚫고 튀어나올 때까지 깊이 찔러야 돼."

"미, 미쳤어요? 그럼 죽잖아?"

"환체술을 펼쳐 장기를 일부 이동시키면 장기는 다치지 않는다. 네 수법이 정확하다면 신경도 다치지 않게 할 수 있어."

대백랑은 고개를 저으며 뒤로 물러앉았다.

"난 못해요. 내 손으로 당신을 죽이기 싫어."

"내 말에 따라. 넌 여덟 명의 수하를 모두 잃었지만 가까스로 나를 찔러 쓰러뜨린 거야. 완전히 죽지 않았으니 사로잡은 보수를 톡톡히 받게 될 거다."

"검향……."

"시체와 다름없는 몸이니 난 수월주루에게 곧바로 인계될 것이고, 넌 보수를 받은 후 곧바로 빠져나가면 돼."

대백랑은 잔뜩 울상을 지었다.

"그런 몸으로 어떻게 수월주루를 죽이고 탈출할 수 있겠어요?"

"난 할 수 있어."

일검향은 그녀의 손에 검을 쥐어주었다.

"자, 어서 찔러라."

두 손으로 검을 쥔 그녀는 달달 떨었다.

"몹시 아플 텐데… 잘못하면 죽을 수도 있어요."

"난 널 믿어."

"우리는 서로 잘 알지도 못하잖아요? 난 그렇게 믿을 만한 계집이 못 돼요."

일검향은 스스로를 부정하는 그녀가 더 믿음직스러운 동료처럼 여겨졌다.

"넌 포랑족 출신의 하얀 늑대야. 그거면 충분한 것 아냐?"

“하지만… 당신은 날 품지도 않았잖아요? 내가 그렇게 매력이 없어
요?”

일검향은 그녀의 직설적인 물음에 잠시 말문이 막혔다.

‘영락없는 여인이로군.’

그는 다정한 미소를 지었다.

“백랑, 널 강제로 겁탈해서 짐승이 되고 싶지 않았어. 하지만 넌 분
명 매력적이야. 누구보다 강한 여인의 향기를 지녔어.”

대백랑은 그의 어깨 위에 얼굴을 묻었다.

“그 말, 진심이죠? 내 몸에서 정말 여인의 향기가 느껴져요?”

“사실이야.”

“난 뛰어난 후각을 지녔지만 내 몸의 체취는 느낄 수가 없었어요.
그게 항상 불안했는데 이제 안심이 돼요.”

대백랑은 정감 어린 눈빛으로 그를 응시했다.

“난 당신이 오래도록 고통받는 게 싫어요. 장안에 최대한 접근한 후
당신 뜻에 따르겠어요.”

“갑작스럽게 네가 나타나면 의심을 받을 수도 있어서 그래.”

“그 정도는 내가 해결할 수 있어요.”

일검향은 자청검을 받아 검집에 꽂았다.

그러자 대백랑은 그의 목을 부여안으며 입을 맞추었다. 격렬한 입맞
춤이었다. 일검향은 일순 당황했지만 그녀를 강제로 떨쳐 낼 수 없었
다. 입맞춤이 끝날 때까지 그녀의 등에 가볍게 팔을 둘렀을 뿐이다.

이윽고 입술을 뗀 대백랑은 다소 상기된 표정으로 배시시 미소를 지
었다.

“뜻밖이군요.”

“뭐가?”

“자객의 입술이 이렇듯 뜨거운 줄 처음 알았어요.”

일검향은 건조한 웃음을 짓고는 몸을 일으켰다.

대백랑은 그의 등을 감싸 안으며 볼을 비볐다.

“자꾸 당신이 좋아지는데 어떻게 하죠?”

2

여름 해는 턱없이 길어 수월루의 지붕이 낙조에 물들 무렵부터 영업 재개를 알리는 오색 등이 걸리기 시작했다. 장안제일의 기녀 월아영이 머물던 금루가 폐쇄된 후 다소 방문객이 줄었지만 수월루는 여전히 성황을 이루었다.

다각다각……!

지붕이 씌워진 마차 한 대가 수월루의 서쪽 문에 이르렀다.

옆문은 수월루에 소속된 사람들만이 드나드는 전용 문이었다. 기녀를 찾는 방문객들은 모두 남쪽의 대문으로 드나들게 조치돼 있었다.

문을 지키던 경비 무사들은 외부인의 마차가 다가서자 바싹 긴장하며 병기를 뽑아 들었다.

“멈춰라!”

마부석에 앉아 있는 사람은 하얀 늑대 가죽을 머리에서부터 뒤집어쓴 청년이었다. 눈 부위를 검게 칠했고, 입술도 보랏빛으로 물들여 아주 인상적이었다.

청년은 짜증스런 표정으로 턱을 치켜들었다.

"난 대백랑이다. 어서 루주께 아뢰어라. 임무를 완수했다고 말이다."

경비 무사 하나가 부리나케 문 안으로 뛰어 들어갔다. 잠시 후 호위장 황결이 다수의 무사들을 대동하고 밖으로 나섰다.

하얀 늑대 가죽을 뒤집어쓴 청년은 물론 대백랑이었다. 아니, 남장을 한 여인이지만 그 사실은 일검향만 알고 있다.

"루주께서 원하시던 짐승을 잡아왔소. 상처가 심하지만 아직 목숨은 붙어 있소."

"확실한 것이냐?"

황결이 마차로 다가서자 훌쩍 뛰어내린 대백랑이 그를 막아섰다.

"보수부터 주셔야 하지 않겠소?"

"일단 사냥감부터 확인해 보는 것이 순서다."

대백랑을 옆으로 밀친 황결은 마차 문을 열었다. 짙은 피 냄새가 확 풍겨왔다.

마차 안에는 한 사람이 웅크린 채 모로 누워 있었다. 한 자루 검이 가슴에서부터 꿰뚫어 등까지 비집고 나와 있었다. 몸에서 흘러내린 피로 마차 바닥이 홍건했다.

황결은 손을 뻗어 중상을 입은 청년의 맥을 짚어보았다. 맥이 불규칙하고 희미했지만 살아 있는 것은 확실했다.

황결은 수하들을 돌아보았다.

"이놈을 월각으로 옮겨라. 그리고 감금돼 있는 호금사화를 월각으로 데려와라. 대질시켜야 하니까."

대백랑은 잔뜩 눈을 부라리며 대들었다.

"호위장, 보수부터 줘야 하는 거 아니오?"

"너도 함께 가야 한다."

황결이 그녀의 어깨를 우악스럽게 움켜쥐었다.

대백랑은 그의 손을 거칠게 밀치며 금 주판을 받쳐 들었다.

"내 몸에 함부로 손대지 마시오. 그리고 보수를 떼먹으려 한다면 가만있지 않을 것이오."

"놈이 아영을 해친 자객이 확실하다면 두둑한 보수가 주어질 것이다. 또한 그 이상의 혜택도 누릴 수 있다."

"난 주어진 보수면 충분하오."

대백랑은 금 주판을 허리춤에 끼고는 황결의 뒤를 따랐다.

그녀는 들것에 실려 가는 일검향을 힐끗 보며 가슴이 조마조마해졌다. 죽음을 담보로 한 척살이기에 엄청난 모험이었다. 그녀가 알기로도 은마령의 직위에 있는 수월루주의 무공은 절정급 수준의 고수이다. 척살의 기회는 한 번뿐이며, 설사 수월루주를 살해한다 해도 탈출이 문제였다.

그녀는 빠르게 눈알을 굴리며 주변을 살폈다.

월각이 다가올수록 경비 무사들의 숫자는 더욱 늘어났다. 아마 조경수와 그늘 속에 숨겨져 있는 무사들까지 감안하면 이백 명도 넘을 것 같았다.

그녀는 일검향의 생사가 너무도 걱정되었다.

'이건 불가능한 일이야. 아무리 천예사원의 자객이라도 성공할 가능성은 없어.'

수월루주는 단상의 옥좌에 걸터앉아 두 발을 받침대 위에 올려놓고 있었다. 허벅지까지 걷어올린 치마 아래로 드러난 다리가 눈부시도록 희었다.

두 명의 시녀가 발 아래 무릎을 꿇은 채 그녀의 발톱을 꽃잎으로 물들이는 중이었다. 그녀는 유난히 손톱과 발톱 치장을 즐겨해 조금만 색칠이 벗겨져도 깨끗이 지워내고 새롭게 물을 들였다.

이때 호위장이 내전으로 들어서며 보고를 올렸다.

"루주, 대백랑이 자객을 잡아왔소이다."

"생포해 왔단 말이냐?"

"검에 관통된 상태이지만 아직 목숨은 붙어 있소이다."

수월루주는 곱게 물들여진 손톱을 살펴보고는 가는 미소를 지었다.

"예상외로군. 목을 베어 와도 대단한 일인데 말이야."

그녀는 치마를 내리며 짤막하게 명을 내렸다.

"들여라."

네 명의 무사가 들것에 실린 일검향을 내전으로 옮겨왔다. 일검향은 몸을 관통한 검이 등까지 꿰뚫은 상태였기에 모로 눕혀져 있었다.

일순 수월루주의 가는 눈썹이 한껏 치커 올라갔다.

"멈춰!"

그릇에서 꽃잎을 한 줌 집어 든 그녀는 신속하게 발출했다.

피피핑—!

십여 개의 꽃잎이 호선을 그리며 뻗으면서 일검향의 전신 요혈 깊숙이 파고들었다. 비로소 안심을 한 수월루주가 황결을 질책했다.

"상대는 자객이다. 아무리 깊은 상처를 입었다 해도 언제 정신을 차리고 살수를 펼쳐 올지 모른다. 놈을 들이기 전에 혈도마다 철침을 박아두었어야 했어!"

"송구하오이다, 루주."

황결은 두 손을 모으며 허리를 깊숙이 숙였다.

함께 들어선 대백랑은 가슴이 덜컥 내려앉았다.

'맙소사! 척살을 펼치기도 전에 제압돼 버렸어. 이제 어떻게 하지?'

만일 그녀가 눈 부위와 입술을 칠한 변장을 하지 않았다면 갑작스럽게 변한 안색만으로 의심을 받았을 것이다.

그녀는 빠르게 눈알을 굴렸다.

'어쩔 수 없다. 보수만 챙기고 급히 달아나야 돼. 이렇게 용의주도한 계집이라면 나까지 죽여 입을 봉할 수도 있어. 검향에게는 미안한 일이지만 나라도 살아야지.'

수월루주가 긴 치맛자락을 이끌고 계단을 내려섰다.

"놈을 탁자 위에 올려놓아라."

"예, 루주."

황결이 지시를 받아 턱짓을 보내자 무사들은 일검향을 단하의 탁자 위로 옮겼다. 몸을 관통한 검 때문에 똑바로 눕힐 수 없어 상체가 틀어진 일검향의 모습은 몹시 부자연스럽게 보였다.

수월루주는 여전히 일검향을 경계하는 듯 가까이 다가서지 않았다.

이때 수인복 차림의 여인 넷이 대전 안으로 들어섰다. 안색은 초췌했고, 발목에는 족쇄가 채워져 있었다. 바로 금루를 지키던 호금사화였다. 상전인 월아영을 제대로 경호하지 못한 죄를 짓는 바람에 그동안 뇌옥에 갇혀 있었던 것이다.

"루주님을 뵈옵니다."

호금사화는 측은한 모습으로 배례를 올렸다.

수월루주는 소매로 손톱을 정성껏 닦으며 말했다.

"탁자 위에 올려진 자가 누구인지 알아내면 너희들의 신분을 회복시켜 줄 것이다. 어서 살펴봐라."

“예, 루주님.”

호금사화는 신분이 회복될 수 있다는 일말의 기대를 안고 탁자에 바싹 다가섰다.

대백랑은 수월루주의 철저한 검사에 아랫입술을 빨았다.

‘신경질적으로 생긴 계집치고는 예상외로 세심하군. 혹시 내가 가짜 자객을 잡아올 수 있음을 의심하는 거야.’

호금사화는 일검향의 모습을 유심히 관찰하다가 깜짝 놀라며 서로를 돌아보았다. 그녀들은 확신의 표정으로 서로를 향해 고개를 끄덕였다.

호금일화가 다소 흥분된 모습으로 수월루주에게 고했다.

“그자입니다, 루주님. 틀림없습니다.”

“그자라니?”

“당당히 금루에 올라 아영 아가씨를 살해한 악랄한 자객이 확실합니다.”

수월루주는 눈을 가늘게 뜨며 물었다.

“너희는 그자의 얼굴을 기억하지 못한다 하지 않았더냐?”

“정확한 인상착의는 기억할 수 없었지만 이자의 얼굴을 보는 순간 기억이 되살아났습니다.”

“다른 애들도 같은 의견이냐?”

호금삼화가 고개를 조아렸다.

“그렇습니다, 루주님. 속하의 목숨을 걸고 장담할 수 있습니다. 아영 아가씨를 살해한 흉수가 분명합니다.”

수월루주는 팔짱을 끼며 걸음을 옮겼다.

“알겠다. 한 명도 아니고 넷 모두가 같은 의견이라면 틀림없을 것이다. 너희는 본래의 처소로 돌아가도 좋다. 머지않아 금루에 새로운 주인이 부임할 테니 잘 섬기도록 해라.”

호금사화는 신분이 회복되자 감격의 눈물을 흘리며 연신 배례를 올렸다.

“감사합니다, 루주님.”

“흑, 하해와 같은 은혜에 감읍할 따름입니다.”

수월루주는 짜증스런 표정으로 턱짓을 했다.

“어서 나가라.”

호금사화는 그녀의 표독스런 성격을 잘 알기에 서둘러 대전을 나갔다.

수월루주는 대백랑에게 다가서며 가는 미소를 지었다.

“호호, 언짢게 생각지는 마라. 유령과 같은 자객을 생포했다는 것이 믿기지가 않아서 말이야. 엉뚱한 놈을 잡아올 수도 있지 않겠느냐?”

“사람 잘못 보셨소이다. 나, 대백랑의 인간 사냥은 여태 한 번도 실수가 없었습니다. 어서 보수나 주십시오.”

“당연히 주어야지.”

수월루주는 은표를 한 장 꺼내 내밀었다.

“삼만 냥짜리 은표다. 넌·이제 엄청난 거부가 되었어.”

대백랑은 공연히 트집을 잡았다.

“이런 종이 쪼가리 받자고 죽을 고생을 했는지 아십니까?”

“대백랑, 그건 대륙 최대의 전장인 십방전장(十方錢莊)에서 발급한 은표다. 장안에만 네 곳의 지부가 있지. 어느 전장을 찾아가든 즉시 네가 원하는 패물이나 은자로 교환할 수 있다.”

“할 수 없군.”

대백랑은 은표를 받아 챙겼다.

"임무를 완수했으니 이만 가보겠습니다."

"잠깐 기다려. 네게 또 하나의 의뢰를 하겠다."

"잠시 쉬고 싶습니다."

"훗, 이건 명령이야."

수월루주는 대백랑을 단단히 붙들어두고는 황결을 돌아보았다.

"놈의 몸에서 검을 뽑아라."

"예, 루주."

"융단을 새로 갈았으니 피 안 튀게 놈의 혈도를 확실히 봉쇄해."

"알겠습니다."

황결은 일검향의 가슴 부위 혈도를 찔러 출혈을 막고는 천천히 검을 뽑았다. 검신을 타고 흐르는 몇 방울의 피가 일검향의 몸 위로 떨어졌다.

그는 수건으로 검을 깨끗이 닦고는 수월루주에게 바쳤다.

검을 받아 든 수월루주는 빠르게 살펴보고는 대백랑에게 시선을 돌렸다.

"놈을 어떻게 사냥했느냐?"

"놈은 장안을 떠난 후 황포 부락에서 적사패도를 죽였습니다. 덕분에 놈에 대한 단서를 확실히 찾아낼 수 있었지요."

"흐음, 그래? 사혈림의 적사패도가 젊은 협객에게 죽었다는 풍문을 들었는데, 그것이 이자의 소행이었단 말이지?"

"그뿐만이 아닙니다."

대백랑은 그녀의 의심을 피하기 위해 최대한 사실을 밝혔다.

"지난번 소림의 땡초 정현을 척살한 자객도 바로 이자입니다."

수월루주는 다소 놀랍다는 듯 눈을 커다랗게 떴다.

"뭐야? 이자가 정말 정현 대사까지 척살했단 말이냐?"

"실로 무서운 자객입니다."

"어느 집단 소속이더냐?"

"그것까지는 저도 모릅니다. 그건 루주께서 해결할 문제가 아닙니까?"

"그렇기는 하지."

수월루주는 다시 자청검을 검사하면서 물었다.

"어디서 놈을 사냥할 수 있었느냐?"

"이자는 정현 땡초를 척살한 후 한동안 움직임이 없어 추적이 어려웠습니다. 하지만 사소한 단서를 남겼기에 홍농(弘濃)에서 놈을 찾아내 사냥에 성공할 수 있었습니다."

"홍농에서 사냥해 데려왔다면 어제 일이로군."

"그렇습니다."

"하여간 수고가 많았어."

수월루주는 등 뒤로 검을 휙 집어 던졌다. 검이 일검향을 향해 던져지자 대백랑은 가슴이 덜컥 내려앉았다.

'허억?'

다행히 자청검은 일검향의 목을 스치며 탁자에 깊숙이 꽂혔다. 일검향은 여전히 움직임이 없었다.

대백랑은 심장이 밤톨만큼 오그라들었다.

'검향이 완전히 탈진한 것 같아. 아무리 환체술로 장기를 이동시켰다지만 몸이 꿰뚫린 상태에서 어떻게 맑은 정신을 유지할 수 있겠어? 역시 이번 척살은 무리였어.'

그는 공손하게 손을 모았다.

"저는 잠시 물러가 쉬겠습니다. 루주의 명령이라니 홍루의 계집이나 품으면서 대기하고 있겠습니다."

"아니야. 조금만 더 머물러 있어야겠어."

수월루주는 대백랑의 어깨에 손을 얹었다.

"네가 꼭 필요해."

갑자기 혈도를 점한 그녀는 대백랑을 방패 삼아 앞세우며 일검향을 향해 날아들었다.

"호홋, 감히 누구를 속일 생각이냐?"

그녀의 손톱에서 예리한 조공이 발출되었다.

피피핑ㅡ!

순간 일검향은 누운 자세에서 둥실 떠오르며 검을 쥐었다.

퍼엉ㅡ!

요란한 폭음과 함께 탁자가 박살났다.

일검향은 박쥐처럼 천장에 두 발을 붙이고는 빠른 속도로 미끄러졌다. 그는 수월루주를 향해 쾌검을 내리찍었다.

수월루주는 대백랑을 방패 삼아 쳐들어 그의 쾌검을 막아냈다.

"호호, 어디, 자신있으면 찔러봐라!"

일검향은 대백랑이 시야를 가리자 급히 공세를 철회하며 한쪽 구석으로 내려섰다.

황결이 대두도를 뽑아 들며 득달같이 달려들었다.

"이놈!"

한데 수월루주가 그의 등판을 향해 조공을 튕겼다.

"물러서!"

황결은 화들짝 놀라며 몸을 틀어 조공을 피해냈다. 아무리 상전이라도 자신을 죽일 듯이 공세를 펼친 데에는 황당함을 금할 수 없었다.

수월루주는 신경질적으로 미간을 찌푸렸다.

“놈은 내가 사냥한다! 전 무사들을 동원해 외곽을 봉쇄하라! 놈을 탈출시키면 너희 모두를 죽일 것이다!”

“알겠습니다.”

황결은 급히 전각을 나서며 긴급 경보를 알리는 붉은 폭죽을 터뜨렸다.

전각 내에는 일검향과 수월루주, 그리고 수월루주의 손에 제압된 대백랑 셋뿐이었다. 대백랑은 요혈이 제압돼 꼼짝도 할 수 없었지만 말은 할 수 있었다.

“왜… 왜 이러십니까, 루주?”

“간사한 놈, 상황을 보고도 거짓을 늘어놓을 셈이냐? 네놈은 자객과 한통속이 되어 날 죽이려 했다.”

“억울합니다. 대, 대체 무슨 근거로 날 모함하는 겁니까?”

“호홋, 네놈이 홍농에서 자객을 사냥했다면 하루 전의 일이니 이미 피가 굳었어야 정상이다. 한데 놈의 검에 묻어 있는 피는 아직 신선해. 그것은 몸에 검이 꽂힌 지 두세 시진밖에 안 됐다는 것을 의미하지. 이래도 날 속일 생각이냐?”

대백랑은 입을 딱 벌리고 말았다. 그것은 확실히 결정적인 실수였고, 수월루주는 세심한 관찰로 실수를 간파한 것이다.

그녀는 울상이 되어 일검향을 향해 외쳤다.

“살려줘, 검향!”

일검향은 검을 늘어뜨리며 천천히 다가섰다.

“대백랑을 놓아줘라.”

수월루주는 살벌한 미소를 머금었다.

"호홋, 그것은 어렵지 않다. 날 죽일 수 있다면 이 간악한 놈을 데려갈 수 있다."

"……."

"네 자객명이 검향이냐? 어디 소속이냐?"

"말할 수 없다."

"곧 내 손에 제압돼 실토하게 될 테니 숨길 필요 없다. 아마 천예사원 소속이겠지?"

수월루주는 오른손에 혈음마공을 잔뜩 운집했다.

"한 가지 궁금한 게 있다. 검에 관통된 부상은 정신력으로 견딜 수 있다지만, 어떻게 내 적엽비화에 의한 점혈을 해소할 수 있었느냐?"

"난 애초부터 점혈되지 않았다."

일검향은 척살의 기회를 노리며 서너 걸음 더 다가섰다.

사실 그도 자신이 왜 상대의 적엽비화에 혈도가 제압되지 않았는지 정확히는 알 수 없었다. 다만 여의심결을 수련한 이후 열두 경락을 타고 흐르는 진기가 스스로 경혈을 타통시킨 정도로만 짐작할 뿐이었다.

수월루주는 비릿한 웃음을 머금었다.

"호홋, 그다지 놀라운 일은 아니지. 자객이라면 혈도의 위치를 바꾸는 이위대법(移位大法)을 수련했을 테니까. 내가 그것까지는 미리 생각지 못했군."

그녀는 일검향이 선제공격을 펼쳐 오기에 앞서 방패로 삼았던 대백랑을 휙 내던졌다.

"받아랏!"

동시에 그녀의 오른손에서 붉은 기류가 뿜어져 나왔다.

일검향은 바싹 긴장하고 말았다.

'혈음마공?

물론 신법을 펼쳐 피해내기는 어려운 일이 아니었다. 그러나 수월루주의 혈음마공은 자신보다는 대백랑에게 있어 더 치명적이었다. 혈음마공에 적중된다면 대백랑은 즉사하고 만다. 그것은 일검향에게 대백랑을 구하도록 강요한 교묘한 술책이 아닐 수 없었다.

"아앗!"

공포에 질린 대백랑의 표정을 본 일검향은 자객 수칙을 깰 수밖에 없었다. 주변의 상황에 관계없이 표적을 죽여야 한다는 것이 수칙이었지만 차마 대백랑을 죽게 내버려 둘 수 없었다.

그녀를 안아 든 그는 몸을 빙글 돌려 자신이 대신 혈음마공을 맞았다.

콰아앙!

폭음과 함께 새하얀 빙기가 흩어지며 두 사람의 몸은 세차게 벽에 부딪쳤다. 대백랑은 엄습해 오는 한기에 몸을 부르르 떨었지만 다행히 일검향이 온몸으로 감싸준 덕분에 한독은 피할 수 있었다.

"검향……?"

그녀는 피를 흘리며 축 늘어진 일검향을 보고는 눈물을 왈칵 쏟았다.

"바보같이… 왜 날 구했어? 그냥 수월루주를 죽였어야지?"

혈음마공에 적중된 일검향의 몸은 밀가루를 뒤집어쓴 듯 허연 빙기로 뒤덮여 있었다. 무서운 한독으로 인해 즉사한 것처럼 보였다.

수월루주는 곱게 물들인 손톱을 어루만지며 득의의 웃음을 터뜨렸다.

"호홋, 아영을 죽인 수법을 보고 네놈이 결코 비정한 자객이 아님을 파악하고 있었다. 날 죽이기 위해 함께 작당한 대백랑을 그대로 죽게 내버려 두지는 않을 것으로 판단했지. 하지만 이렇듯 미련한 놈인지는 몰랐다. 조금은 싱겁군."

그녀는 부공술을 펼쳐 날렵하게 미끄러져 왔다.

"웬만한 놈이라면 즉사했겠지만 자객이라면 아직 숨은 붙어 있을 것이다. 취조를 하기 위해서라도 숨통은 이어놓아야 하지."

대백랑은 금 주판을 뽑아 들고는 한꺼번에 주판 알을 발출했다.

"죽어라, 교활한 년!"

피피핑―!

백여 개에 달하는 주판 알이 호선을 그리며 일시에 수월루주를 향해 쏟아져내렸다.

수월루주는 가볍게 손목을 뒤집었다.

"흥, 어리석은 놈!"

호신강기가 펼쳐지며 주판 알은 모두 맥없이 떨어져 내렸다.

한데 이 순간 참으로 예상치 못한 변괴가 발생하였다. 죽은 듯 쓰러져 있던 일검향의 손에서 쾌검이 벼락처럼 발출된 것이다.

번쩍―!

수월루주는 정신이 아득해졌다. 잠시 대백랑을 상대하느라 방심하기도 했지만 일검향에 대해서는 전혀 경계하지 않고 있었다. 마국의 절학인 혈음마공에 적중되었기에 치명상당했음을 의심치 않았던 것이다.

본능적인 위기에 그녀는 급히 허리를 뒤로 젖혔다. 섬광이 눈앞을

스쳐 갔다. 그녀는 가까스로 기습을 피해냈다 안도하며 반격을 생각했
다.

그러나 숨이 턱 막히며 두 다리가 풀렸다. 육신은 바닥으로 주저앉
고, 영혼은 고통스럽게 육신을 벗어나고 있었다. 어느새 그녀의 천돌
혈이 세 치 깊이로 베어진 것이다.

바닥에 쓰러진 그녀의 몸을 타고 붉은 피가 흥건하게 흘러나왔다.

대백랑은 자신의 눈앞에서 전개된 급변을 믿을 수가 없었다. 죽었어
야 할 사람이 되살아났고, 당당하던 수월루주가 돌연 황천객으로 변해
버린 것이다.

"검향……?"

그녀는 급히 일검향을 부축해 앉혔다.

일검향은 검을 쥔 채로 몸을 와들와들 떨었다. 안색은 여전히 창백
했고, 몸에 서린 빙기는 지독히도 차가웠다. 이런 몸으로 어떻게 절정
의 쾌검을 발출할 수 있었는지 이해가 되지 않았다.

"정말 굉장해! 수월루주를 죽였어요!"

일검향은 가쁜 숨을 몰아쉬었다.

"어, 어서 탈출해."

"알았어요."

대백랑이 업으려 하자 그는 완강히 거부했다.

"혼자 가. 어서."

"싫어요. 나를 구하려다 이런 몸이 되었잖아요? 내가 아무리 구차하
게 사는 계집이라도 도리는 안다고요. 함께 죽는 한이 있더라도 나 혼
자 탈출할 수는 없어요."

"……."

"치이, 너무 감격해할 것 없어요. 어차피 주변이 봉쇄되었을 텐데 탈출이 가능하겠어요? 함께 죽어야 저승길이 외롭지 않아서 그래요."

그를 들쳐 업은 그녀는 이를 딱딱 마주쳤다. 그의 몸에서 전해지는 냉기에 피가 얼어붙을 것만 같았다.

'아, 정말 무서운 혈음마공이야. 내가 적중되었다면 즉사했을 거야.'

그녀는 독하게 마음을 먹고는 전각을 나섰다.

전각 주변으로는 이백 명에 달하는 무사가 빼곡하게 천라지망을 펼치고 있었다. 혼자 몸이라도 그들을 뚫고 탈출하기란 불가능에 가까웠다.

일검향은 허옇게 변색된 입술을 달싹거렸다.

"날 내려놔. 내가 막겠다."

"싫어요."

"네게는… 개죽음일 뿐이야."

"당신한테는 개죽음이 아닌가요?"

"난 임무를 완수했어."

대백랑은 입술을 곱씹었다.

"내 임무는 당신을 수월루주에게 안내한 후 함께 탈출하는 거예요. 나도 내 임무에 충실할 거예요."

그녀가 돌 계단을 내려서자 경비 무사들은 대체 어찌 된 상황인지 몰라 어리둥절한 모습으로 서로를 바라보았다. 어떻게 수월루주의 저지를 뚫고 밖으로 나설 수 있는지 이해가 되지 않은 것이다.

황결이 급히 전각의 창문을 뚫고 안으로 들어섰다. 이어 밖으로 나선 그가 사납게 외쳤다.

“루주께서 살해되셨다! 두 놈을 반드시 죽여라!”

비로소 최악의 상황을 실감한 무사들은 악을 쓰며 달려들었다.

“죽여라―!”

대백랑은 등에 업은 일검향을 받쳐야 했기에 한 손밖에 사용할 수 없었다. 그녀는 칠랑권법(七狼拳法)을 펼치며 포위망을 향해 돌진했다.

“비켜라!”

앞서 달려들던 세 명이 권법에 안면이 뭉개지며 나동그라졌다. 그러나 포위망은 워낙 촘촘했고, 날아드는 도검은 소나기처럼 매서웠다.

그녀의 등에 업힌 일검향은 혼몽 속에서 검을 휘둘렀지만 위력이 없는 단순한 몸짓에 불과했다. 혈음마공에 적중된 상황에서 최후의 일격을 펼치느라 전신 공력이 고갈된 것이다.

황결이 등 뒤로 날아들며 힘차게 대두도를 내려쳤다.

“이 더러운 자객 놈!”

수월루의 호위장답게 그의 무공은 일류급이었다. 힘차게 뻗은 도기가 일검향의 등을 향해 파고들었다.

한데 이때였다. 눈부신 섬광이 허공을 가르며 황결의 목으로 날아들었다.

쐐애액!

황결이 채 고개를 돌리기도 전에 그의 목이 댕강 날아갔다. 대번에 황결의 목을 벤 사람은 허름한 시녀 복장을 한 사십대 초반의 여인이었다.

그녀는 바닥으로 내려서기가 무섭게 쾌도를 펼치며 주변을 헤집었다.

“꺼져!”

그녀의 칼이 몇 번 춤을 추는 사이에 무려 스무 명이 핏물 속에 쓰러졌다. 워낙 빠르고 깨끗한 살법이기에 병기 한 번 맞닥뜨리지 않았다.

그녀는 일검향의 머리를 가볍게 쥐어박았다.

"이 녀석, 대체 어쩌자고 번번이 사고만 치는 거야?"

놀랍게도 여인은 바로 을화 천살이었다.

일검향은 지독한 한기에 덜덜 떨면서도 희미한 미소를 지었다. 그녀가 지원을 나섰다면 탈출도 어렵지 않다 싶었다.

"누님……."

난데없는 자객의 등장으로 호위장이 피살되자 경비 무사들은 당황함을 금치 못했다. 수월루주에 이어 호위장까지 죽었으니 지휘자가 모두 사라진 셈이다.

게다가 그들의 배후가 대나무 쪼개지듯 허물어지고 있었다.

"악!"

"크윽!"

무사들을 가차없이 베며 포위망을 뚫고 들어오는 여인은 기녀 복장에 짙은 화장을 한 여인이었다. 그녀의 연검이 예리한 파공성을 일으킬 때마다 연이어 비명이 터져 나왔다.

그녀는 다름 아닌 교교였다.

을화는 대백랑을 밀치며 소리쳤다.

"어서 달려! 배후는 내가 맡겠다!"

대백랑은 꼼짝없이 죽을 상황에서 기적같이 회생하게 되자 눈물이 나올 만큼 감격했다.

교교가 선두에서 포위망을 뚫고 대백랑이 그 뒤를 따랐다.

을화는 배후에서 그들을 엄호하며 접근하는 자들은 가차없이 베었

다. 그녀의 살법에 기가 질린 무사들은 감히 추격할 생각을 꾀하지도
못했다. 잠시 막는 시늉만 할 뿐 그녀가 달려들면 부리나케 몸을 피해
달아났다.

　월아영에 이은 수월루주의 피살.
　그것은 장안의 명소 수월루의 종말을 고하는 또 하나의 충격적인 사
건이었다.

第18章
유혹을 이기는 것도 수련

　　을화가 지닌 열양단 덕분에 일검향은 지독한 오한에서 조금은 벗어
날 수 있었다. 그래도 혈맥 속의 한독을 말끔히 해소하기 위해서는 특
별한 처방이 필요할 것 같았다.

　　을화는 일검향을 감싸 안은 채 걱정스럽게 물었다.

　　"괜찮아?"

　　일검향은 입으로 허연 김을 훅훅 뿜어내며 애써 미소를 지었다.

　　"견딜 만합니다."

　　"미련한 놈, 어쩌자고 혼자 뛰어든 거야?"

　　을화는 겨우 안도의 한숨을 쉬고는 대백랑을 매섭게 쏘아보았다.

　　"네가 대백랑이냐?"

　　대백랑은 그녀의 사나운 눈초리에 심장이 오그라들었다.

　　"그, 그래요."

"네가 감히 소청을 납치해 이런 사단을 일으켜?"

을화는 교교에게 턱짓을 보냈다.

"죽여 버려!"

"예에?"

대백랑은 하얗게 질린 채 주춤 뒤로 물러섰다.

교교가 연검을 뽑아 들고 다가서자 일검향이 나직이 외쳤다.

"그만둬! 백랑은 내 친구다!"

을화는 잔뜩 미간을 찌푸렸다.

"뭐야? 친구? 임마, 우리 천예사원의 동문 외에는 누구도 친구가 될 수 없어."

"백랑은 날 구하기 위해 탈출을 포기했습니다. 또한 수월루주를 죽일 수 있었던 것도 백랑이 적극적으로 도와줬기에 가능했습니다. 백랑을 죽일 수는 없습니다."

"……."

을화는 예리한 눈빛으로 대백랑을 연신 훑어보았다.

"너, 계집이냐?"

"그래요……."

"네 음색으로 미루어 그런 줄 알았다."

을화는 일검향에게 시선을 옮기며 물었다.

"너, 저 계집과 잤냐?"

"그런 일 없습니다."

"한데 어떻게 믿어?"

"난 누님을 믿고, 다훼와 교교도 믿습니다. 남녀 간에 꼭 교합을 해야 서로를 신뢰할 수 있는 것은 아닙니다."

"좋아. 살려줄 테니 어서 보내!"

을화는 안고 있던 일검향을 매몰차게 밀어냈다.

장안의 불빛이 아스라하게 멀리 보인다. 장안은 밤에도 등불이 꺼지지 않는 불야성을 이루기에 백 리 밖에서도 그 거대한 성시를 능히 확인할 수 있었다.

일검향은 대백랑과 나란히 서 있었다. 자객이 된 이후 외부인과 이렇듯 오랜 시간을 같이 있기는 그녀가 처음이었다. 자객이 아닌 사람의 도움을 받아 척살을 행했기에 친근감이 깊이 느껴졌다.

"생각해 보니 널 끌어들인 것이 실수였어. 마국의 표적이 될 테니 이제 강호 활동도 못하겠군."

"인간 사냥꾼 생활만 못할 뿐이니 괜찮아요."

대백랑은 대수롭지 않다는 표정으로 말을 이었다.

"내 본모습을 아는 사람은 없어요. 이제 늑대 가죽을 벗어 던지고 변장을 지우면 누구도 내가 대백랑인 줄 모를 거예요."

"미안해."

"미안하다고요? 훗, 자객도 미안하다는 말을 할 줄 아는군요?"

대백랑은 싱긋 미소를 지으며 물었다.

"우리 다시 만날 수 있을까요?"

"그럴 일은 없어야겠지. 자객이 누군가를 만나는 것은 척살할 때뿐이야."

"누군가 날 죽여달라는 청부를 받으면 정말 날 죽일 거예요?"

"……."

일검향은 멀리 장안으로 시선을 돌렸다.

"난 지시를 받을 뿐 결정권은 없어."

대백랑은 잠시 주저하다가 자신의 이름을 밝혔다.

"내 이름은 차도가파런이에요."

"차도가……."

"훗, 그래서 이름이 어렵다고 했잖아요. 그래서 한어로 바꾸어 가영(佳瑛)이라고 지었어요. 앞으로 가영이라는 이름으로 살아갈 거예요. 혹시 내 이름이 살인 명단에 오르면 한 번쯤 생각해 주세요."

일검향은 물끄러미 그녀를 바라보다가 희미한 미소를 지었다.

"가영……. 그래, 백랑보다는 낫군. 하지만 성이 필요하겠어. 이름으로만 불릴 수는 없으니까."

"당신처럼 일(一)의 성을 따서 일가영으로 할까요?"

"그런 성은 없어. 내 생각에는 추(秋)가 좋을 것 같군."

"추가영이라……. 괜찮네요. 추가영이란 이름이 천예사원의 살인 명단에 오르지 않았으면 좋겠어요."

대백랑에서 추가영으로 바뀐 그녀는 슬며시 그의 손을 쥐었다.

"혹시 누군가를 추적해야 할 일이 있으면 저를 찾으세요. 제 후각은 타고났기에 조금은 도움이 될 거예요."

"그러지."

"만품객잔(萬品客棧)은 성도와 무창, 개봉 등 커다란 성시마다 분점을 두고 있어요. 제 소재를 남겨놓을게요. 당신의 이름을 대면 제 소재를 알려줄 거예요."

"혹시 널 찾게 되면 추검(秋劍)이라는 이름을 쓰게 될 거야."

"알았어요. 그렇게 일러두죠."

추가영은 가볍게 그를 포옹했다.

"참 묘한 인연이군요. 당신과 같은 자객과 친구가 될 줄은 몰랐어요."

“……”

“제발 날 척살하지는 말아요. 당신 손에는 죽고 싶지 않아요.”

“약속하지. 그런 일은 없을 거야.”

일검향은 멀리서 바라보는 을화와 교교의 시선을 의식하며 그녀를 떼어놓았다.

추가영은 아쉬운 눈빛으로 그를 바라보고는 손을 모았다.

“항상 몸조심하세요, 검향.”

훌쩍 몸을 날린 그녀는 이내 산비탈의 어둠 속으로 사라졌다.

을화가 옆으로 내려서며 이죽거렸다.

“흥, 다정한 연인 같구나? 흉하게 생긴 계집년한테 관심이 많군.”

“전 예쁜 계집은 좋아하지 않습니다.”

“뭐야?”

“누님이 그러지 않았습니까? 예쁜 계집의 입술을 조심하라고.”

“하기는 그래. 교교처럼 색기 넘치는 계집은 언제 배신할지 모르니 조심해야지.”

듣고 있던 교교가 볼이 부어 냉랭하게 응수했다.

“언니도 나만큼 색기가 넘친다고요!”

“호홋, 계집애. 그래도 보는 눈은 있다니까.”

을화는 사내처럼 웃음을 터뜨리고는 일검향의 엉덩이를 툭 쳤다.

“난 춘추봉으로 가봐야 하니, 너희 둘은 사천성 미고현(美鼓縣)에 있는 공방(工房)에 들른 후 귀환해라.”

“또 다른 임무입니까?”

“아니야. 계도 가족의 새로운 정착지야. 노인네가 소민 올케를 친 며느리처럼 생각하고 있기에 걱정이 많아. 갑작스럽게 이주를 하게 돼 어떻게 지내는지 궁금해하거든. 게다가 올케가 소청을 무사히 구출해 줘서 고맙다며 널 만나고 싶어해."

"만나보고는 싶지만 제 탓이다 싶어 죄송스럽습니다."

을화는 그의 어깨에 팔을 걸쳤다.

"네 실수가 아니라고 했잖아? 어쨌든 이번 사고를 야기시킨 수월루 주를 죽였으니 깨끗이 해결된 거야."

일검향은 다소 침울한 기색을 지었다.

"제 독단적인 행동이라 원주님께서 용납치 않으실 겁니다."

"그래서 먼저 일도살을 귀환시켜 사전에 보고하도록 했어. 일단은 널 구해야 했기에 나와 교교가 앞서 수월루에 잠입해 있었던 거지. 내 가 다시 상황을 잘 보고할 테니 너는 계도 가족 소식이나 정확히 듣고 와. 그들의 사는 모습을 듣기 위해서라도 노인네가 널 심하게 혼내지 는 않을 테니까."

일검향은 그녀의 배려가 고맙기만 했다.

사실 그의 감정적인 독단 행동은 중대한 수칙 위반이라 중징계에 처 해질 과오였던 것이다. 이대로 귀환할 경우 혹독한 형벌과 더불어 독 방에 감금될 것은 뻔한 일이었다.

원주가 원치 않더라도 모든 자객들을 통솔하기 위해서는 징계를 내 릴 수밖에 없기에 형벌은 피할 수 없다. 다만 그 강도를 조절하기 위해 을화가 시간을 최대한 늦춘 것이다.

교교는 일검향과의 동행이 부담스러운 듯 불만을 늘어놓았다.

"계도 천살 가족을 만나는 데 둘씩이나 갈 필요가 있나요? 저도 언 니와 함께 귀환하겠어요."

"야, 내가 널 붙여놓는 것은 이 녀석이 다시 사고를 칠까 봐 그러는 거야. 게다가 지금 검향은 부상 중이잖아? 검향이 회복될 때까지 네가 마차를 몰아. 하녀로 분장해서 말이야."

"저보고 검향의 하녀 노릇까지 하란 말입니까?"

교교가 잔뜩 인상을 긁자 을화의 눈매가 서늘해졌다.

"넌 그럴 의무가 있어. 네년이 간사한 주둥이를 놀리는 바람에 검향이 혹독한 매질을 당했잖아? 하지만 검향은 널 용서했어. 한데 잠시 하녀 노릇도 못하겠단 말이냐?"

"……."

수련생 시절의 아픈 과거를 건드리자 교교는 입을 다물 수밖에 없었다.

은천마국의 첩자 23호에 대한 조사를 할 때 함께 혼정관에 있으면서 그녀는 일검향을 농락한 적이 있었다. 절대 자신의 본래 이름을 말해서는 안 된다는 수칙 위반을 유도해 원주에게 고했다. 그 바람에 일검향과 다훼가 가시 채찍에 호되게 맞은 적이 있었던 것이다.

을화는 일검향에게 지시를 내렸다.

"충분히 시간을 줄 테니 부상을 회복한 후 귀환해. 당분간 교교는 네 하녀이니 발을 씻기게 해도 좋아."

그러면서 눈을 가늘게 뜨며 야릇한 표정을 지었다.

"마음에 들면 한번 안아도 돼. 내가 방중술의 기교를 알려주었으니 잠자리가 황홀할 거다. 호호."

그녀는 훌쩍 뛰어오르며 서쪽 하늘로 날아갔다.

"교교, 내 지시를 거역하면 네년을 생사철교 아래로 던져 버리겠다. 검향은 너보다 직급이 높은 천살의 신분임을 잊지 마."

그녀가 사라지자 교교는 자존심이 상한 듯 입술을 곱씹었다.

"젠장, 나도 어서 공을 세워 천살에 올라야겠어."

일검향이 그녀 옆으로 서며 위로했다.

"을화 누님의 말에 신경 쓸 것 없어. 탕재를 마시고 운공을 하면 부상은 쉽게 회복될 수 있어."

교교는 짐짓 공손한 태도를 취했다.

"그럴 수는 없습니다. 전 하급 지살이고, 일검향은 천살이니 명령에 따라야 합니다. 을화 언니의 성격이라면 정말 날 생사철교 아래로 집어 던질 테니까요."

"평소대로 해. 우리는 함께 수련을 거쳐 온 친구잖아?"

교교의 눈꼬리가 매섭게 치켜 올라갔다.

"훙, 난 말이야, 널 천살로 인정하고 싶지 않아. 수석의 영예는 일도살만 되었어야 당연해. 한데 무슨 연유인지 원주님은 네게 특혜를 베풀고 있어. 대체 넌 원주님과 무슨 관계야?"

"아무 관계도 아니야."

"난 믿을 수 없어. 넌 연거푸 자객 수칙을 어겼지만 원주님은 대수롭지 않은 듯 용서하셨어. 과연 다른 자객이 수칙을 어겼어도 그런 관대함을 보이셨을까?"

"……."

일검향도 남다른 특혜를 받고 있다는 생각을 지울 수 없었다.

단지 을화의 유별난 비호 때문만은 아니었다. 그러나 그 이유는 자신도 알 수 없었다. 냉철하고 공정해야 할 원주의 입장에서 특정 인물에 대한 배려는 조직의 위계질서를 해칠 수 있기에 당연히 삼가해야 할 일이었던 것이다.

일검향은 궁색한 변명을 했다.

"교교, 지금은 비상 시국이야. 너도 은천마국이 우리 천예사원을 위협하고 있음을 잘 알 거다. 내가 감정에 치우쳐 수월루주를 척살하는 단독 행동을 감행한 것도 그녀가 마국의 은마령이기 때문이야. 을화 누님도 그것을 감안하기에 날 비호하려는 것이야. 다른 이유는 없어."

교교는 어느 정도 수긍을 한 듯 더는 따지지 않았다.

"알았어. 네가 월아영과 소림의 제자 정현을 연속적으로 척살하는 공을 세웠으니 확실히 대우받을 자격은 있지. 독단적으로 수월루주를 죽인 행동은 분명 수칙 위반이지만 아마 모두들 내심 환영할 거야. 넌 영웅이 된 거지."

"단지 계도 형님 가족에 대한 복수였을 뿐이야."

"그렇다면 대백랑도 죽였어야 하는 것 아닐까?"

"교교……?"

"대백랑은 외부인이야. 게다가 우리의 비밀을 너무 많이 알고 있어. 그 계집이 입을 열면 천예사원의 많은 비밀이 노출될 우려가 있다고."

일검향은 그녀의 우려를 일축했다.

"절대 그럴 일은 없어. 죽음을 각오하고 나와 함께 탈출하려 했던 여인이야. 충분히 믿을 만해."

"문제는 마국에 생포될 경우 고문을 견디지 못하고 비밀을 털어놓을 수 있다는 거지. 안 그래?"

일검향은 나직이 한숨을 쉬었다.

"그런 불상사가 없기를 바라야지. 이만 가자."

그가 앞서 걸음을 옮기자 등 뒤에서 교교의 비아냥대는 목소리가 들려왔다.

"예, 일검향 천살자객님."

2

다각다각……!

지붕만 씌워진 마차가 좁은 관도를 따라 천천히 이동하고 있었다.

사천성의 관도는 몇몇 평원을 제외하고는 대부분 좁고 험준해 빠르게 달릴 수가 없었다. 간혹 좁은 산길에서 두 대의 마차나 수레가 서로 마주쳐 통행에 어려움이 있기도 하지만 통행량이 많지 않아 그럴 경우는 흔치 않았다.

마차를 모는 마부는 허름한 복장의 하녀였다.

누런 먼지로 얼룩진 모습이지만 이목구비는 놀라울 만큼 또렷했다. 또한 중원의 여인으로는 드문 푸른 눈망울이 이채로웠다. 머리는 두건으로 감싸 맸지만 금빛 모발이 눈부셨다. 일견에도 이국의 하녀임을 알 수 있었다.

하녀는 다름 아닌 교교였다. 까탈스런 성격의 을화가 내린 지시라 거역할 수 없기에 하녀 행세를 할 수밖에 없었다.

마차 안에 편안히 기대앉아 있는 귀인은 일검향이었다.

그는 몸은 편했지만 마음은 바늘방석에 앉은 듯 불편하기만 했다. 자신이 마차를 몰려 해도 교교는 누구 죽일 일 있느냐며 한사코 말채찍을 놓지 않았다. 워낙 강경한 태도에 일검향도 그녀가 모는 마차를 타고 갈 수밖에 없었다.

덕분에 일검향은 이동 중에도 줄곧 운공을 하며 한독을 몰아낼 수 있었다.

수월루주의 혈음마공은 아주 강력해 그의 등에 선명한 손자국을 새겨놓았다. 핏빛처럼 선명한 손자국으로 붉은 기운이 몸 전체를 덮으면 피가 동결돼 죽고 만다.

일검향은 과거 감소채가 불러준 처방전을 기억하고 있기에 적절한 탕재를 달여 마실 수 있었다. 연후에는 여의심결을 운기해 한독을 몰아내는 데 주력했다.

여의심결의 효력은 놀라워 한독이 씻겨 나가면서 등에 새겨진 손자국이 나날이 엷어져 갔다. 비록 이성에 불과한 화후였지만 그 정도만으로도 혈음마공의 한독을 해독할 수 있었던 것이다.

일검향은 여의심결의 오묘함에 깊이 심취해 있었다.

수월루주의 적엽비화에 의한 점혈도 여의심결에 의해 스스로 해소되었으니 세상에 다시없는 절학이 아닐 수 없었다. 만일 그가 여의심결을 터득하지 못했다면 꼼짝없이 제압돼 지금쯤 마국으로 압송되었을지도 모를 일이었다.

처서(處暑)를 넘어서인지 해가 서산에 걸리면서 서늘한 바람이 불어와 땀을 식혀주었다.

열흘간의 여정으로 마차가 미고현에 이르자 교교는 볼멘소리를 했다.

"쳇, 하녀 노릇도 오늘이 마지막이로군. 설마 귀환할 때까지 날 하녀로 삼을 생각은 아니지?"

일검향은 미안한 심정으로 부드럽게 대꾸했다.

"귀환할 때는 내가 하인이 되어줄게."

"됐어. 하급 지살이 어떻게 상급 천살을 하인으로 부려?"

“……”

“그나마 발을 씻기게 하지 않은 것만도 다행이지.”

표독스럽게 쏘아붙인 그녀는 평탄한 관도에 이르자 거칠게 마차를 몰았다.

일검향은 씁쓸한 고소를 지으며 그녀를 달랬다.

“을화 누님은 과격한 듯하면서도 섬세해. 널 하녀로 분장시킨 데에는 그만한 이유가 있는 거야. 네 용모가 워낙 뛰어나잖아? 새로 이사한 계도 형님네를 방문하는데 너무 돋보이는 인척이 있다는 것은 남의 이목을 끌기 때문이지.”

교교는 천천히 고개를 돌렸다. 그녀의 표정이 다소 누그러들었다.

“그래? 그런 이유 때문이라면 수긍할 수밖에 없겠군.”

“사실이야.”

“정말 내가 그렇게 돋보여?”

“누구라도 널 보면 매료될 정도이니까. 대백랑 역시 네 용모에는 감탄을 금치 못했잖아?”

교교는 한껏 오만한 미소를 지으며 어깨를 으쓱해 보였다.

“하기는 그 계집애 말이 가관이더군. 자객을 얼굴 보고 뽑는다고 했던가? 호호호!”

그녀는 기분이 풀린 듯 명랑하게 재잘거렸다.

“내가 재미있는 얘기 하나 해줄까?”

“뭔데?”

“네 탈출을 지원하기 위해 언니와 내가 앞서 수월루에 잠입했어. 기녀와 하녀 모두가 계집이라 변장은 어렵지 않았지. 난 요란하게 화장을 한 후 기녀로 변장했지. 한데 언니도 나이를 생각지 않고 자신도 기

녀로 변장을 하겠다지 뭐야? 나이 마흔이면 기녀로서 환갑, 진갑 다 지
난 노파인데 말이야.”

그녀는 호들갑스럽게 웃음을 터뜨리고는 이야기를 계속했다.

“결국은 거울을 보고는 도저히 안 되겠는지 하녀 복장으로 갈아입더
군. 아주 분해하는 모습이었는데 얼마나 웃겼는지 몰라. 어떨 때 보면
언니는 철없는 어린애 같다니까.”

일검향은 빙그레 미소를 지었다.

‘훗, 충분히 그럴 누님이지.’

을화는 아직도 삼십대 중반의 나이로 보이는데다 미모까지 겸비했
기에 그녀는 여전히 청초한 소녀임을 자부하고 있었다. 하지만 젊음을
앞세우는 기녀로 변장하기에는 무리가 있었다. 그녀의 성격상 얼마나
자존심이 상했을까 생각하니 절로 웃음이 터져 나왔다.

“하하, 그래서 교교에게 하녀 노릇을 강요한 것 같군. 네 모습을 감
추려면 꼭 하녀가 되어야 하는 것도 아닌데 말이야.”

교교도 연신 키득거리며 고개를 끄덕였다.

“맞아. 당시 내가 나잇값 좀 하라고 쏘아붙인 게 몹시 자존심이 상
했을 거야.”

그녀가 즐거운 웃음을 짓자 일검향도 불편한 심정을 다소 덜 수 있
었다.

‘후우, 역시 여자와 동행하기는 힘겹군. 일일이 비위를 맞춰야 하니
말이야.’

공방(工房)은 조각과 장식, 나무와 돌을 이용한 생활 도구 등을 제작
하는 업소를 말한다. 쇠는 철기점에서 다루고, 흙은 도예점에서 다루

기에 두 가지를 제외한 대부분의 물건은 도방에서 생산된다.

미고현에서 새로 개설된 공방은 소래공방(笑來工房)이란 깃발을 내걸고 있었다.

부부가 딸 하나를 데리고 이사왔는데 아직 상품이 채 진열되지 않아 정식으로 개업한 상태는 아니었다. 하지만 견본으로 준비된 몇 개의 소품만으로도 벌써부터 부녀자들의 관심이 높았다. 독특한 목공품이나 색을 입힌 잘 짜여진 대바구니는 미고현 시장에서는 찾아보기 힘든 예술품이었던 것이다.

손님들에게 견본품을 설명하는 여인은 초승달 같은 실눈이 인상적인 단아한 용모를 지니고 있었다. 음성은 맑고 부드러워 손님들은 그녀의 목소리를 듣는 것만으로도 즐거워했다.

"여기 선금을 맡길 테니 나부터 만들어줘요."

"무슨 소리예요? 내가 먼저 왔으니 순서대로 해야죠."

여인네들의 가벼운 실랑이에 여주인은 잔잔한 눈웃음을 쳤다.

"다투지 마세요. 제 남편의 손놀림이 빨라 손님들이 원하는 수량은 맞출 수 있을 겁니다."

그제야 여인네들은 서둘러 주문장을 기록하고는 화기애애하게 공방을 나갔다.

잠시 후 공방 앞으로 한 대의 마차가 당도했다. 햇살을 가리는 지붕만 씌운 마차로 늘씬한 체구의 하녀가 마부석에 앉아 있었다. 얼굴이 흙먼지로 얼룩져 있었지만 이목구비는 하녀답지 않게 또렷했다.

하녀는 급히 마부석에서 내려서며 허리를 굽혔다.

"당도했습니다, 주인님."

"오, 수고했다."

마차에서 내려선 사람은 단정한 옷차림의 청년이었다. 상당히 영준한 용모였지만 평범한 분위기 때문인지 언뜻 눈에 띄지는 않는 모습이었다.

외지인이면서도 특별해 보이지 않는 주인과 하녀는 다름 아닌 일검향과 교교였다.

일검향은 공방으로 향하면서 점잖게 말했다.

"선물을 챙겨 들어오너라."

"예, 주인님."

교교는 마차에 실은 선물 꾸러미를 챙겨 안으며 입술을 비죽거렸다.

'좋아, 귀환할 때는 날 업고 간다고 했으니 기대해 보겠어.'

진열대에 물건들을 올려놓고 있던 여주인은 또 손님이 들었다 싶어 소매를 털면서 목례를 취했다.

"어서 오세요."

일검향은 정중히 예를 올렸다.

"접니다, 형수님."

여주인은 한껏 반색을 하며 다가섰다.

"추검, 어떻게 여기까지?"

"송구합니다. 공연히 저 때문에 이웃을 버리고 먼 곳까지 이사를 하게 되셨군요."

"그런 말 말아요. 추검이 스스로 인질이 되는 바람에 소청이 무사히 구출될 수 있었다 들었어요. 정말 고마워요."

여주인은 바로 운소객잔을 운영하던 황소민이었다.

자객을 남편으로 둔 특별한 여인. 그로 인해 소중한 딸을 납치당하는 충격적인 사건을 경험했고, 십 년 넘게 살아온 터전에서 갑작스럽게 이사를 하게 되었지만 표정은 여전히 밝았다.

일검향은 그늘이 없는 그녀의 안색을 살피며 내심 안도했다.

"불편함은 없으십니까?"

"아주 좋아요. 사실 객잔을 운영하면서 소청을 키우기가 힘들었는데, 이제는 많은 시간을 소청과 함께 보낼 수 있어 다행이에요. 며칠되지 않았지만 이웃들도 자상한 것 같아요."

"정말 다행입니다."

일검향은 그녀의 안정된 정착을 진심으로 기뻐했다.

이때 선물 꾸러미를 안아 든 교교가 들어섰다. 황소민이 의아한 표정을 짓자 일검향이 나직이 소개했다.

"춘추봉 동문입니다. 워낙 용모가 돋보여 잠시 하녀로 변장한 것이지요."

선물 꾸러미를 내려놓은 교교가 인사를 올렸다.

"처음 뵙겠어요, 언니. 교화(狡花)라고 불러주세요."

황소민은 그녀의 손을 쥐며 밝은 미소를 지었다.

"아, 교화였군요. 남편에게서 얘기 많이 들었어요. 이번에 소청을 구출하는 데 큰 도움을 주었다고 하더군요."

"과찬이세요. 소청은 좀 어때요?"

"생각 외로 큰 충격은 없는 것 같아요. 비록 강제로 납치되었지만 대백랑이란 자가 잘 대해주었다 하더군요."

"소청이 괜찮다니 안심이 됩니다."

"남편은 소청과 함께 작업실에 있어요. 자, 안으로 들어가요."

황소민은 교교를 이끌며 일검향에게도 눈짓을 보냈다.

일검향은 양소청을 위한 작은 선물 꾸러미를 들고는 두 여인을 따랐다. 어린 양소청이 별반 정신적인 충격을 받지 않았다는 말에 그는 가슴을 쓸어내릴 수 있었다.

'대백랑, 아니, 추가영이 고맙군. 네가 악의적으로 소청을 납치한 것이 아님을 믿겠다.'

작업실은 다소 어수선했지만 넓고 쾌적했다.

계도는 한창 조각에 몰두해 있었고, 양소청은 커다란 대바구니에 장난 삼아 색칠을 하는 중이었다. 그들은 일검향을 보고는 반색을 하며 다가섰다.

"하하, 추검, 자네가 어쩐 일인가?"

양소청은 팔짝팔짝 뛰면서 일검향에게 안겼다.

"추검 아저씨, 아저씨가 날 구해줬다면서?"

"소청, 네 활달한 모습을 보니 정말 기쁘구나."

"고마워."

양소청은 일검향의 볼에 입을 맞추었다.

교교가 예를 올리자 계도는 기분 좋은 웃음을 터뜨렸다.

"하하, 반갑구나. 내가 어떻게 지내는지 보러 왔구나?"

"예. 을화 언니께서 불편함은 없는지 꼭 확인하라고 했습니다."

"아주 좋아. 예전보다 춘추봉이 가까워 마치 고향에 온 기분이다."

계도는 자신이 손수 만든 팔선탁으로 그들을 안내했다.

"여보, 반가운 동생들이 찾아왔는데 다과라도 내오구려."

"물론이죠. 잠시 말씀 나누세요."

황소민이 주방으로 향하자 선물을 받아 든 양소청이 자랑을 하면서 뒤를 따랐다.

일검향이 자리에 앉으며 물었다.

"몸은 좀 어떠십니까?"

"자네가 알려준 처방전이 과연 효과가 있더군. 게다가 을화가 가져다 준 열영단을 복용하고는 거의 회복되었네."

"꾸준히 운공을 하시면서 한독을 해소해야 합니다. 혈음마공은 아주 지독한 마공입니다."

"그리하겠네."

"사시는 데에는 문제가 없겠습니까?"

계도는 작업실을 둘러보며 편안한 웃음을 지었다.

"하하, 주방에서 요리를 하는 것보다는 훨씬 편하네. 개인적인 시간을 많이 가질 수 있고, 소청도 색칠하는 것을 무척 좋아해. 그래서 어려운 글공부보다는 공예를 가르칠까 하네. 계집애야 요리 잘하고 집안 살림이나 잘하면 충분하지 않겠나?"

"소청이 좋아한다니 다행이군요."

"사실 낙양은 너무 번화한 곳이었지. 먹고살 만큼 충분한 은자는 모아두었으니 이제 공방이나 꾸리면서 살아도 되네."

황소민이 차와 과자를 내오자 그들은 한가하게 주변 얘기를 늘어놓았다. 황소민이 있는 자리였기에 자객 업무나 무림에 관한 이야기는 전혀 언급되지 않았다.

점심은 계도가 솜씨를 발휘해 진귀한 요리를 맛볼 수 있었다. 특별한 식 재료를 사용하지 않고도 맛과 모양을 만들어내는 그의 요리 솜씨는 확실히 탁월했다.

식사를 마친 후 교교는 황소민과 함께 상품 진열을 도왔고, 일검향은 주방에서 계도와 함께 설거지를 했다. 계도는 설거지를 하는 동안에도 연신 요리에 대한 강론을 늘어놓았다.

설거지가 끝나자 계도는 다양한 요리 도구를 깨끗하게 닦아 자루에 담았다.

"이 녀석들도 이제 새로운 주인을 만날 때가 된 것 같군."

그는 자루를 일검향에게 건넸다.

"자네에게 주는 선물일세."

"형님……?"

"우리 세 식구 음식을 만드는 데에는 이런 도구가 필요없네. 하지만 춘추봉 동문들을 위한 요리를 해주는 데 쓸모가 있을 것이야. 자네가 내 대신 원주님께서 즐겨 드시는 음식을 자주 만들어 드리게."

일검향은 원주를 친아버지처럼 생각하는 그의 심정을 잘 알기에 기꺼이 요리 도구를 받아 들었다.

"감사히 받겠습니다. 이것을 사용할 능력은 없지만요."

"자네는 소질이 있네. 감성이 뛰어나고 풍부한 상상력을 지녔지. 원주님이 추구하시는 가장 인간적인 자객… 그래, 인간적인 전문가라 할 수 있지."

"인간적인 전문가는 형님 아니십니까? 누구도 생각지 못한 가정을 지니고 계시니까요."

계도는 다소 심각한 표정을 지었다.

"춘추봉에서도 지난번 등봉에서의 임무를 파악하고 있을 것이네. 자네가 아니었으면 실패할 뻔했지. 아마 원주님께서는 내게 실망이 크셨을 것이네. 이십 년 경력자가 초년생의 도움을 받았으니 말이야."

"……."

"귀환하게 되면 잘 말씀드리게. 내 스스로 힘에 부치면 은퇴를 요청하겠지만 불명예스런 퇴출은 당하고 싶지 않으니까."

계도는 일검향의 손을 힘껏 쥐었다.

"난 아직 현역이고 싶네. 내 간절한 바람을 꼭 말씀드리게나."

3

춘추봉으로의 귀환에는 하나의 규칙이 있다.

출동할 때는 밤낮을 가리지 않지만 귀환할 때는 반드시 식별이 가능한 일출 때만 귀환이 허락된다. 해가 지고 어두워지면 대천살 갑영이나 이천살 을화까지도 마음대로 진입할 수 없다.

이는 천예사원을 철저하게 보호하려는 의도이며, 자객들의 안전을 위한 조치였다. 운무를 뚫고 생사철교를 건너는 길이 워낙 위험하기에 출동도 가급적 여명이 밝은 이후에나 이루어진다.

횡단준령에 이른 일검향과 교교는 날이 어두워지자 객잔을 하나 잡아 숙소로 삼았다.

아직도 반나절은 족히 가야 하기에 한밤중에야 생사철교 앞에 이르게 된다. 어차피 천예사원으로 진입할 수가 없으니 아침 일찍 출발하는 것이 편안한 행보였다.

교교가 목욕물을 들여 몸을 씻는 동안 일검향은 요리 도구를 꺼내 반짝반짝 광채가 날 만큼 정성껏 닦았다.

교교가 수욕을 하며 피식 실소를 지었다.

"뛰어난 병기도 아닌데 그렇게 좋아?"

일검향은 요리 도구끼리 부딪쳐 상하지 않도록 하나하나 천으로 감쌌다.

"우리에게 신병은 별 의미가 없잖아?"

“너, 벌써부터 은퇴를 생각하는 거야? 그래서 요리를 배우려고?”

“아니야. 계도 형님의 말씀대로 요리는 풍부한 상상력을 필요로 하는 기술이지. 우리의 직업과 무관하지 않아.”

“난 모르겠는데?”

수욕을 마친 교교는 커다란 천으로 몸을 감싸고는 일검향의 뒤로 다가섰다. 그녀는 그의 등을 감싸 안으며 볼을 밀착했다.

“안 자?”

“먼저 자. 난 계도 형님이 주신 요리 서첩을 연구해야 돼.”

“그게 나보다 더 중요해?”

“……?”

흠칫 놀란 일검향이 고개를 돌렸다.

교교의 얼굴이 아주 가까이 있었다. 깨끗하게 수욕을 해서인지 농염한 색기가 짙었고, 푸른 눈에서 유혹의 빛이 역력했다.

그녀는 뜨거운 입김을 뿜어내며 그의 뺨을 어루만졌다.

“다시없는 기회일 수도 있어. 나도 자존심이 있으니 더는 얘기하지 않겠어.”

그녀는 침상으로 향하며 몸에 두른 수건을 풀었다. 수건이 매끄러운 몸을 타고 흘러내리며 백옥 같은 나신이 드러났다. 허리는 한 줌으로도 움켜쥘 수 있을 만큼 가늘었고 보름달 같은 둔부는 팽팽했다.

일검향은 본능적인 욕정으로 가슴이 뜨거워졌다.

물론 그녀의 나신을 처음 대하는 것은 아니었다. 어릴 적부터 함께 수욕을 해왔기에 서로의 몸에 대해서는 잘 알고 있었다. 하지만 지금 그의 눈에 비친 그녀는 요부처럼 색기를 뿜어내고 있었다. 그녀가 원하는 것이 무엇인지 잘 알기에 마음만 먹는다면 그녀를 품에 안을 수 있다.

그녀는 얇은 비단 이불을 들추고는 침상 안으로 누웠다.

일검향은 서첩으로 눈을 돌리며 그녀의 노골적인 유혹을 잊으려 했다. 하지만 그녀의 현란한 나신이 눈앞에 아른거려 집중할 수가 없었다.

교교의 미모는 단연 독보적이다. 아름다운 여인에게 관심을 갖는 것은 원초적인 본능이다. 일검향 역시 예외일 수는 없었다. 수련생 시절 그녀가 다소 표독스럽게 굴었지만 워낙 예뻤기 때문에 굳이 반감을 갖지 않은 것도 사실이었다.

일검향은 서첩을 덮고는 등불을 껐다. 대충 겉옷을 벗은 그는 이불을 들추고 교교와 나란히 누웠다.

한 침상에 누워 자는 것이 처음은 아니었지만 몹시 흥분되었다. 그녀가 모는 마차를 타고 미고현까지 가는 동안 매일 한 침상에서 잤지만 서로의 몸에 손끝 하나 대지 않았다. 일검향을 위해 하녀 노릇을 해야 하는 자격지심 때문에 교교가 아예 등을 돌리고 잤기 때문이다.

교교는 슬며시 그의 팔을 베며 몸을 밀착해 왔다. 일검향은 옷을 사이에 두고도 그녀의 부드러운 피부와 뜨거운 온기를 느낄 수 있었다.

"믿지 못하겠지만… 난 아직 사내를 접하지 못했어."

"……."

"다른 녀석들은 내가 일도살과 이미 살을 섞은 사이라고 생각하지만 그것은 오산이야. 도살은 너무 냉막하고 무서워. 마차 잘 벼린 한 자루 병기 같아서 도저히 인간적인 맛을 느낄 수가 없었어."

교교는 그의 옷 사이로 손을 넣으며 가슴을 어루만졌다.

"한데도 그와 가까이 지내는 모습을 보인 것은 네 질투심을 유발하기 위해서였어. 이건 진심이야. 우리가 함께 혼정관에 갇혀 있을 때 얘기한 내 과거도 모두 진실이고."

"네 쓰라린 과거가 사실임을 난 믿고 있어."

"검향, 난 어차피 평생 처녀로 살고 싶은 생각은 없어. 하지만… 첫 사내만큼은 내가 고르고 싶어. 네가 원한다면 부부 자객으로 평생을 살 수도 있고 말이야."

"……!"

일검향은 갑자기 피가 싸늘하게 식었다.

부부 자객!

자신의 부모를 살해한 원수일 가능성이 높은 귀견쌍살의 존재가 그의 뇌리를 강타한 것이다. 바쁜 일정 때문에 잠시 잊고 있었던 복수심이 피어오르자 욕정이 사라졌다. 더불어 자신을 말없이 기다리고 있는 한 평범한 여인이 선명하게 부각되었다.

그녀는 바로 다훼였다.

그가 교교를 취하는 것은 단순한 하룻밤의 쾌락으로 끝나지 않을 것이다. 그녀의 성격상 다훼와의 교제를 감시할 것이고, 친동생 같은 창비와도 멀어질 것이다.

쾌락의 덫!

얻는 것은 하나이지만 잃는 것이 너무 많았다.

일검향은 그녀를 가볍게 포옹하며 이마에 입을 맞추었다.

"교교, 난 이대로가 좋아. 그저 좋은 동문이며 친구로 남고 싶어."

"검향……?"

"친구 이상이 된다면 난 네가 위험한 임무에 나서는 것을 편안하게 지켜볼 수가 없게 될 거야. 널 대신해 내가 매번 임무에 나서려고 하겠지. 그것은 천예사원과 우리를 키워준 원주님에 대한 배신일 수 있어."

교교는 물끄러미 그를 바라보다가 피식 실소를 지었다.

"을화 언니의 말이 틀리지 않군."

"……?"

"수련생 시절 술에 취해 널 유혹한 적이 있다고 했어. 한데 너한테 거부당하자 몹시 자존심이 상해 죽여 버리고 싶었대. 하지만 술을 깨고 생각해 보니 너의 냉철함과 자제력이 그토록 대견할 수가 없었다고 했어. 그래서 널 남달리 생각하게 되었다는 거야."

교교는 포옹을 풀고는 반듯하게 누웠다.

"언니 기분이 아마 이랬을 거야."

"미안해."

"나한테 미안해할 것 없어. 네 말대로 동문끼리 깊은 관계를 맺는 것은 무리가 있어. 자유분방한 을화 언니도 동문과는 잠자리를 같이한 적이 없다고 했어. 부부처럼 붙어 다니는 대천살과도 깨끗한 사이라고 하더군. 다만 자신이 좋아서 쫓아다니는 거라고 했어."

"그랬군."

교교는 씁쓸한 고소를 머금었다.

"훗, 그래도 막상 거부당하니 기분은 몹시 더럽군."

그녀는 몸을 돌리며 모로 누웠다.

"쳇, 공연히 비싼 향수를 사서 뿌렸잖아?"

일검향은 입가에 번지는 웃음을 애써 참았다. 그녀가 마치 을화처럼 여겨졌기 때문이다. 그녀도 자객으로 연륜이 쌓이면 을화처럼 대범한 여자객이 될 것 같았다.

일검향은 교교의 유혹을 견뎌낸 스스로를 대견스럽게 생각했다.

'잘했어, 태사린. 이로써 너는 다훼는 물론이고, 창비와 교교까지 잃지 않을 수 있었다. 순간의 쾌락이 우정보다 소중할 수는 없으니까.'

그는 아주 오랜만에 자신의 본 이름을 마음속으로 되뇌었다.

第19章

결코 죽일 수 없는 표적

춘추봉은 벌써 울긋불긋한 가을 옷으로 갈아입고 있었다. 세 번의 출동을 거쳤을 뿐인데 벌써 반년 가까운 시간이 흐른 것이다.

천예사원으로 귀환한 일검향은 곧바로 명왕전으로 호출되었다.

검은색 일색의 명왕전은 고적함마저 느끼게 해준다. 일검향이 명왕전 안에서 원주와 독대를 하기는 이번이 두 번째였다. 칠 년에 걸친 수련생을 마감하고 당당히 천살자객으로 선임되었을 때 원주는 그를 불러 귀견쌍살에 대한 얘기를 해준 적이 있었다.

일검향은 가볍게 숨을 들이키고는 연공실로 들어섰다.

원주는 원형 석대에 단정히 앉아 있었다. 일검향은 석대 앞에 조용히 무릎을 꿇은 채 하명을 기다렸다. 수칙을 위반한 죄인의 심정이기에 먼저 입을 열 수가 없었다.

잠시 후 원주가 눈을 반쯤 뜨며 물었다.

"쿨럭! 계도는 만나보았느냐?"

다소 쉰 듯한 음성이 세월의 흐름을 느끼게 해주었다.

일검향은 공손히 고개를 조아렸다.

"예, 원주님."

"얘기해 보거라."

일검향은 계도 부부의 새로운 정착지인 소래공방을 둘러보고 들었던 모든 상황을 소상하게 보고했다. 원주가 남달리 관심을 갖고 있기에 사소한 부분 하나 빼놓지 않았다.

원주는 한 번도 그의 말을 끊지 않고 묵묵히 듣기만 했다. 일검향이 상세한 보고를 마치자 원주의 주름진 얼굴에 온화함이 감돌았다.

"갑영과 을화가 나름대로 신경을 써서 새로운 거주지를 찾아낼 것이라 믿었지만 솔직히 몹시 걱정되었다. 워낙 갑작스런 이주라 소민이 잘 적응하며 살아갈지 심히 우려하지 않을 수 없었다. 어린 소청이 친구를 잃었다며 울어대면 어쩌나 노심초사했지. 하지만 모두가 잘 적응하고 지낸다니 비로소 마음이 놓이는구나."

"형수님께서 이웃에게 저를 계도 형님의 친척 동생으로 얘기를 해놓는다 했으니 귀환할 때마다 자주 찾아뵙겠습니다."

"그럴 필요는 없다. 자객의 그림자는 아무리 숨기려 해도 드러나는 법이다. 다행히 먼 곳이 아니니 계도가 자주 찾아올 것이다."

원주는 몇 번 기침을 토하고는 소매를 저었다.

"나가봐라."

일검향은 잠시 주저하다가 죄를 청했다.

"수월루주의 척살은 수칙을 위반한 중대한 과오입니다. 중벌을 내려주십시오."

"을화를 통해 상세한 보고를 들었다. 이미 조치를 취해두었으니 그
에 따르면 된다."

"알겠습니다, 원주님."

정중히 배례를 올린 일검향은 조심스럽게 연공실을 나섰다.

명왕전 돌 계단을 내려서자 을화가 바닥에서 솟아나듯 옆으로 내려
섰다. 그녀는 대뜸 물었다.

"노인네가 뭐라 하시더냐?"

"조치에 따르면 된다고 하셨습니다."

"뭐야?"

을화는 명왕전을 바라보며 투덜거렸다.

"쳇, 기껏 얘기했는데 내 부탁을 귓전으로 들었단 말이지?"

그녀는 일검향의 어깨에 팔을 두르며 걸음을 옮겼다.

"계도 부부는 잘 지내고 있지?"

"그렇습니다."

"올케가 외유내강의 성격을 지녔으니 잘 적응할 거야. 오히려 계도
가 표적을 제대로 처리하지 못해 의기소침해 있을까 봐 걱정이지."

"형님은 아직 의욕이 대단합니다. 불명예스러운 은퇴는 하지 않겠다
고 했습니다."

"그랬단 말이야?"

을화는 찌푸린 미간을 활짝 펴며 활기찬 웃음을 지었다.

"호호, 정말 다행이군. 계도의 청원이라면 노인네도 거부하지는 않
을 거야."

"누님, 한데 제가 받을 벌은 무엇입니까?"

일검향의 물음에 을화는 엉뚱한 답변을 했다.

"교교를 안아본 소감이 어때? 고 계집애라면 정말 뜨거웠을 거야."

"오해 마십시오. 그런 일 없었습니다."

"정말이야?"

"깊은 정분을 나누면 우정이 깨질 것 같아 그럴 수가 없었습니다."

을화는 미심쩍은 눈빛으로 그를 살피고는 건성으로 고개를 끄덕였다.

"하기는 너란 녀석은 교교의 유혹을 충분히 이겨냈을 거야. 내 유혹에도 굴복하지 않았으니까."

"누님 덕분에 제대로 단련이 된 것 같습니다."

"입에 발린 소리 하지 마. 너 스스로는 대견하다 생각할 수 있지만 계집의 입장에서는 기분 더러우니까."

을화는 그를 작은 철문 앞으로 이끌었다.

"열흘간만 독방에서 지내라. 하루에 물 한 모금이 전부야. 뭐, 그 정도에 죽을 네가 아니지만."

"생각보다는 가벼운 형벌이군요."

"수월루주를 멋지게 해치운 네 척살을 내세웠지만 역시 독단적인 행동이라 면죄부를 받아낼 수 없었어. 고생스럽더라도 열흘만 참아라."

일검향은 자신을 끔찍이도 위해주는 그녀의 배려에 진심으로 고마워했다.

"고맙습니다, 누님. 백 일간의 독방행이라도 감내했을 것입니다."

"새끼, 세상에 공짜는 없어. 나중에 받은 만큼 갚아야 돼."

을화는 그의 뒤통수를 가볍게 치고는 철문을 열었다.

독방은 마치 짐승 우리처럼 협소했다. 가로, 세로가 각각 다섯 자에 불과해 일어서면 머리가 천장에 닿았고, 누워도 두 다리를 펼 수가 없었다. 혼정관만큼 절대적인 어둠은 아니었지만 몹시 어두웠다.

일검향은 스스로의 잘못을 인정하고 있기에 독방에 수감된 것을 전혀 괴로워하지 않았다. 더 혹독한 형벌이 내려지지 않은 것을 오히려 다행으로 생각하였다.

그는 단정히 가부좌를 틀고 앉은 채 가급적 잠을 자지 않으려 애썼다. 거꾸로 매달려 있어도 편안히 잠을 잘 수 있는 그였지만 일부러 잠을 쫓아내며 스스로에게 괴로움을 안겨주었다.

수칙 위반을 알면서도 위배했기에 자신에게 내리는 형벌이었다.

하지만 독방에 감금돼 있는 동안 그는 줄곧 여의심결에 매진했기에 오히려 외부의 방해를 받지 않는 수련을 쌓을 수 있었다. 덕분에 그는 여의심결의 화후를 한 단계 높여 삼성의 경지에 이를 수 있게 되었다.

이제는 단전에서 뽑어진 진기가 열두 경락을 통해 손끝과 발끝, 피부에까지 전해지는 것을 느낄 수 있었다.

여의심결은 신체를 강하게 단련해 줄 뿐만 아니라 내공 증진에도 효험이 높았다. 확실치는 않지만 수련생 시절보다 절반은 더 높은 공력을 보유한 듯싶었다.

2

"좀 어때?"

다훼는 잣죽을 입김으로 식혀 일검향의 입에 흘려 넣어주었다.

열흘간의 독방 형벌을 마친 일검향은 창비의 부축을 받아 거우 자신의 처소로 옮겨질 수 있었다. 좁은 공간에서 하루 한 모금의 물만 마시

머 지냈기에 일검향은 몹시 탈진한 상태였다. 그래도 의식은 잃지 않고 있었다.

일검향은 바싹 마른 입술이 잘 떨어지지 않아 가벼운 미소로 대신했다.

창비는 그의 굳은 몸을 추궁과혈로 풀어주었다.

"이런, 근육이 죄다 뭉쳤어."

그는 열심히 안마를 해주면서 불만을 늘어놓았다.

"계도 형님을 위한 복수였는데 뭐가 잘못됐다는 거야? 더군다나 상대는 우리를 호시탐탐 노리는 은천마국 놈이었잖아? 아니, 년이던가? 실패한 것도 아니고 제대로 척살했으니 오히려 공을 세웠다고 볼 수 있잖아?"

다훼가 넌지시 주의를 주었다.

"말 삼가해, 창비. 원주님의 결정이야. 불만을 품는 것도 항명이야."

창비는 입맛을 다시며 목을 움츠렸다.

"알았어. 숨만 쉴게."

일검향이 잣죽 한 그릇을 말끔히 비우자 다훼는 탕재를 끓여오겠다며 방을 나갔다.

창비가 바싹 다가앉으며 나직이 물었다.

"형, 그 불여우와 잠자리를 했다는 게 사실이야?"

"누가 그래?"

"교교, 그 계집애가 꽤나 의기양양해하더라고. 계도 형님을 만나러 가면서 줄곧 한 침상에서 잤다고 하던데?"

"그건 사실이야."

창비의 표정이 바뀌며 안마를 하던 손길이 멈추었다.

“쳇, 형도 별수없군. 다훼 누나 보기 미안하지도 않아?”

“전혀.”

“정말 실망이야. 앞으로 교교, 그 불여우랑 잘 지내.”

창비는 잔뜩 부은 표정으로 자리를 박차고 일어섰다.

일검향은 피식 실소를 지었다.

“창비, 우리는 어릴 적부터 함께 알몸으로 목욕을 하면서 지내왔어. 한 침상에서 잤다는 것이 그렇게 문제가 되냐?”

“그건 무슨 소리야?”

“말 그대로 한 침상에서 잤을 뿐이야. 그 이상은 없었어.”

창비는 환한 표정으로 다시 돌아섰다.

“정말?”

“그래, 동문끼리는 친구 이상의 깊은 정분까지 나누고 싶지 않아. 서로에게 해가 될 뿐이니까.”

“그럼… 다훼 누나도 마찬가지로 생각하는 거야?”

일검향은 반쯤 눈을 감았다. 조금은 갈등했지만 그는 자신의 심정을 분명히 밝혔다.

“우리가 자객으로 있는 한 친구 이상일 수는 없어.”

천예사원에서는 날짜 개념이 없었다.

눈이 오면 겨울인 줄 알고, 꽃이 피면 봄이 왔다 생각하며, 햇살이 뜨거우면 여름임을 인식할 뿐이다. 이월의 꽃보다 붉다는 단풍이 주변의 봉우리를 물들였기에 완연한 가을이다.

일검향에게는 한 달 동안 아무런 임무도 주어지지 않았다. 덕분에 충분히 휴식을 취할 수 있었지만 달리 생각하면 장기간의 휴식이 무료하게만 느껴졌다.

그동안 그는 요리를 배우는 일을 취미로 삼았다.

천예사원에 머물러 있는 자객들은 평소 식사를 자주 걸렀지만 그가 다양한 요리로 식사를 마련하자 즐겨 식탁을 찾았다. 식사를 하면서 자연스럽게 얘기를 나눌 수 있기에 별반 대화가 없던 자객들끼리도 친분이 두터워질 수 있었다.

"이 밤으로 무엇을 요리할 생각이야?"

다휘가 일검향과 마주 앉아 밤을 까면서 물었다.

식탁 위에는 햇밤이 수북하게 쌓여 있었다. 햇밤은 출동 임무를 하달받아 수행을 마치고 귀환한 자객들이 들여온 식 재료 중 하나였다. 그들은 일검향의 요리 솜씨를 높이 평가했기에 새로운 요리를 먹는 즐거움을 생각해 다섯 자루나 되는 밤을 사 온 것이다.

일검향은 깨끗하게 깎은 밤을 소쿠리에 담았다.

"내일이 중양절(重陽節:9월 9일)이잖아? 중양고(重陽羔)를 만들어보려고. 양민들은 명절 때마다 격식에 맞는 음식을 만들어 먹는다고 하더군. 갑자기 어릴 적 중양절에 먹었던 중양고가 생각나서 말이야."

다휘는 다소 우려의 표정을 지었다.

"괜찮을까?"

"무슨 문제 있겠어? 중양절에는 중양고를 먹고, 원단 전날 밤을 제석(除夕)이라 하는데 그때는 교자(餃子)를 먹는 게 풍습이야. 이번 제석에는 교자도 만들어볼 작정이야."

"물론 풍습을 따라서는 안 된다는 자객 수칙은 없지만 너무 민간의 냄새가 나면 곤란하잖아? 우리는 자객인데."

일검향은 담담히 미소를 지었다.

“자객도 사람이야. 다만 독특한 직업을 가진 전문가일 뿐이지. 난 그렇게 생각해. 자객을 숭배하고 싶지도 않지만 비하하고 싶지도 않아.”

“맞는 말이야.”

다훼는 잠시 소청실 주변을 둘러보다가 일검향의 옆으로 자리를 옮겨 앉았다.

“검향, 귀견쌍살에 대해 물은 적이 있었지?”

그녀가 나지막하게 묻자 일검향은 기대 어린 눈빛으로 되물었다.

“찾아냈어?”

“기록 어디에도 귀견쌍살이라는 명호는 없었어. 하지만 부부 자객은 몇이 있기는 하더군.”

“부부 자객이 귀견쌍살만이 아니란 말이야?”

“실제 부부인지는 확인할 방법이 없어. 다만 오랜 기간 함께 행동하기에 세상 사람들이 부부 자객으로 생각하나 봐.”

일검향은 잠시 혼란스러워졌다.

원주가 귀견쌍살에 대한 명호를 말해주었다면 그들의 존재는 사실이다. 물론 다훼가 방대한 기록을 모두 보지 못했기에 아직 못 찾아낸 것일 수도 있었다. 문제는 부부 자객이 여러 쌍이나 된다면 그들에 대한 추적이 쉽지 않다는 점이었다.

‘난감하군. 어느 자객 집단에도 소속돼 있지 않은 자들이라 했는데 기록조차 없다면 대체 어디서 찾을 수 있단 말인가?’

다훼는 그의 침울한 모습에 나직이 한숨을 쉬었다.

“미안해. 하지만 조금만 더 시간을 줘. 아직 못 본 기록이 많으니 반드시 찾아낼 수 있을 거야.”

일검향은 애써 웃음을 지으며 고개를 저었다.

"너무 신경 쓰지 마. 자객의 존재는 쉽게 찾을 수 없는 일이잖아? 부부 자객이 여럿 있다는 것을 알게 된 것도 큰 소득이야."

이때 을화가 소청실로 들어서며 대뜸 지시를 내렸다.

"검향, 어서 밥 차려. 배고파 죽겠다."

한동안 안 보였던 것으로 미루어 한 건의 임무를 해결하고 막 귀환한 것임을 알 수 있었다.

일검향은 여전히 자리를 지키며 밤을 깎았다.

"전 천예사원의 전용 주방장이 아닙니다. 남은 음식이 조금 있을 테니 알아서 드시죠."

"뭐야?"

을화가 손등으로 그의 턱을 툭툭 쳤다.

"이 새끼, 왜 이렇게 뻣뻣해졌어? 너, 내가 반갑지도 않냐?"

"누님, 저도 천살 직위에 있는 사람입니다. 정 부탁을 하려면 정중히 하세요. 하인 부리듯 지시를 내리지 마십시오."

"어머나, 무서워라. 이제 날 가르치네?"

을화는 다훼에게 턱짓으로 지시를 내렸다.

"야, 네가 차려와."

"예, 언니."

다훼는 공손하게 응대하고는 주방으로 향했다.

을화는 깎은 밤을 오독오독 씹으며 일검향과 마주 앉았다.

"말해봐. 뭐가 불만이냐?"

"왜 제게는 임무가 부여되지 않는 겁니까? 번번이 사고를 쳤기 때문입니까?"

"잘 아는군."

"그래도 만회할 기회는 주셔야 하는 것 아닙니까?"

"내가 노인네한테 당분간 널 출동시키지 말라고 했어. 마국 놈들이 널 잡기 위해 혈안이 돼 있기에 조심할 필요가 있어."

"전 자객입니다."

일검향은 밤을 깎던 과도를 가볍게 휘둘렀다.

을화가 입으로 가져가려던 밤이 대번에 쪼개졌다. 공연히 자신의 이만 깨문 을화의 표정이 사나워졌다.

"이 새끼가 누구 앞에서 칼질이야?"

"한번 겨뤄봅시다. 내가 이기면 임무를 부여해 주십시오."

"뭐야?"

을화는 같잖다는 듯 헛웃음을 흘렸다.

"호홋, 주어진 음식도 못 먹는 주제에 어디서 큰소리야?"

"교교는 음식이 아닙니다. 그리고 못 먹은 게 아니라 제가 거부한 겁니다."

"너, 보기보다 입맛이 까다롭구나? 나 같은 노계도 싫고, 색기를 물씬 풍기는 불여우도 싫다. 그럼 다훼같이 풋풋한 계집을 좋아하는 거야?"

일검향은 화제가 엉뚱하게 흐르자 짜증을 부렸다.

"전 지금 임무 얘기를 하는 중입니다."

"임마, 네 역량에 맞는 일거리가 있어야 보내주지."

다훼가 음식을 내오자 을화는 표정을 다소 누그러뜨렸다.

"기다려. 곧 대규모 출동이 있을 거야. 사대금살 중 두 명이 출동할 만큼 중대한 임무지."

일검향은 다소 놀라움을 금치 못했다.

사대금살은 천예사원을 지키는 순찰자 역할만 할 뿐 임무가 부여되는 일은 거의 없다고 들었다. 오랜 경력자임에는 틀림없지만 쉰 줄을 넘긴 나이이기에 신속한 퇴각에서 문제가 발생할 수 있기 때문이다. 한데 그들이 직접 출동해야 할 상황이라면 엄청난 임무임에 틀림없었다.

"대체 표적이 누구입니까?"

"영천왕부(英天王府)의 왕자야."

다훼가 눈을 커다랗게 뜨며 물었다.

"예에? 군왕의 아들이라면 황족이 아닙니까?"

을화는 오리 튀김을 우물거리며 대수롭지 않게 응대했다.

"황족이 별거냐? 누구라도 목숨은 하나밖에 없고, 죽으면 땅에 묻히는 거야. 그들이라고 하늘에 묻히는 줄 알아?"

그녀는 일검향에게 시선을 돌리며 놀리듯이 말했다.

"한데 넌 제외야."

"이유가 뭡니까?"

"네가 두 번씩이나 수월루에 들어가는 바람에 얼굴이 너무 알려졌어. 이번 임무는 아주 은밀해야 하기에 금살이 직접 척살에 나서고, 천살들이 지원을 하게 돼 있어. 금살 오라버니들은 현역으로 나선 지 오래되었기에 이번 사건에 우리 천예사원이 개입되었다는 것을 은폐할 수 있어."

일검향은 맥이 쭉 빠졌다.

모처럼의 출동이 좌절되었지만 항변할 수가 없었다. 군왕의 아들에 대한 척살은 천예사원의 운명과도 직결될 만큼 위험한 임무이기에 감히 자신이 끼어들 자리가 아니었기 때문이다.

을화는 반주 삼아 술을 한 모금 입에 털어 넣었다.

"대신 소소한 일거리는 하나 줄 수 있어."

"표적은 누구입니까?"

"상인이야. 중간급 규모의 상단 주인인데, 제법 호위가 삼엄하다 들었어. 그래도 네 솜씨라면 창비 하나만 데려가도 충분할 거야."

"……."

"후훗, 상인 따위를 베는 것이 양에 차지 않나 보군?"

식사를 마친 을화는 후식 삼아 밤을 오독오독 씹었다.

"검향, 자객에게 있어 누구를 척살하느냐는 중요치 않아. 표적을 얼마나 깨끗하고 확실하게 처리하느냐가 중요하지."

그녀의 말은 자객 임무의 진리였다.

자객은 신분 고하를 가리지 않는다. 누구에게나 하나밖에 없는 소중한 목숨을 빼앗아야 하기에 표적이 누구든 간에 신중을 기하고 최선을 다해야 하는 것이다.

일검향은 밤을 하나 집어 입에 넣었다.

"알겠습니다. 중양고나 먹은 후 출동했으면 좋겠군요."

3

열흘 후 호북성 의창(宜昌).

강남 지역은 대체로 온화해 중양절을 훨씬 넘겼지만 한낮에는 더위가 느껴질 정도였다. 의창은 호북성에서 제법 커다란 성시 중 하나였기에 여러 줄기의 관도가 이어져 있었다.

　의창성 외곽에는 노천 객점들이 즐비했다. 객점 주인들은 성내보다 저렴한 가격을 내세우며 오가는 행인들을 불러들이고 있었다.

　노천 객점 구석에서 혼자 술을 마시고 있는 청년은 그다지 눈에 띄지 않는 평범한 무사였다.

　먼 길을 지나온 듯 옷은 흙먼지로 얼룩졌고, 늘어뜨린 머리카락도 어수선하게 뒤엉켜 있었다. 싸구려 만두를 안주 삼아 술을 마시는 것으로 미루어 지닌 은자도 변변치 않은 듯싶었다.

　잠시 후 짧은 창을 등에 멘 청년이 객점으로 들어섰다. 다소 앳된 용모였는데 역시 평범한 인상이었다. 그는 객점을 두리번거리다가 구석에 앉아 있는 청년 쪽으로 다가섰다.

　"안주라도 좀 시키지 그랬어?"

　앳된 용모의 청년은 바로 창비였다. 그는 주인을 불러 소향육과 술 한 단지를 주문했다.

　헝클어진 머리의 청년은 물론 일검향이었다.

　"소소한 일거리라고 여비도 많이 받지 않았어."

　그가 핀잔을 주자 창비는 실소를 지으며 만두를 우물거렸다.

　"걱정 마. 내가 살 테니까."

　"넌 제법 은자를 모았나 보구나?"

　"네 번 정도 출동해서 보수를 받았지만 쓸 곳이 있어야지?"

　"보수……?"

　일검향은 자신이 여비 외에는 은자가 전혀 없음을 떠올렸다.

　"생각해 보니 난 한 번도 보수를 받은 적이 없는 것 같구나."

　"그럴 리가 없을 텐데?"

　창비가 오히려 놀라워했다.

일검향은 왜 자신이 보수를 받지 못했는지 되새겨 보았다.

첫 번째 출동 때는 적시에 퇴각을 하지 못하는 바람에 을화에게 압수당했다. 두 번째와 세 번째 임무는 연속적으로 수행했지만 계도가 부상을 당한데다 양소청이 납치되는 바람에 보수 따위는 생각할 겨를이 없었다.

주인이 요리와 술을 내려놓고 돌아서자 창비가 넌지시 물었다.

"혹시 을화 누님이 가로챈 것은 아닐까?"

"독단 행동으로 벌까지 받았는데 보수가 책정되었겠냐? 돈 쓸 일도 없을 텐데, 뭐."

일검향은 보수에 대한 생각을 접고는 대수롭지 않게 물었다.

"모두 몇 명이냐?"

"선두 정찰 무사가 둘, 마부 하나, 호위 무사 넷. 그게 전부야."

"을화 누님의 말대로 소소한 일거리로군."

"형, 이번 표적은 내가 맞출까? 아직 한 번도 직접 표적을 맞춘 적이 없어서 말이야."

창비가 의욕을 보이자 일검향이 넌지시 주의를 주었다.

"누가 직접 표적을 맞추느냐는 중요치 않아. 함께 임무를 수행하면 공과는 똑같으니까. 내가 말은 소소한 일거리라고 했지만 절대 방심해서는 안 돼. 우리 춘추봉에 의뢰가 주어졌다는 것은 다른 업소에서 해결할 자신이 없었기 때문이니까."

"알았어, 형."

창비는 열심히 먹고 마시며 임무와 무관한 얘기를 주절거렸다. 일검향과 함께 임무에 나선 것을 몹시 즐거워하는 모습이었다.

갑자기 객점 밖이 떠들썩해지며 한 무리의 상인이 대거 들어섰다.

아마도 대상(隊商)들인 듯싶었다. 객점 안이 너무 소란스러워지자 두 사람은 음식을 채 먹지도 못하고 자리에서 일어서야 했다. 주인도 미안한지 술값은 받지 않았다.

수림으로 들어선 그들은 곧바로 몸을 날려 능선을 하나 넘어갔다.

다각다각……!

한적한 산길을 따라 한 대의 마차가 천천히 이동하고 있었다. 지붕과 삼면은 누런 휘장으로 가려졌고, 전면만 망사 차양을 드리우고 있었다. 마부를 제외하고 여섯 명의 호위를 대동한 것으로 미루어 대부호나 귀인은 아닌 듯싶었다.

선두에서 말을 타고 느긋하게 주변을 살피는 두 사람은 혈기왕성한 청년이었다. 여유로운 태도와 달리 눈빛은 상당히 긴장돼 있었다.

마차 후미를 따르는 네 사람은 중년의 무사들이었다. 허리에 장검을 차고 있는데 형형한 눈빛이 상당한 고수로 보였다.

일검향은 무성한 나뭇가지에 몸을 숨긴 채 막 고개를 오르고 있는 마차를 유심히 살폈다. 잠시 마차를 관찰한 그는 창비를 돌아보며 나직이 말했다.

"아무래도 이번 표적은 여자인 것 같다."

"아니, 이렇게 먼데 보인단 말이야?"

"눈에 보여서가 아니라 느낌이 그래."

"지난번 출동에서 기녀를 제거한 적도 있잖아?"

"별로 기억하고 싶지 않은 임무였어."

창비는 단창을 비틀어 장창으로 변환시켰다.

"그럼 나한테 맡겨."

“…….”

일검향은 다시 고개 중턱으로 오르고 있는 마차 쪽으로 시선을 돌렸다. 마차 후미를 따르는 호위 무사들을 주시하던 그는 희미하게 고개를 저었다.

“아니야. 내가 표적을 맞출 테니 넌 마부를 공격해 마차를 정지시켜. 혹시 내가 실패하더라도 즉시 퇴각해.”

“형, 왜 그런 재수없는 소리를 하는 거야?”

“척살에 따른 수칙을 말하는 거야. 공연히 날 구하려다가 너까지 다치면 안 돼. 춘추봉에 상황을 보고할 사람은 있어야 하니까.”

창비는 그의 손을 힘입게 쥐었다.

“별일없을 거야. 난 형의 실력을 믿으니까.”

말은 그리했지만 긴장 때문인지 손바닥이 다소 젖어 있었다.

일검향은 그의 긴장을 해소시켜 주기 위해 싱그러운 미소를 지었다.

“걱정 마. 깨끗하게 해결하고 귀환 길에 미고현에 들러 계도 형님이나 만나 보자.”

“그래, 소청이 보고 싶어. 아주 깜찍하다면서?”

“그래, 정말 귀여운 녀석이지. 얼마나 활달한지 몰라.”

일검향은 마차가 고갯마루로 거의 올라섰다 싶자 창비에게 눈짓을 보냈다.

창비는 나무 아래로 내려서며 신속하게 건너편 수림으로 숨어들었다. 그의 신법은 아주 뛰어나 지켜보고 있는 일검향으로서도 그림자가 지나갔는지 착각할 정도였다.

다각다각……!

경쾌한 말발굽 소리와 함께 마차가 고갯마루로 올라서기 시작했다.

일검향은 가볍게 숨을 들이키고는 자청검을 뽑아 들었다.

첫 번째 출동 때는 들러리에 불과했지만 이후 세 번에 걸친 척살을 수행하면서 그도 당당한 자객으로 성장해 있었다. 그러나 자객은 고도의 정신력을 요구하는 직업이었다. 한 치의 실수도 용납되지 않기에 심적 부담이 클 수밖에 없었다.

그는 기습과 척살, 퇴각을 뇌리 속에 그리며 애써 심기를 진정시켰다.

선두의 정찰 무사들이 탄 말이 지나갔다. 이어 마차가 고갯마루로 올라선 후 잠시 멈춰 섰다.

순간 길 우측에서 튀어나온 창비가 마부를 향해 창을 내질렀다. 워낙 뛰어난 신법을 지녔기에 기습은 위력적이었다. 게다가 구 척에 달하는 창은 먼 거리에서도 상대를 위협할 수 있는 장병기였다.

거의 동시에 길 좌측 나무 위에 은신해 있던 일검향이 마차를 향해 쏜살같이 날아들었다. 검극이 번득이며 마차를 감싼 누런 휘장이 베어졌다. 드러난 표적은 역시 일검향의 예감대로 여인이었다.

간발의 차이를 두고 전개된 두 자객의 공격은 가히 벼락과 같았다.

한데 창비는 마부를 채 찌르기도 전에 예상치 못한 반격을 받게 되었다. 햇살을 가리기 위해 엉성한 방갓을 쓴 마부가 말채찍을 휘둘러 온 것이다.

"이놈! 자객이냐?"

마부는 깡마른 체구의 노인으로 커다란 매부리코가 인상적이었다. 손질을 하지 않은 반백의 구레나룻이 너저분했다. 하지만 자객의 기습을 맞상대하는 눈빛은 놀랄 만큼 강렬했다.

'허억?'

창비는 급히 공세를 철회하며 창을 휘둘러 자신의 몸을 보호했다.

늙은 마부는 단순히 마차를 몰기 위한 일꾼이 아니었다. 경이적인 무공을 지닌 절정급 고수였다. 마차 안의 귀인을 보호하기 위한 진정한 호위 무사가 바로 마부였던 것이다.

퍼엉!

가까스로 말채찍을 막아낸 창비는 몸을 둥그렇게 말아 빙글빙글 회전하며 수림 속으로 퇴각했다.

한편 휘장을 베고 마차로 뛰어든 일검향은 여인의 심장을 향해 검을 찔렀다. 얼굴을 면사로 가리고 있던 여인은 충격과 경악에 젖어 일검향에게로 시선을 돌렸다.

그녀의 섬섬옥수가 본능적으로 뻗어 나왔지만 아직 힘이 실리지는 않았다. 물론 그녀는 반격을 펼치기도 전에 심장이 관통되는 죽음을 면치 못할 상황이었다.

이미 늦었다는 것을 인식한 여인의 보석 같은 눈빛이 절망으로 물들었다. 본능적인 두려움과 공포, 그리고 분노와 애절함 등 복잡한 감정이 한데 뒤섞였다.

'앗?'

그녀의 눈망울을 직시한 일검향은 심장이 터질 것만 같았다. 전신의 피가 싸늘하게 식는 기분이었다. 호흡마저 막히며 세상이 정지되는 듯한 착각에 빠져들었다.

'이럴 수가?'

그는 급히 여의심결을 일으켜 검극에 주입시킨 진기를 회수하며 뻗어내던 손길을 멈추었다.

발출된 공세를 회수하는 일은 지극히 위험해 자칫 주화입마에 빠질 수도 있는 일이었다. 갑작스럽게 진기가 역류하며 뜨거운 피가 코와 입술을 비집고 흘러나왔다.

그가 자신의 안전을 위해서라면 절반의 진기라도 마저 분출하여야 했다. 그러나 그는 일 푼의 진기마저 회수하는 데 전력을 다했다.

그의 검은 이미 여인의 가슴을 뚫고 한 치 이상 박힌 상태였다. 그가 약간의 진기를 더하는 것만으로도 그녀의 심장이 파열될 수 있기에 그는 자신의 고통을 감내하는 데 최선을 다했다.

아주 찰나의 순간이었지만 면사 여인은 섬섬옥수에 공력을 담을 수 있었다. 그녀의 장심에서 뿜어진 하얀 강기가 일검향을 강타했다.

퍼엉—!

일진 폭음과 함께 일검향은 피를 뿜으며 마차 밖으로 나동그라졌다. 진기가 역류하는 상태에서 받은 반격이라 그 충격은 이루 말할 수 없었다. 그는 혼미한 상태에서도 퇴각을 위해 신속하게 몸을 일으켰다.

그러나 마차 후미를 따르던 중년인들은 하나같이 절정급 검객이었다. 동시에 몸을 날린 그들이 일검향을 향해 맹공격을 퍼부었다.

퍼퍼퍽—!

네 자루의 검이 일검향의 등과 옆구리, 가슴과 어깨 속으로 깊숙이 파고들었다. 그들이 검을 뽑아내자 피투성이로 변한 일검향은 모든 기력을 상실한 채 풀썩 쓰러졌다.

눈은 뜨고 있었지만 이미 생명력이 고갈되었는지 아무것도 볼 수가 없었다. 네 자루 검에 찔린 상처의 고통이 극심했지만 이내 감각마저 마비돼 고통조차 느낄 수 없었다.

영혼이 이미 육신을 절반쯤 벗어나고 있었다.

한편 마부의 반격에 수림 속으로 튕겨진 창비는 자신의 눈을 의심했다. 척살에 실패했는지 강기를 맞고 튀어나온 일검향이 네 자루의 검에 꿰뚫리는 충격적인 광경을 보게 된 것이다.

"허억! 형?"

그는 너무도 놀라 절대 비명을 토해서는 안 된다는 자객 수칙마저 잊고 말았다.

일검향을 구하기 위해 몸을 날리려는 순간 늙은 마부가 쏜살같이 들이닥치며 말채찍을 내려쳤다.

"이 더러운 자객 놈!"

창비는 비로소 퍼뜩 제정신을 차릴 수 있었다.

내가 척살에 실패할 경우 즉시 탈출해라!

일검향의 지시가 그의 귓전에 울려 퍼진 것이다. 그는 그대로 뒤로 미끄러지며 은신술을 구사했다.

콰아앙!

말채찍이 내려친 바닥이 무려 다섯 자 깊이로 패였다. 경이적인 공력이 아닐 수 없었다.

창비는 눈물을 머금으며 달아났다. 그의 역량으로는 일검향의 시신조차 구할 방도가 없음을 절감한 것이다. 그는 혼신의 힘을 다해 도주하며 피눈물을 뿌려야 했다.

'크으, 형이 죽었어! 검향 형이 죽었어!'

마부는 굳이 창비를 쫓지 않고 마차 옆으로 내려섰다.

"군사(軍師)! 군사! 무사하시오?"

망사 차양을 젖히자 가슴이 온통 피로 물든 면사 여인의 모습이 드러났다. 면사 여인은 가쁜 숨을 몰아쉬었다.

“총호법, 그, 그 사람은…….”

매부리코의 마부는 핏물 속에 쓰러져 있는 일검향을 돌아보고는 사납게 외쳤다.

“너희들은 이 추악한 자객의 목을 베라!”

“예, 총호법.”

중년 검객 한 명이 일검향의 목을 향해 검을 내려쳤다.

“안 돼요!”

면사 여인은 다급히 외치며 마차에서 뛰어내렸다. 바닥에 주저앉은 그녀는 자신의 몸으로 일검향을 보호했다.

“죽어서는 안 돼요! 절대로……!”

마부와 네 검객, 그리고 두 명의 정찰 무사는 어이가 없는 듯 서로를 바라보았다.

면사 여인은 떨리는 손으로 일검향의 얼굴을 더듬었다. 그녀의 보석 같은 눈망울에서 맑은 눈물이 샘물처럼 흘러내렸다.

“오오, 맙소사! 흑흑, 소공자… 소공자, 당신이었단 말입니까?”

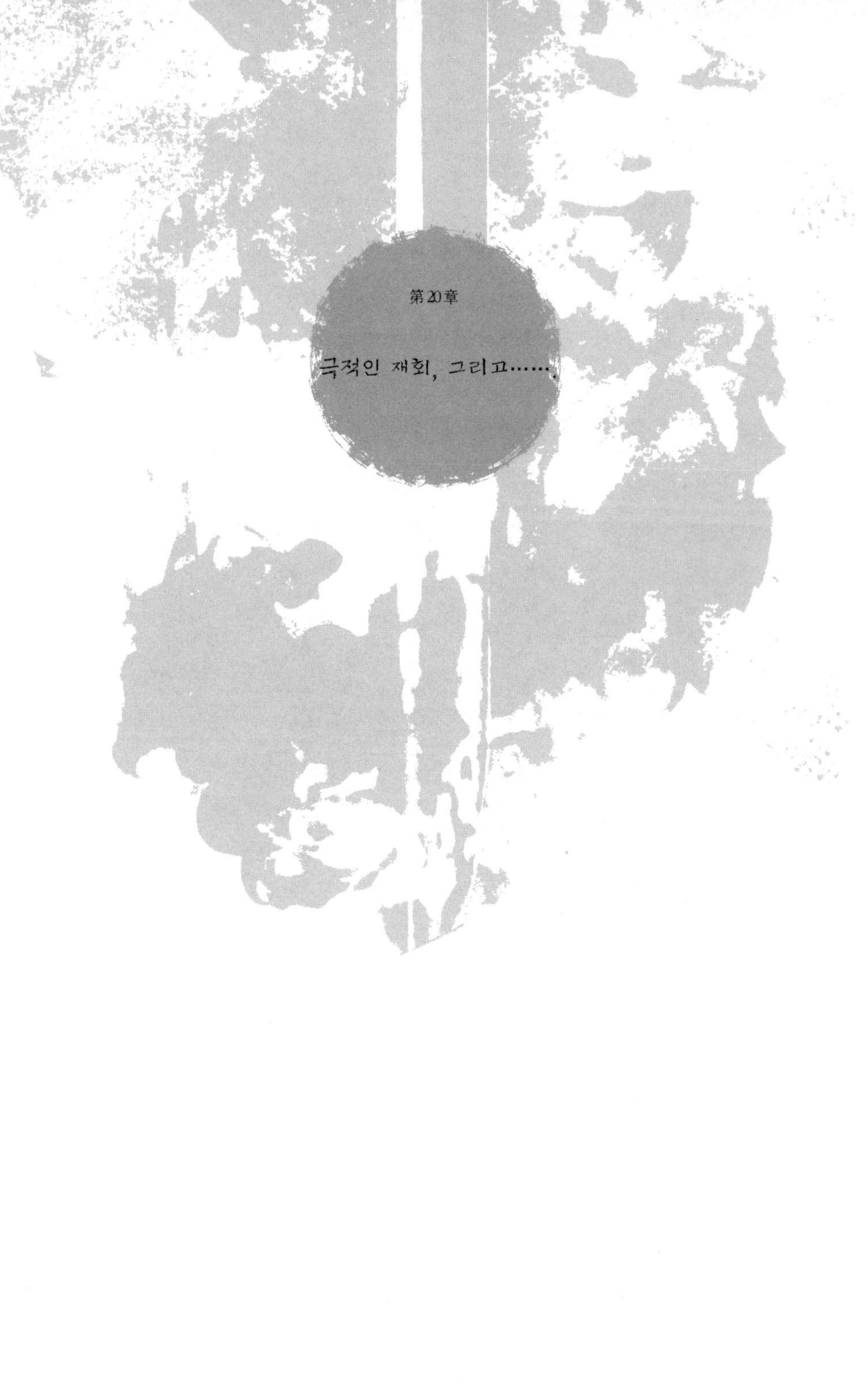
第20章

극적인 재회, 그리고…….

천예사원이 위치한 춘추봉 위로 때 이른 눈발이 흩날리고 있었다. 이제 입동을 지난 절기였지만 춘추봉은 고산준령 속에 위치해 겨울이 빨랐다.

소청실 원탁에는 원주를 비롯한 모든 자객들이 둘러앉아 있었다.

사대금살 중 두 명은 일도살과 교교, 지살자객 둘을 데리고 출동한 상태였고, 다른 두 명의 금살은 생사철교를 수호해야 했기에 참여하지 못했다. 갑영과 을화를 비롯한 천살자객 네 명, 3기와 4기 수료자들로 구성된 지살자객 일곱 명이 원 내에 남아 있는 자객의 전부였다.

급히 귀환한 창비의 보고는 너무도 충격적이었다.

천예사원의 자객이라 하여도 드물게 척살에 실패하는 경우가 있었다. 하지만 척살에 실패해 그 자리에서 참살되었다는 것은 창건 이래 처음 있는 불상사였다.

더군다나 척살에 실패한 자객이 일검향이라는 사실이 모두에게 침통함을 안겨주었다.

원주가 배석한 자리였기에 다훼는 감정을 드러내지 못하고 입술만을 달달 떨었다. 핏기가 싹 가신 얼굴과 공허한 눈빛은 실성 직전의 모습이었다.

을화는 믿을 수 없는 듯 연신 숨을 몰아쉬며 격앙된 감정을 삭이느라 애썼다. 그녀는 원주에게로 시선을 돌렸다.

"원주님……."

놀라운 보고를 듣고도 원주는 무감각한 표정이었다. 다만 눈을 반개한 채 깊은 생각에 잠겨 있었다.

을화는 창비를 직시하며 다그쳤다.

"이 새끼야, 어떻게든 검향의 시신이라도 구해왔어야지? 네가 형처럼 따르던 검향을 어떻게 내버려 두고 올 수 있었어?"

창비는 참담한 심정으로 눈물을 글썽였다.

"제 능력으로는 무리였습니다. 게다가 일검향 천살의 지시에 따라야 하는 것이 수칙이었기에……."

원주가 오랜만에 입을 열었다.

"창비를 탓할 것 없다. 수칙을 준수했기에 우리가 상세한 보고를 들을 수 있지 않았느냐?"

그는 그늘진 기색으로 시선을 높이 들었다.

"노부의 판단 착오다. 검향과 창비가 노린 표적은 단순한 상인이 아니었다. 한갓 마부가 창비의 기습을 반격으로 물리치고, 상단의 주인이 검향의 척살을 막아낸다는 것은 불가능한 일이다."

을화의 두 눈에서 살기가 폭사되었다.

"원주님, 그렇다면 이번 사건을 의뢰한 혈월동(血月洞) 놈들이 감히 우리를 속였단 말입니까?"

"먼저 다훼의 의견을 들어보자."

원주가 다훼에게 시선을 돌렸다.

다훼 역시 비통한 심정이었지만 모두의 시선이 집중되자 애써 정신을 차렸다. 정보 분석과 출동에 따른 작전은 모두 그녀가 담당해야 할 업무였던 것이다.

그녀는 창비의 보고를 되새기며 자신의 분석을 표명했다.

"창비의 기습적인 공격을 막아낸 마부는 구절(九絶) 중 한 명인 도광패편(滔光覇鞭)으로 추정됩니다. 그의 신분을 감안한다면 마차에 타고 있던 여인은 지극히 중요한 존재입니다. 현 무림에서 그만한 위치에 있는 사람은 은천마국의 금마장(金魔將)급이거나 의천맹의 고위 간부뿐입니다."

"마국 소속의 마인은 아니다."

원주가 단호한 어조로 말을 받았다.

"은천마국은 이미 천하무림의 절반을 석권하고 있다. 그들이 은밀한 행보를 할 이유가 없다."

을화가 빠르게 눈알을 굴리면서 물었다.

"그렇다면 이번 표적이 의천맹의 고위 간부였단 말입니까?"

"그럴 가능성이 높다."

원주가 소매를 들어 다훼에게 얘기를 속개시켰다.

"계속해라."

"이번 청부는 혈월동에서 의뢰한 것입니다. 한데 저들의 정보가 잘못된 것이 아니라 의도적으로 은폐한 것으로 보입니다. 결국 혈월동이 우리 천예사원을 속인 것으로 판단됩니다."

원주는 가볍게 고개를 끄덕였다.

"아마도 은천마국이 배후에서 조종했겠지."

"이 더러운 새끼들!"

을화가 탁자를 치며 일어섰다.

"혈월동이라면 우리와 가장 우호적인 자객 집단 중 하나가 아니었습니까? 그 새끼들이 감히 우리를 배신해?"

그녀는 한껏 목소리를 높였다.

"원주님, 당장 출동 명령을 내려주십시오. 혈월동 자객들을 죄다 죽여 버리겠습니다!"

"이미 도주했을 것이다."

"반드시 찾아내 죽여 버리겠습니다!"

을화가 분노를 폭발하자 다훼가 조심스럽게 말했다.

"원주님, 검향 천살의 표적이 함정이었다면 은룡왕자(銀龍王子)의 척살 또한 함정일 수 있습니다. 즉시 비합전문을 띄워 귀환시켜야 합니다."

원주의 표정이 드물게 심각해졌다.

"네 판단이 맞다. 마국이 대대적인 침공을 펼치기 위해 우리의 전력을 분산시키려 한 것이 분명해."

그는 지살자객들을 통솔하는 진초(辰草) 지살에게 지시를 내렸다.

"어서 전서구를 날려 일(日), 월(月) 두 금살을 귀환시켜라."

"예, 원주님."

진초 지살이 소청실을 나가자 원주는 갑영과 을화에게 명했다.

"의천맹과는 어떻게든 관계 개선을 취해보겠다. 너희들은 창비와 함게 출동해 반드시 검향을 데려와라."

"이미… 죽지 않았습니까?"

"죽었다면 시신이라도 가져와라. 그게 우리 천예사원에서 취할 최소한의 도리다."

"알겠습니다."

원주가 몸을 일으키자 모두가 따라서 일어섰다. 다훼가 급히 다가서며 청을 올렸다.

"원주님, 저도 함께 출동할 수 있도록 허락해 주십시오."

"네 신법이 부족해 오히려 시간만 지체할 것이다. 지금은 비상 사태다. 모두 전투 태세를 갖추고 마국의 침공에 만전을 기해라."

지시를 마친 원주는 이내 소청실 밖으로 사라졌다.

네 명의 자객만 남고 다른 자객들은 모두 소청실을 나갔다. 춘추봉 주변에 대한 경계와 생사철교를 지켜야 하는 것이 그들의 임무였다.

다훼는 창비의 손을 쥐며 눈물을 글썽였다.

"창비, 꼭 검향을 데려와야 해."

"형이… 정말 죽었을까?"

창비가 눈물을 흘리자 을화가 야멸치게 쏘아붙였다.

"재수없는 소리 마! 검향은 죽지 않았어. 검 몇 자루에 찔렸다고 죽는다면 천예사원의 자객일 수 없어. 몸이 동강나지 않는 한 우리는 죽지 않는다. 검향, 그 녀석은 분명 살아 있을 거야."

말은 그렇게 했지만 그녀 스스로도 불안감을 떨칠 수 없었다. 그녀는 갑영의 손을 쥐며 물었다.

"어떻게 생각해? 검향이 정말 죽었을까?"

갑영은 잠시 그녀를 응시하다가 희미하게 고개를 저었다. 평소 표정

변화가 거의 없는 그였지만 이때만큼은 결연한 의지가 엿보였다.

을화는 애써 미소를 지으며 고개를 끄덕였다.

"그래, 녀석은 아직 살아 있어. 우리가 반드시 구출해야 돼."

그녀는 앞서 몸을 날렸다.

"서둘러!"

갑영과 창비가 그녀의 뒤를 따랐다.

모두가 떠난 소청실에는 다휘 혼자만 남게 되었다. 그녀는 참았던 눈물을 흘리며 털썩 무릎을 꿇었다. 두 손을 모아 쥔 그녀는 가슴이 타는 간절한 심정으로 기원했다.

"하늘이시여, 그 사람은 안 됩니다. 제발 소녀를 데려가시고 그를 살려주십시오. 제발……."

2

눈이 펑펑 쏟아지고 있었다. 하늘은 잿빛이었고, 세상은 온통 하얀 눈으로 덮여 있었다.

소년은 얼음처럼 차갑게 얼어붙은 소녀를 들쳐 업고 허름한 움막을 찾아 들어섰다. 소녀의 얼어붙은 몸을 녹여주기 위해 소년은 거적을 뒤집어쓴 채 소녀를 꼭 끌어안았다.

소녀의 입에서 뿜어지는 하얀 입김은 너무도 차가워 소년의 몸마저 얼어붙게 만들 정도였다. 그래도 포기할 수 없었다. 생면부지의 소녀였지만 생명의 고귀함을 배웠기에 소년은 자신의 체온을 아낌없이 나눠 주었다.

그렇게 얼마나 많은 시간이 흘렀는지 모른다.

소년은 품에 안은 소녀의 뜨거운 몸에 놀라 급히 몸을 일으켰다. 소녀의 몸은 눈부신 빛에 휩싸여 있었다. 희뿌연 서기가 신비롭다.

잔잔한 미소를 짓고 있는 소녀는 인간 세상의 여인이라 하기에는 너무나도 고결해 보였다. 피부는 백설처럼 희고 투명했으며, 입술은 장밋빛처럼 붉었다.

살포시 눈을 뜬 소녀는 소년을 향해 포근한 미소를 지어 보였다. 황홀했다. 세상의 모든 시름과 고뇌를 씻어주는 황홀한 미소였다.

소녀가 소년을 향해 섬섬옥수를 내밀었다.

소년은 홀린 듯 소녀의 섬섬옥수를 쥐었다. 한데 소녀의 하얀 손이 거미줄처럼 갈라지며 가루로 변했다. 놀란 소년은 소녀를 일으키기 위해 부여안았다. 순간 소녀의 몸이 산산이 부서지며 흩어졌다.

빛의 파편이었다. 예리한 빛의 파편은 사정없이 소년의 몸속으로 파고들었다.

"허억……!"

긴 한숨과 함께 일검향은 진저리를 치며 눈을 번쩍 떴다.

워낙 오랫동안 혼수 상태에 빠져 있었는지 머리 속이 백지장처럼 텅 비어 기억을 할 수가 없었다. 자신이 누구인지, 왜 이런 곳에 누워 있는지 혼란스럽기만 했다.

침상 주변으로 망사 휘장이 둘러져 있었다. 침상 밖으로 은은한 불빛이 스며들 뿐 적막할 정도로 조용했다.

일검향은 천천히 눈을 깜빡였다. 단편적인 기억들이 하나씩 떠오르기 시작했다.

참혹하게 살해된 부모의 시신, 천예사원에 입문한 후 겪었던 수많은 수련 과정, 애절한 눈빛을 지닌 기녀 월아영, 대백랑 추가영의 도움을

받아 이뤄낸 수월루주의 척살, 그리고 휘장이 둘러진 마차 안의 표적을
향한 또 한 차례의 척살…….

그는 비로소 자신이 천예사원 자객 일검향임을 분명히 기억하게 되
었다. 순간 면사를 쓴 여인이 보석 같은 눈망울이 선명하게 그의 눈앞
에 피어올랐다.

'아, 그녀였어. 분명 그녀였어.'

그는 몸을 움직이려 했지만 목을 제외한 신체가 무쇠로 변한 듯 꿈
쩍도 할 수 없었다. 네 자루 검이 박혔던 몸은 붕대로 친친 동여매어져
있었다. 게다가 그의 혈도를 제압하기 위해 서른여섯 대혈 모두에 금
침이 꽂혀 있었다. 공력이 철저하게 제압된 것이다.

일검향은 스르르 눈을 감았다.

'내가 죽지는 않았군.'

스스로 생각해도 기적일 수밖에 없었다.

척살을 향한 쾌검을 회수하느라 기혈이 뒤엉키면서 그는 심한 내상
을 입게 되었다. 그 와중에서 네 자루 검이 뼈와 살을 뚫고 그의 장기
마저 훼손시켰다. 그가 아무리 혹독한 수련으로 단련된 몸이라 해도
살아날 가능성은 희박했던 것이다.

'누군가 놀라운 의술로 날 살렸군. 하지만… 난 살아 있다는 것이
오히려 부담스럽다.'

자객에게 있어 척살이 실패했다는 것은 죽음을 의미한다. 죽지 못하
고 포로가 되었다는 것은 최악의 상황이었다. 자신을 죽이지 않았다는
것은 심문을 하기 위함이 틀림없다. 저들은 혹독한 고문을 통해서라도
조직과 동료에 대해 캐물을 것이다.

물론 어떤 고문을 받더라도 그의 의지가 허물어져 천예사원의 기밀

이 누설되는 일은 없겠지만 심문을 받는다는 것이 치욕이었다.

그는 자결을 작심하며 어금니 사이로 혀를 밀어 넣었다. 혀를 깨무는 정도로 죽지는 않겠지만 말을 못할 상황이라면 심문을 할 수 없기에 저들이 자신을 죽일 것이라 판단한 것이다.

문득 하나의 영상이 홀연히 떠오르며 그의 결행을 잠시 주저하게 만들었다.

팔 년 가까운 세월이 흘렀으니 기억조차 희미해야 정상이었지만 그녀의 존재는 뇌리에 불로 새긴 화인(火印)처럼 여전히 선명했다. 불과 하룻밤 동안의 만남이었지만 그는 그녀의 음성과 미소, 손길, 그리고 체향까지 잊을 수 없었다.

특히 밤하늘의 샛별처럼 초롱초롱한 눈망울은 당시 어린 그의 눈에 보석처럼 보였던 것이다.

그가 척살에 실패한 결정적인 이유가 바로 그것이었다.

표적은 면사를 쓰고 있었기에 용모를 알 수 없었다. 드러난 것은 두 눈뿐이었다. 한데 척살을 당해 충격과 당황함에 부릅떠진 여인의 눈이 결코 잊을 수 없는 추억 속 여인의 눈이었다.

감소채!

일검향은 그녀의 눈을 대하는 순간 대번에 여인의 정체를 간파했던 것이다.

그녀의 존재를 확인하는 순간부터 그는 자신이 자객임을 잊었다. 엄격한 자객 수칙과 임무 수행이라는 의지마저 말살되었다. 차라리 자신이 죽을지언정 그녀를 죽일 수는 없었다. 그녀의 존재는 자객 36관을 거치는 동안 그를 지켜준 정신적 지주였기 때문이다.

일검향은 혀를 깨물어 자결을 꾀하려는 생각을 잠시 늦추었다.

‘감소채… 표적이 감 소저였음을 확신한다. 최후의 순간에 살식을
회수했지만 무사한지 모르겠군. 한 번만… 꼭 한 번만 그녀를 본 후에
죽어도 늦지 않아.’

잠시 후 문이 열리는 음향과 함께 몇 사람이 들어섰다.

휘장이 열리며 두 명의 시녀가 침상 위를 살폈다. 만약에 있을 위험
에 대비한 조치였다.

일검향은 자신이 혼수 상태에서 깨어난 사실을 굳이 숨기고 싶지 않
았다. 그가 눈길을 돌려 응시하자 두 시녀는 다소 놀란 표정을 짓더니
얼른 휘장을 닫았다.

“깨어났습니다, 아가씨.”

“정말 초인적인 체력입니다.”

면사를 쓴 여인이 가볍게 고개를 끄덕이자 매부리코의 노인이 거친
음성으로 물었다.

“정말 의식을 찾았단 말이냐?”

“예, 총호법님.”

“허억, 독랄한 자객답게 목숨 하나는 쇠심줄이로군.”

면사 여인이 잔잔한 음성으로 청했다.

“총호법, 잠시 자리를 비켜주십시오.”

“군사, 대체 자객 따위를 왜 이리 비호하시는 거요? 군사의 존체를
해치려 한 잔악무도한 놈이 아니오?”

“저 사람은 잔악무도한 자객이 아닙니다. 충분히 소녀를 해칠 수 있
었지만 최후의 순간에 검을 거두는 바람에 소녀가 죽지 않은 것입니다.
저 사람은 오히려 소녀에게 은인입니다.”

“허어, 그것참.”

총호법은 고개를 절레절레 젓고는 두 시녀를 내보냈다.

"너희들은 나가 있거라."

"예, 총호법님."

두 시녀가 방을 나갔지만 총호법은 그대로 머물러 있었다.

"노부는 군사의 안위를 책임져야 할 사람이오. 자객은 워낙 위험한 존재라 안심할 수가 없소. 귀를 막고 있을 테니 얘기를 나누도록 하시오."

면사 여인은 담담한 음성으로 다시 청했다.

"총호법, 스스로 살초를 거둔 사람입니다. 소녀에게 어떤 위험도 없을 것입니다. 잠시 자리를 비켜주십시오."

총호법은 난감한 표정으로 응수했다.

"군사에게 이런 위협이 닥친 것만으로도 노부는 소임을 다하지 못해 부끄러운 일이오. 또다시 불상사가 생기면……."

"모두 소녀의 책임입니다. 총호법께서는 자책하실 필요 없습니다."

"알겠소."

총호법은 힐끗 휘장을 바라보고는 이내 방을 나갔다.

면사 여인은 손으로 가슴을 누르며 흥분과 격동을 진정시켰다. 그녀 역시 이 기막힌 운명이 믿어지지 않은 것이다.

이윽고 휘장을 열고 들어선 그녀는 침상가에 걸터앉았다.

두 사람의 눈길이 교차되었다.

일검향은 그녀의 보석 같은 눈망울을 응시하며 자신이 착각한 것은 아닌지 되짚어보았다. 하지만 착각일 수 없었다. 팔 년의 세월이 흘렀지만 그녀의 맑고 깨끗한 눈망울은 변함없었다. 예전보다 훨씬 깊은 지혜가 깃들어져 있다는 것 외에는 여전히 신비로운 기운을 담고 있었다.

면사 여인은 일검향의 손을 감싸 쥐었다. 부드러우면서도 따사한 손 길이었다.

"소공자… 태사린 소공자가 분명하시죠?"

"……."

"소녀도 소공자를 기억하고 있습니다. 이렇듯 늠름한 청년으로 성장 했지만 예전의 인상은 그대로입니다."

면사 여인은 얼굴을 가린 면사를 끌렀다.

세상을 환히 밝히는 태양이며, 밤하늘을 빛내는 달이었다. 너무도 눈부신 자태에 일검향은 잠시 눈을 감아야 했다.

교교의 관능적인 미모가 천박스럽게 느껴질 만큼 여인의 미모는 고 결하면서도 우아했다. 완벽한 조화를 이룬 이목구비는 조물주의 위대 한 작품이며, 하늘의 축복이었다.

여인은 이슬 머금은 해당화처럼 서글픈 미소를 머금었다.

"소녀의 이름도 기억하십니까, 소공자?"

일검향은 스르르 눈을 떴다. 그 역시 아픔이 깃든 미소를 지었다.

"감 소저… 오랜만이오."

"아, 역시 소공자셨군요. 세상에나… 우리가 다시 만났군요."

여인은 바로 감소채였다.

당시 어린 소년이었던 일검향이 폭설 속에서 만난 운명적인 소녀였 던 것이다. 아무런 기약도 없었고, 서로가 아는 것은 이름뿐이었기에 재회는 그저 꿈에 불과한 일이었다.

한데 소년은 자객이 되고, 소녀는 자객이 척살하려는 표적이 되어 참으로 예기치 못한 해후를 이루게 된 것이다. 만일 일검향의 반응이 조금이라도 늦었다면 그녀는 이미 그의 검 아래 고혼이 되었을 것이다.

감소채는 소리없이 눈물을 뿌렸다.

"결국 자객이 되셨군요. 만일 소공자가 자객이 되면 소녀를 죽일 수 있으니 제발 자객이 되지 말라고 당부를 드렸었는데, 기억하세요?"

"미안하오……. 감 소저인 줄은 몰랐소."

"그러셨겠지요. 하지만 지금은 소공자가 자객이 된 것을 다행으로 생각합니다. 만일 다른 자객이었다면 소녀는 이미 죽었을 테니까요."

일검향은 그녀의 자상한 위로에 조금은 자책감을 덜 수 있었다. 예전에도 그랬지만 그녀에게서는 여전히 따뜻함이 느껴졌다.

막상 그녀와 얼굴을 마주하자 조금은 부끄러운 생각이 들었다. 보다 떳떳한 신분으로 그녀와 재회를 이루었다면 진정 기뻤을 것이다. 그는 씁쓸한 기분으로 눈길을 돌렸다.

"난 자객이 되었지만 후회는 없소. 내가 선택한 길이고, 이것이 내 운명이오."

감소채는 그의 볼을 부드럽게 어루만졌다.

"소공자, 어떻게 살아왔는지 듣고 싶어요."

"내 자객명은 검향이오, 일검향. 그 외에는 아무것도 말할 수 없소."

"오해 마세요. 소녀는 아무런 사심 없이 말씀드린 겁니다. 공자가 어느 자객 집단의 소속인지, 어떤 연유로 살인 청부에 나섰는지는 알고 싶지 않아요. 기밀 엄수는 자객들의 수칙이니까요."

"고맙소. 옛정을 기억한다면 심문 따위는 하지 마시오. 이제 죽이시오."

일검향은 홀가분한 심정으로 그녀를 직시했다.

그가 복수를 위해 강호로 나서면서 만난 첫 여인이 그녀였다. 그리고 이제 생을 마감하는 순간 만난 여인이 그녀였다. 그에게는 처음이자 마지막 여인이기에 더욱 운명적이라는 생각에 젖게 되었다. 꼭 한 번 만나고 싶었던 간절한 바람을 이루었으니 죽는다 해도 여한이 없을 것 같았다.

감소채는 소매로 눈물을 닦았다.

"그런 말씀 마십시오. 공자께서 소녀를 죽이지 않았는데 소녀가 어찌 공자를 해칠 수 있겠습니까? 설사 실수로 소녀를 죽였다 해도 소녀는 공자를 원망하지 않았을 것입니다."

"……."

"공자의 혈도를 금제한 것은 워낙 위중한 부상을 당했기에 안전을 위해서입니다. 상세가 회복되는 대로 공자는 돌아가실 수 있습니다."

일검향이 다소 놀란 눈빛을 하자 감소채는 따뜻한 웃음을 지었다.

"공자는 소녀가 누구인지 아십니까?"

"모르오."

"소녀는 의천맹 소속입니다. 공자께서 예전에 소녀를 구해주셨을 때는 비찰부 소속의 요원이었지요. 지금은 외람되게도 의천맹의 군사로 있습니다."

비로소 감소채의 신비로운 내력을 알게 된 일검향은 문득 이번 척살 임무에 대해 깊은 의혹을 품게 되었다.

'의천맹이라면 은천마국을 견제하는 백도의 비밀 결사 단체다. 그동안의 척살을 감안하면, 원주님은 은천마국과 연관된 자들을 주로 제거하는 임무를 지시했다. 한데 이번에는 왜 의천맹의 군사를 척살하라는 지시를 내린 것일까?

자객들의 척살은 신분과 소속을 가리지 않지만 그래도 척살의 방향은 분명했다. 일검향이 그나마 자객이라는 직업을 전문가로 자처할 수 있었던 것도 단지 은자에 의해 움직이는 살인 병기가 아니라는 사실 때문이었다.

과거에는 일반적인 척살이 이루어졌겠지만 최근의 척살은 모두 은천마국과 깊이 연관된 자들이었다. 그것은 은천마국과의 보이지 않은 암투를 의미했다.

다수의 자객 집단까지 장악한 은천마국과의 전쟁…….

한데 은천마국의 최대 맞수라 할 수 있는 의천맹의 요인 척살에 자신이 파견되었다는 것은 선뜻 납득이 되지 않았다.

'을화 누님은 소소한 임무라도 했어. 만일 표적이 의천맹의 군사였다는 것을 알았다면 그런 표현은 쓰지 않았을 것이다. 결국 천예사원에서도 감 소저의 신분을 모른 채 척살을 결정한 것이 틀림없다.'

갑자기 등줄기가 축축하게 젖어들었다.

'이건 음모다. 천예사원을 함정에 빠뜨리려는 계략이 확실해.'

심장이 세차게 뛰었다. 불길한 예감이 엄습하며 입 안이 바싹바싹 말라왔다. 그는 임무 실패에 따른 자결보다 귀환에 대한 의욕이 불꽃처럼 치밀어 올랐다.

"감 소저, 진정 그대가 의천맹의 군사이시오?"

"그래요. 소녀의 존재를 알고 있는 사람이 많지 않은데 공자가 속한 자객 집단에서 어떻게 정보를 입수했는지 몹시 궁금하군요."

"부끄럽지만 한 가지 부탁이 있소."

"말씀해 보세요."

"내게 스무 날 정도만 여유를 주시오. 소속 단체로 돌아가 급히 보고할 것이 있소. 연후 다시 돌아올 것이오."

감소채는 맑은 눈망울을 깜빡거리며 물었다.

"다시 돌아온다 하셨나요?"

"감 소저를 해치려 한 죄를 받아야 하지 않겠소? 난 죽어 마땅한 자객이오."

"……."

감소채는 잠시 그를 응시하다가 시선을 돌렸다.

"좋습니다. 공자를 믿고 보내드리겠습니다. 대신 이십 년 후에 돌아오세요. 그 안에 절대 소녀를 다시 찾으시면 안 됩니다."

"……?"

"물론 자객이 아닌 신분이라면 언제든 소녀를 다시 찾아주서도 좋습니다. 자객 일검향이 아닌 태사린 공자의 방문이라면 반갑게 맞이하겠어요."

일검향은 그녀의 지혜로운 답변에 가슴 저린 감동을 느꼈다. 그가 그녀를 척살할 수 없었 듯이 그녀 역시 자신을 죽이려는 생각이 전혀 없음을 간파할 수 있었다.

그는 나직이 한숨을 쉬었다.

"소년 태사린은 세상에서 이미 사라졌소. 그를 기억하고 있는 사람은 아무도 없소."

"그렇지 않습니다."

감소채는 단호한 어조로 말을 받았다.

"소녀는 당시 소공자의 모습을 분명히 기억하고 있습니다. 어린 나이에도 불구하고 사악한 악도에게 굴하지 않았고, 의협심으로 소녀를 구해주신 정의로운 분이었습니다. 그러한 분이기에 비록 자객이 되었다 해도 소녀는 공자를 원망하지 않습니다."

"……."

"공자, 세상의 악을 척살하는 자객이 되어주십시오."

감소채는 침상 앞에 조용히 무릎을 꿇었다.

"소녀가 알기로 척살에 실패한 자객은 폐기된다고 들었습니다. 귀환하면 죽게 될지도 모릅니다. 차라리 의천맹의 일원이 되어주십시오. 그래서 세상을 뒤덮는 악의 그림자를 베는 의협으로 보람된 삶을 사십시오. 부탁드리겠어요, 공자."

일검향은 한순간 심하게 동요되었다.

그녀의 우려가 결코 지나친 것은 아니었다. 임무 실패는 용납될 수 있어도 생포까지 되었다는 것은 더 이상 자객 임무를 수행할 수 없음을 의미한다. 소속 단체의 기밀이 노출되었을 가능성이 있기 때문이다.

천예사원으로 귀환한다 해도 과연 자신을 받아줄지 조금은 우려가 되었다. 설사 용납이 된다 해도 그는 천예사원에 불명예를 끼친 쓸모없는 자객으로 박대받게 될 것이다.

그러나 생사고락을 함께 나눈 동문들을 떠올리자 그는 생각을 바꾸었다.

'가야 한다. 죽는다 해도 난 돌아가야 한다. 천예사원, 그곳이 나의 집이며 사문이니까.'

그는 지그시 눈을 감았다.

"미안하오, 감 소저. 난 돌아가야만 하오."

"공자……."

"보내줄 수 없다면 죽이시오."

3

횡단산맥의 준령은 벌써부터 흰눈이 두텁게 덮여 있었다. 하늘은 잔뜩 흐렸고, 매서운 바람에 바싹 마른 나뭇가지들이 몸서리를 치며 두려움에 떨었다.

"헉헉……!"

가쁜 숨을 몰아쉬며 준령 사이를 헤집는 청년은 다름 아닌 일검향이었다.

감소채의 배려로 풀려난 그는 횡단산맥까지 줄곧 말을 타고 달려왔다. 내, 외상이 회복되지 않아 경공을 펼치기가 힘겨웠기 때문이다. 무리한 강행군으로 인해 상처가 터져 피가 흘렀지만 그것을 돌볼 겨를도 없었다.

횡단산맥은 온통 은세계였다.

여의심결이 운기되면서 겨우 신법을 펼치게 되었지만 깊이 쌓인 눈 때문에 접근이 몹시 힘겨웠다. 지름길을 택하다 보니 깎아지른 빙벽의 잔도(殘道) 위를 건너면서 몇 번이나 추락의 위기를 겪어야 했다.

그는 연신 하늘색을 가늠했다. 잔뜩 찌푸린 하늘이라 어둑어둑했지만 일몰까지는 약간의 여유가 있었다.

"해가 지면 귀환이 내일로 늦어진다. 서두르자."

그는 가파른 비탈에 이르러서는 거의 구르다시피 내려갔다. 추위에 대비한 털옷도 갖추지 못해 몰골은 엉망이었다. 혹독한 자객 수련을 거친 몸이 아니었다면 진작에 탈진되어 얼어 죽었을 것이다.

가까스로 벼랑가에 이른 일검향은 급히 운무 속으로 몸을 날렸다.

"검향, 귀환합니다!"

자신의 신분을 밝히는 것은 은밀히 지키고 있을 금살에 대한 예의였다.

사실 그의 심정은 몹시 참담했다. 척살에 실패한 자객으로 과연 동문을 어떻게 대해야 할지 면목이 서지 않았다. 을화의 질책은 어떻게 넘길 수 있겠지만 사부와 같은 원주를 뵙는 것이 두려웠다.

살인 병기가 아닌 인간적인 자객을 강조한 원주 덕분에 그는 자객으로서의 자부심을 지닐 수 있었다. 하기에 천예사원의 명예를 높일 자객이 되기를 갈망했다.

한데 불과 네 번째 임무에서 실패했으니 차라리 죽고만 싶은 심정이었다.

운무 속 봉우리로 내려선 그는 입술을 질끈 깨물었다.

'죽더라도 천예사원에서 죽어야 한다. 하지만 이번 척살이 함정이며 음모임은 분명히 밝혀야 한다.'

봉우리 두 개를 건너뛰면 첫 번째 생사철교가 보여야 정상이다. 봉우리 사이의 거리가 십수 장을 훨씬 넘기에 신법으로 건너기는 거의 불가능에 가깝다.

일순 그의 눈이 부릅떠졌다.

생사철교가 보이지 않았다. 그는 혹시 자신이 방향을 잘못 잡지 않았나 싶어 쇠사슬이 매어진 곳으로 시선을 돌렸다.

그의 방향이 틀린 것은 아니었다. 징검다리와 같은 봉우리는 외길이기에 다른 길이 있을 수 없었다. 봉우리 사이를 연결하는 쇠사슬은 분명 있었다. 한데 생사철교가 끊어져 있었던 것이다.

생사철교의 단절.

일검향은 정신이 아득해졌다. 악몽을 꾸는 심정이었다. 그는 다시 눈을 비비며 끊어진 채 길게 늘어진 쇠사슬을 내려다보았다.

엄습해 오는 공포와 충격에 그는 이를 딱딱 마주쳤다. 심장이 터질 것만 같았다.

"맙소사! 천예사원이 침공당했다!"

『검향도살』 3권에서…